~이상한 나라의 앨리스?~

흔해빠진 직업으로 세계최강
ARIFURETA SHOKUGYOU DE SEKAISAIKYOU
시라코메 료 shirakome ryo
illust.타카야Ki takayaki
단편집

흔해빠진 직업으로 세계최강

ARIFURETA SHOKUGYOU DE SEKAISAIKYOU

단편집

시라코메 료 지음
타카야Ki 일러스트
김장준 옮김

CONTENTS

흔해빠진 직업으로 세계최강

ARIFURETA SHOKUGYOU DE SEKAISAIKYOU

등장인물 소개

나구모 하지메

연성사. 과거 최약체. 나락에서 힘을 얻어 고향으로 돌아가려 한다.

유에

흡혈 공주. 마법 재능은 세계 최강급. 하지메가 사랑하는 연인.

시아 하우리아

토인족. 아인족의 유일한 마력 보유자. 신체 강화에 특화한 버그 토끼.

티오 클라루스

용인족. 생각이 깊고 마법 능력도 출중하나, 마조 변태.

시라사키 카오리

치유사. 상냥하고 남을 잘 챙기지만 하지메에게는 돌격계 소녀.

야에가시 시즈쿠

검사. 사람의 감정을 잘 알아채고 돌봐주는 고생바가지. 카오리의 절친.

뮤

해인족. 하지메가 구해준 후로 아빠라고 부르며 따른다.

하타야마 아이코

작농사. 하지메의 선생님이자 이 세계에서는 「풍작의 여신」.

릴리아나 S. B. 하일리히

하일리히 왕국의 왕녀. 처음 사귄 친구는 카오리와 시즈쿠.

아마노가와 코우키

용사. 정의감이 투철하나 독선에 빠지는 경향이 있다.

사카가미 류타로

권사. 호탕하며 대범하다. 코우키와는 죽마고우.

타니구치 스즈

결계사. 밝고 쾌활한 분위기 메이커. 쪼끄맣다.

나카무라 에리

강령술사. 순하고 얌전해 보이지만……? 안경에는 도수가 없다.

소노베 유카

투술사. 「아이 선생님 호위대」의 일원. 하지메에게 마음이 있다.

멜드 로긴스

성기사. 하일리히 왕국 기사단 단장. 독신.

레미아

뮤의 어머니. 차분한 미인.

엔도 코스케

눈물 나게 존재감이 없다.

나구모 슈

하지메의 아버지. 게임 회사 사장.

나구모 스미레

하지메의 어머니. 인기 순정 만화가.

『해방자』들

이 세계의 신이 사람들을 장기짝 삼아 전쟁을 벌인다는 사실을 알고 이 비극에 종지부를 찍기 위해 결성된 집단. 하지만 신과의 싸움에 패배한 그들은 언젠가 신의 유희를 끝낼 자가 나타나길 기원하며 7대 미궁을 창설한다.

밀레디 라이센

라이센 대미궁의 창설자. 중력 마법 사용자. 심하게 나댄다.

오스카 오르크스

오르크스 대미궁의 창설자. 생성 마법 사용자. 메이드 애호가.

나이즈 그류엔

그류엔 대미궁의 창설자. 공간 마법 사용자. 고생이 많다.

메일 메르지네

메르지네 대미궁의 창설자. 재생 마법 사용자. 나긋한 사디스트.

제1장 ◆ 흔해빠진 일상 편

◆해방자들의 게임

“화염술사를 12-4로 이동. 8-6에 있는 검사를 공격. 마법, 불 속성, 비창.”

“으응.”

【오르크스 대미궁】 최하층, 오스카 오르크스의 은신처에서 자신감에 찬 남자의 목소리와 무엇을 참는 듯한 요염한 여자의 목소리가 들렸다. 하지메와 유에였다.

둘은 긴 유리 테이블을 사이에 두고 소파에 앉아 있었다. 테이블 위에는 사각형 금속 보드와 총 64개나 되는 다양한 형태의 말이 놓여 있었다.

두 사람은 취침 전 오락으로 이세계판 체스를 즐기고 있었다.

물론 지구의 체스와는 규칙이 많이 달랐다.

총 256칸이 그려진 보드에는 산, 강, 숲, 언덕, 평야 등 여러 지형이 있으며 필드 효과가 존재한다. 말은 전사부터 마법사, 마을사람A까지 100가지 이상의 직업에서 자유롭게 선택할 수 있고 게임 도중 육성까지 가능하다. 대미지 판정에는 공격 속성, 방어, 상성 유무까지 관여해 세밀하게 설정되었고 현실처럼 마력 고갈로 전투 불능에 빠지는 상황까지 재현해 놓았다.

게다가 어떤 구조인지는 모르나 하지메조차 이해할 수 없는 원리로 이상한『스토리』가 들어가기도 했다.

지금도 하지메가 수습 마법사에서 경험을 쌓아 초일류가 된 화염술사로 유에의 검사에게 화염 창을 쏜 참이었다. 그러자 그 검사가 배를 움켜잡고 피범벅이 된 손을 보더니『이, 이게 뭐시여?!』라고 소리쳤다. 게다가 자기 마음대로 움직인 동료 마법사가 쓰러진 검사를 끌어안고『이게, 이게 너희들의 방식이냐!』라고 비난을 쏟아내기까지…….

"개인적으로 이 인형극 기능 좀 끄고 싶은데……."

"……하지메도 못 한다면 아무도 해제 못 해. 아마 해방자들의 합작이야."

그리고 역작이기도 했다. 어마어마한 재능 낭비였다. 최근 해방자에 대한 인상이 바뀌고 있었다.

턴이 넘어가고 유에가 기마병을 돌격시켰다. 목표는 조금 전 공격한 화염술사였다.

기마병의 랜스 돌격이 표적을 산산조각 냈다. 참고로 부서진 말은 몇 초 후 원상 복구되어 제 발로 후다닥 퇴장한다.

자신의 말이 부서진 순간 하지메가 눈썹을 까딱 올렸다. 단순히 말을 잃었기 때문이 아니었다. 이 게임의 또 다른 기능,『통증 트레이스』때문이었다.

사실 이 게임은 자신의 말이 공격받으면 게임 전에 등록한 마력에 반응하여 플레이어 본인에게도 정전기 같은 자극을 주는 기능이 있었다.

앙갚음처럼 하지메는 다음 수를 뒀다.

"암살자를 13-9로 이동. 성기사를 공격— 전격, 기능, 목 베기."

"흐아."

하지메의 암살자가 유에의 성기사를 뒤에서 기습했다.

성기사는 순식간에 목이 날아가고 쓰러졌다. 유에의 여왕이 『나의 기사님이!』라고 비통하게 외쳤고 옆에 있던 왕이 『뭐? 나의 기사님? 이게 무슨 소리야!』라고 고함쳤다. 아무래도 여왕의 불륜이 발각당한 모양이다.

그 후로 몇 턴 동안 공방은 이어졌다. 사실 왕에게는 숨겨둔 아이가 있었고, 그 아이의 어머니가 적국의 여왕이었고, 질투한 여왕이 궁정 마법사와 밀회를 가지고, 그 궁정 마법사의 애인이 등장했는데 알고 보니 남자였고, 그 남자가 사실 적군 마법사와 사랑에 빠져 갈등하는 등 왕가를 둘러싼 한 편의 드라마…… 막장 치정극이 만들어졌다.

그리고 하지메의 말이 유에의 말을 쓰러뜨릴 때마다 「아응」이라느니, 「앗, 아앗」이라느니, 「거, 거기는!」이라느니, 「하앗, 안 돼!」라는 교성이 울리며 하지메의 이성이라는 군대를 파죽지세로 무너뜨렸다. 보드 위의 군대는 우세건만…….

"……유에. 일일이 그런 소리를 내야 해? 못 참을 자극도 아니잖아."

"……하지메가 내 약한 부분만 찌르니까."

"거짓말이군. 그런 기능…… 아니, 잠깐만. 설마 오늘따라 이상하게 한 부분만 집중적으로 자극이 오는 건―."

"……후후후, 맞아. 내가 범인이야. 심층 의식을 읽어 상대의 몸에서 자극하고 싶은 부분을 정확하게 노리는 기능을 가동했어. 정보 출처는 사용 설명서. 참고로 자극 수준도 조절 가능하고 오늘은 MAX 상태."

하지메는 전율했다. 설명서는 총 500페이지에 달해서 하지메도 막막하여 던져 버렸다. 그것을 완독하다니…… 유에는 대체 얼마나 할 일이 없단 말인가? 뭐, 우연히 발견했을 가능성도 있지만…….

진실이 어떻든 무서운 점은 하지메가 받은 자극이 『남자의 중요 부위』에만 집중된다는 것이었다.

'내, 내 아들을 노리고 있어.'

높은 내성이 아직 아들의 안식을 지키고 있지만 촉촉한 눈망울로 요염하게 입술을 핥는 유에가 상대라면 하지메의 이성도 위험했다. 설령 보드 위의 군대가 우세하더라도!

그래서 하지메는 목청을 키웠다.

"대지술사를 16-7로 이동. 16-8부터 10까지 공격! 마법, 땅 속성 상급, 붕토!"

하지메는 몇 턴 움직이지 못할 것을 각오하고 범위 공격을 감행했다.

"으응, 앗!"

그 순간, 엄청나게 야시시한 소리를 내면서 유에가 소파에 풀썩 몸을 기댔다. 움찔움찔 약하게 경련하며 검은 원피스 너머로 뻗은 맨다리의 발가락에 힘이 들어가 둥글게 오므라들었다.

"게임에서, 그것도 남자의 존엄이 걸린 상황에서 질 수는 없지. 미안하지만 내가 이겨야겠다, 유에!"

"……응. 하지메가 진심으로 찌르고 들어와……."

땀까지 송골송골 맺혀 볼을 붉힌 유에는 잠깐 생각하더니 어떤 제안을 해 왔다.

"……자신 있으면, 내기할래?"

갑작스러운 말에 경계심이 곤두섰다. 유에가 꺼낸 제안은 『이긴 사람의 말을 무조건 하나 들어줄 것』. 그리고 유에가 이겼을 때의 요구는…… 『커플 룩』이었다.

적대하는 건 모두 죽인다고 윽박지르며 살기를 풀풀 풍기는 인간이 커플 룩……. 이루 말할 수 없는 부조화였다. 이보다 더한 분위기 브레이커는 없을 것이다. 하지메는 그것만은 안 된다고 엎드려 빌고 싶은 심정이었다. 그 마음을 고스란히 담아서—.

"여왕을 14-5로 이동! 특수 기능, 여왕의 축복!"

구태여 중요한 말을 위험한 적진으로 보내는 대신 아군에게 1회 한정 능력인 일제 공격권을 발동! 주위에 포진하던 병사들의 일제 공격! 왕의 숨겨 둔 자식이 전사! 유에의 왕과 하지메의 여왕이 비명을 지른다! 동시에 「아아앙!」 하고 울려 퍼지는 유에의 교성!

이 공격이 결정타가 되어 유에 군은 무너졌고 하지메의 여왕과 유에의 왕이 전장에서 로맨스를 펼치며 함께 쓰러졌다. 그 후 마지막까지 한마디도 하지 않은 하지메 군의 왕이 승리 선언을 하면서 긴 싸움은 막을 내렸다.

커플 룩으로 이세계를 여행하는 수치스러운 미래를 가까스로 회피했다고 생각한 하지메는 가슴을 쓸어내렸다.

하지만 게임이 종료된 후, 볼을 빵빵하게 부풀린 유에를 보다 못해 결국 유에 취향대로 옷을 입겠다는 타협안을 제시해 극적 타결을 이루었다. 싸움에는 이겼어도 승부에는 졌다는 표현이 어울리는 상황이었다.

이 사건은 하지메는 결국 유에에게 이길 수 없다는 사실을 보여주는 좋은 일례였다.

◆로망을 위하여

『이 연구는 나의 가장 큰 소망과 열의가 담긴 연구라고 해도 과언이 아니다.』

그런 문장으로 시작되는 수첩은 어떤 연구 일지였다.

색 바랜 회색 표지와 손때 묻고 누렇게 변한 종이가 얼마나 손을 많이 탄 수첩인지 알려줬다.

각 페이지에는 빼곡하게 오밀조밀한 글자로 연구 내용과 성과, 과제와 고찰이 기록되어 있었고 그럼에도 결국 연구를 완수하지 못했다는 사실이 적혀 있었다. 문체에서 그 분한 마음이 전해져 글쓴이의 정열이 얼마나 대단했는지 느껴질 정도였다.

『안타깝게도 나는 이상에 도달하지 못했다. 이것도 다 신 때문이다. 그렇다. 틀림없다. 그 망할 자식.』

중간에 푸념을 넘어선 남 탓도 있는 것 같지만 일단 무시하고 마지막 페이지로 넘어갔다.

『이것을 읽는 사람에게. 나는 간절히 염원한다. 당신이 내 열정을 이해하고 내가 이루지 못한 의지를 이어줄 것이라고. 그것을 완성해 주리라고. 이상의 정점에 도달할 것이라고! 내가 못 다 이룬 꿈을 제발, 제발 이루어주기 바란다.』

정적이 감도는 방 안에서 그 마지막 문장을 바라보던 자는 한숨을 쉬고 수첩을 탁 덮었다. 그리고 천장을 바라보며 감개에 젖은 눈빛으로 잠시 서 있다가 중얼거렸다.

"좋아. 네 한은 내가 풀어주마. 내가 네 의지와 이상을 계승하겠어."

작은 목소리는 곧 어둠과 벽으로 사라졌다. 그러나 작으면서도 열기를 품은 말은 굳건한 의지를 주변에 떨쳤다.

그 모습을 조용히 지켜보는 것은 의지 없는 무기질적인 눈동자뿐이었다.

철컥철컥 기계를 만지는 소리가 방 안에 울렸다. 하지메는 진지한 표정으로 새 장비의 부품을 조립하는 섬세한 작업에 열중해 있었다.

장소는 【오르크스 대미궁】 최하층, 오스카 오르크스의 은

신처에 있는 공방이었다.

가끔 『연성』으로 붉은 마력광을 발하는 하지메 곁에는 빛나는 금발을 가진 도자기 인형이 조용히 앉아 있었다. 그 도자기 인형은 가늘고 우아한 흰 손가락을 꼼지락거리며 바느질을 했다. 정체는 물론 하지메가 나락 밑바닥에서 만난 흡혈공주— 유에였다.

하지메가 『연성』으로 장비를 갖출 때, 유에도 곁에서 튼튼한 여행용 옷과 평상복(야전용 포함)을 제작하는 것이 반쯤 습관이 되었다.

"……좋아. 완성이다."

조용한 공간에 하지메의 흡족한 목소리가 울렸다. 유에가 손을 멈추고 돌아보자 하지메가 왼손 의수를 쥐었다 폈다 하고 있었다.

"……의수용 신 장비?"

"그래. 지금부터 시험 사격을 할 거야. 볼래?"

"……응."

하지메가 제작한 아티팩트는 현대 병기나 게임 지식을 마법과 조합한 것이 많았다. 그래서 유에에게는 모든 것이 신선했고 호기심을 자극했다. 게다가 최근 필요한 장비가 대충 갖추어져, 하지메도 어떤 기능이 있으면 편할지 고민할 뿐 새 장비를 만들지 않았기에 기대감은 한층 컸다.

하지메는 공방 안쪽의 표적을 향해 왼손을 똑바로 뻗었다. 손은 주먹을 쥐고 있었다.

꽉 쥔 금속 주먹은 투박하고 상당한 박력을 자랑했다.

기대에 찬 유에 옆에서 하지메는 훗, 하고 당돌하게 웃고는 선언했다.

"간다. 남자의 꿈— 로켓 펀치!"

펑! 몸까지 떨리는 폭음을 내면서 하지메의 왼손이 무서운 속도로 발사됐다. 플레어 같은 꼬리를 그리며 날아간 주먹은 굉음과 함께 표적을 박살 냈다.

우쭐한 표정을 지은 하지메가 의수에 마력을 보냈다. 그러자 스파크가 파직 튀더니 표적 잔해에 묻혀 있던 왼손이 빨려 오듯 날아서 돌아왔다. 그리고 철컹! 심금을 울리는 소리를 내며 하지메의 의수에 장착됐다.

하지메가 우쭐한 표정을 유지한 채로 옆에 선 유에를 돌아봤다. 눈빛으로 어떠냐고 물었다. 영혼이 뜨거워지고 감동에 겨울 것이라고 생각하면서…….

하지만—.

"……? 이게 다야?"

돌아온 것은 미적지근한 반응이었다. 오히려 그 표정에는 당혹스러움마저 번져 있었다. 하지메의 머리 위로 『?!』 마크가 튀어나왔다. 믿어지지 않아 경악스러운 표정까지 지었다.

"이, 이게 다냐니……? 아니, 대단하지 않아? 로켓 펀치인데? 한 방에 적을 쳐부수고 날아서 돌아오는데?"

"……그래도 위력은 레일건이 더 높은데……."

하지메는 왠지 몹시 당황하며 필사적으로 『로켓 펀치』의 유용성을 주장하지만, 유에는 점점 더 난감한 표정을 짓고 아주 논리적으로 지적했다.

하지메는 한순간 말문이 막혔다. 하지만 「아직이다. 아직 끝나지 않았어!」라고 말하고 싶은 듯 웃으며 반론했다.

"그래. 위력만 본다면 레일건이 더 나아. 하지만 팔이 갑자기 튀어나오는 기습 공격은 로켓 펀치만의 장점이야."

"……레일건의 속도가 더 기습적인 게……."

너무나도 정확한 반론이었다. 하지메에게 대미지 판정. 휘청거림. 하지만 쓰러지지는 않는다. 왜냐면 로켓 펀치를 포기할 수는 없으니까!

"무기를, 무기를 잃었을 때 유용하잖아?!"

"……전투 중에 왼손을 못 쓰는 건 유용해?"

"……."

"……애초에 레일건이 아니라면 『축지』로 파고들어서 『진동파쇄』나 『호완』으로 직접 치는 편이—."

하지메는 왼팔을 빼서 바닥에 내팽개쳤다. 그리고 『보물고』에서 꺼낸 다른 왼팔을 붙이고 유에에게 도발적인 미소를 지으며 교체한 왼손을 들어 보였다.

"좋아. 유에. 네 도전을 받아주겠어."

"……??? 미안, 하지메. 무슨 소리인지 모르겠어."

"확실히 로켓 펀치는 **나에겐** 조~금 맞지 않았을지도 몰라. 내가 아니라면 정, 말, 로 유용한 무기였겠지만……. 좌우지간 로켓 펀치는 넘어가고 진짜 신 장비를 보여주지. 눈치 보지 말고 영혼까지 울리는 떨림을 맛봐."

"……아니, 그러니까 무슨 소리인지—."

더욱 당황한 유에의 말을 무시하고 하지메는 양보할 수 없는 모든 남자의 로망을 위해 정열을 불태웠다.

의수에 마력을 보냈다. 그러자—.

주먹이 새빨갛게 불탄다!

작열하는 빛은 불타는 파토스의 증거. 그렇다, 그것은 제2의 로망 무기—.

"히트 너클이다!"

오늘 두 번째로 짓는 우쭐한 표정이었다. 눈부시게 타오르는 왼손이 하지메의 표정까지 밝게 비추었다.

하지만—.

"……저기…… 거기서 끝?"

유에 님께선 더 많은 것을 요구하셨다. 볼을 긁적이며 당황한 표정을 지으셨다. 아무래도 영혼은 1미크론도 동하지 않은 분위기였다.

하지메의 웃는 얼굴이 딱딱해졌다.

"자, 잘 들어, 유에. 이 초고열 주먹이라면 어떤 상대라도 녹이면서 날려 버릴 수 있어. 대단하지 않아?"

"……굳이 녹여야 해?"

지당한 의문이었다. 하지메의 주먹이라면 장치와 기능까지 써서 어지간한 상대는 이길 수 있었다. 그래서 하지메도 위력 외 요소— 다양한 상황을 가정한 편리성에 중점을 두고 신

장비를 개발했다.

하지만 어디서 길을 잘못 들었는지 로망에 빠진 하지메는 불굴의 투지로 유에라는 현실에 맞섰다.

"유에. 잘 생각해 봐. 만약 앞으로 물리 내성이 무지막지 강한 적이 나온다고 쳐. 그럴 때는 붙잡고만 있어도 피해를 줄 수 있어. 게다가 던전에 갇혔을 때는 벽을 녹이고 탈출할 수도 있고. 어때? 좋지?"

"……으, 응."

하지메는 히트 너클 모드를 해제하고 유에의 가녀린 어깨를 붙잡아 코앞에서 열변을 토했으나, 유에는 어쩔 줄 모르고 눈알만 굴렸다. 내심 진동 분쇄나 전기 두르기, 연성이면 충분하지 않느냐고 생각했지만 굳이 말하지는 않았다. 이쯤 되면 남자아이만 이해하는 이유가 있다고 짐작할 수 있었다.

그래서 하지메를 사랑해 마지않는 유에는 못 말린다는 미소를 짓고 일단 동조했다.

"……조, 좋아 보여."

"……."

하지메는 왼팔을 빼서 바닥에 내팽개쳤다. 동정 따위 필요 없다는 태도였다.

하지메는 꺾이지 않고 다시 『보물고』에서 새로운 왼팔을 꺼내어 장착했다.

그리고 유에에게 이거면 어떠냐는 식으로 눈빛을 보내고 의수를 나선형 원추 모양으로 변형했다.

"유에, 이게 내 진짜 실력이야. 지금까지 보여준 건 시작에 불과해. 자, 두 눈 크~게 뜨고 봐라! 그리고 감동의 소용돌이에 허우적거려라!"

중2병 감성이 철철 넘치는 대사를 무자각하게 떠들면서 마력을 불어넣었다. 그리고 가동하는 제3의 로망 무기—.

"이것이…… 변형『드릴』이다!"

하지메는 오늘 최고로 우쭐한 표정을 짓고는 멋진 회전음을 내는 드릴을 하늘로 쳐들었다. 이거라면 유에도 감동하지 않을 수 없으리라 생각하고 시선을 돌렸다. 그곳에는—.

"……응. 멋있……어. 이제 괜찮아."

"……."

하지메는 생각했다. 뭐가 괜찮다는 것일까……. 유에의 눈빛이 무척 자애로웠다.

유에는 이번에도 그것의 유용성을 의심했다. 하지만 인생이란 무슨 일이 있을지 모르는 법. 그러니까 평소 아무짝에 쓸모없는 물건이라도 분명히, 그래, 분명히 언젠가 활약할 날이 올 것이다. 아니, 하지메를 봐서라도 오면 좋겠다. 유에는 그런 따스한 마음을 품었다.

하지만 그 따스함은 오히려 레일건이 되어 하지메를 꿰뚫었다. 불굴의 마음에 쩍 금이 갔다. 아주 조금「혹시『그쪽(중2 세계)』으로 빠지지 않았나?」라는 자각이 고개를 내밀었다.

그러나 달리는 자동차가 갑자기 멈추지 못하듯 하지메도 로망의 불길을 바로 꺼뜨리지는 못했다.

그래서 반쯤 될 대로 되라는 식으로 「왼손이 용 모양으로 변형!」이라느니, 「손가락으로 워터 커터!」라느니, 끝내는 총기와도 의수와도 관계없는 「클라우○ 합체검!」이라고 소리치며 혼자 로망 쇼를 펼쳤다. 그러나 그때마다 유에는 점차 따스한 표정이 되어 갔다.

최종적으로 모두 바닥에 내팽개치고 쓰러진 하지메가 정상으로 돌아올 때까지, 유에는 시종일관 따스한 미소로 머리를 쓰다듬으며 끊임없이 위로의 말을 건넸다.

뭐가 괜찮다는 것일까…….

하지메는 가급적 그 부분은 생각하지 않기로 했다.

밤. 공방 책장 뒤에 있는 비밀의 방에서 검은 그림자가 살금살금 움직였다.

"……완성했다."

중얼거린 사람은 하지메였다. 그의 눈은 은발 미녀를 바라보고 있었다. 미녀는 한눈에 봐도 인간이 아니라고 알 수 있었다. 왜냐면 그녀의 귀는 사람의 귀가 아닌 안테나 같은 직사각형 금속으로 되어 있었기 때문이었다.

피부의 질감도 단단해 보였고 살짝 열린 눈에서도 의지가 느껴지지 않았다.

당연했다.

그녀의 정체는 옛날 오스카가 제작하던 청소용 골렘…… 아니, 남색 원피스에 하늘하늘한 순백색 앞치마, 머리에는 화이트 브림을 착용한 모습은 어떻게 보나 메이드! 바로 메이드 골렘이었다!

"오스카. 넌 현실성을 너무 추구하다가 오히려 현실에서 멀어져 버렸어. 그게 실패한 원인이야. 하지만 나에게는 2차원 미소녀 캐릭터에 관한 지식이 있어. 적당히 비현실적인 변형을 가한다…… 그게 정답이야."

밤중에 홀로 만족스럽게 중얼거리는 하지메는 정말로 남 보여주기 부끄러운 인간이었다.

그러나 하지메의 성취감은 컸다. 이 비밀의 방과 함께 메이드 골렘과 대량의 메이드복, 그리고 연구 일지를 찾아 오스카의 메이드 골렘에 대한 무한한 탐구심과 이상에 공감해, 의지를 계승한 하지메가 유에에게 들키지 않게 고생고생 완성한 물건이었다. 감회에 젖는 것도 어쩔 수 없었다. 그런데 그때―.

"……하지메, 찾았다."

문득 방 안에 빛이 들어왔다. 그와 동시에 익숙한 목소리도 들려왔다.

감회에 젖어 메이드 골렘을 감상하던 하지메는 흠칫 놀라며 기름을 치지 않은 기계처럼 고개를 돌렸다.

"유, 유에, 왜 여기에?! 네 기척은 침실에 있는데!"

"……하지메가 매일 밤 기척 차단에 가짜 기척을 남기는 아티팩트까지 쓰고 나가는 걸 알고 있었어. 비밀 방은 예상하지 못했지만…… 반대로 아티팩트를 쓰면 마음대로 돌아다닐 수도 있었어."

아티팩트를 역이용당했다. 하지메는 통한의 실수에 이를 갈았다.

그때, 유에의 무감정한 눈동자가 메이드 골렘을 향했다. 하지메가 다시 흠칫했다. 마치 아내에게 바람피우는 현장을 목격당한 남편처럼.

"……하지메. 메이드복이 좋으면 말해주지 그랬어."

유에의 눈동자에 불길이 일렁거렸다. 아무래도 메이드 골렘에게 질투하는 것 같았다.

하지만 아니다. 그게 아니다! 하지메는 유에를 설득하려고 입을 열었다.

"유에. 잘 들어. 난 메이드복을 좋아하는 게 아니야. 이건 로망이야."

"……로망?"

"그래, 로망. 메이드 아가씨와 골렘, 즉, 로봇. 두 요소를 합친 메이드 골렘. 이게 올바른 형태라고. 메이드만으로도 안 되고 골렘만으로도…… 뭐, 그건 그거대로…… 아니지, 메이드 골렘이란 단순히 두 요소를 합친 것이 아니라 하나의 장르로 승화한 모든 남자의 로망이야."

거기서 멈추지 않고 하지메는 메이드 골렘을 향한 주체할 수 없는 로망을 열변했다.

얼마나 시간이 지났을까.

말없이 듣던 유에가 고개를 끄덕였다.

"알았어."

"드디어 알아줬구나!"

안도한 하지메의 얼굴에 웃음이 퍼지고— 그 순간, 시뻘건 불덩이가 하지메의 뺨을 스쳤다.

그 직후 울려 퍼지는 굉음. 하지메가 놀라서 뒤를 돌아보자 그곳에는 처참하게 폭발한 메이드 골렘이 있었다.

"어, 어떻게 이런 짓을!"

무릎을 꿇고 쓰러진 하지메가 불타오르는 메이드 골렘의 잔해를 넋 놓고 바라봤다.

그리고 척척 걸어온 유에에게 슬픔과 분노가 섞인 목소리로 따졌다.

"유에, 왜! 왜 이랬어! 대체 그녀에게 무슨 원한이 있어서?!"

"……요즘 하지메는 조금 이상해. 조교— 어흠, 교육이 필요해."

최근 하지메는 지나치게 로망에 매달리는 경향이 있었다. 연성이 잘 되지 않아 슬럼프에 빠진 것이 원인이라고 생각하지만, 이쯤에서 바로잡지 않으면 본격적으로 『그쪽(중2 세계)』으로 가서 돌아오지 못할지도 모른다. 메이드 골렘 때문에 슬픔과 분노가 북받쳐 고래고래 소리치는 시점에서 이미 말기였다.

좋아하는 여자에게 면전에서 「너 이상해」라는 소리를 들은 하지메가 제법 충격을 받고 제정신으로 돌아오는 와중, 유에는 방에 즐비한 메이드복 중 하나를 들었다.

그리고 우아하게 빙글 돌더니 하지메를 바라보며 입술을 날름 핥았다.

관능미가 흘러넘친다.

유에는 머리가 아찔해지는 요염함을 흩뿌리며 말했다.

"……그런 것보다 살아 있는 메이드가 좋다는 걸 몸으로 알려줄게. 주인님."

"……."

하지메는 말이 없었다. 식은땀 한줄기가 뺨을 타고 흘렀다.

그 후 나락 밑바닥에서 외마디 비명이 울려 퍼졌다고 한다.

그리고 애인 겸 메이드의 헌신적인 봉사로 하지메가 중2 세계의 심연에서 귀환한 것은 말할 필요도 없으리라.

◆나락의 밤에 꾸는 꿈

신전처럼 장엄한 거대 공간에서 두 사람이 대치하고 있었다.

한 명은 은백색으로 빛나는 법의와 긴 은발을 늘어뜨리고 은백색 장검을 들었으며, 다른 한 명은 검은 옷에 안대와 의수를 차고 리볼버를 들었다.

"용케 이곳까지 왔구나. 칭찬해주마. 홍련과 백아의 장송광왕(크림슨 팽 매드니스 퍼레이드)(葬送狂王)이여. 아니, 파군기화(카오스 디제스터)(破軍奇禍)라고 부르길 원하나?"

"훗, 마음대로 하시지. 잡배들이 멋대로 붙인 이름이다. 하지만 이름에 부끄럽지 않은 재앙을 내려주마. 오늘 네게 종말이 찾아올 거다. 천지개벽의 신(갓 오브 오리진), 아니, 창세와 혼돈의 암흑 마신(카오스 오브 다크니스)!"

—잠깐, 그 오글거리는 이름은 뭐야! 당장 그만…….

"이제는 깨어날 때다, 나의 강철과 마기(魔技)의 왼팔이여!"

검은 옷 남자가 안대를 벗고 푸른 눈을 빛내며 외쳤다.

“좋다. 신에게 거스르는 불경한 자여. 무한한 고통을 네 혼에 새겨주겠다!”

동시에 백은색 남자도 백은색으로 빛나는 백은색 날개를 펼치고 백은색으로 빛나는 백은색 검을 들고 외쳤다.

—이것들이 얼마나 더 할 생각이야…….

그렇게 싸움이 시작됐다. 검은 남자가 「붉은 섬광이여, 내 명에 따라 적을 먹어 치워라—『홍련의 참곡(斬哭) 공명』!!」 같은 소리를 외치면 백은색 남자가 「훗, 가소롭군. 삼라만상을 멸각하라—『유구하며 무한한 섭리』!」 같은 소리로 맞받아쳤다. 실로 격조 있는 말(?)이 쉴 새 없이 오가는 전무후무한 격전이었다.

—내 정신은 이제 지쳤어, 파트○슈…….

마지막에는 백은색 남자가 『세 번째 변신』을 하고 검은 남자가 『진정한 힘』에 각성한 뒤 서로 『비장의 수』이자 『필살기』를 쓰며 격돌했다.

그 결과, 싸움은 검은 남자의 승리로 막을 내렸다.

그의 몸은 만신창이였지만 얼굴에는 대담한 웃음을 짓고서…….

“훗, 제법 즐거웠어. 저승길 선물로 알려주지. 내 이름은 홍염백마의—.”

—내 HP는 이미 제로야! 제발 그마아아아아아안!

"그만둬어어어어어어어어어어어어어어어!!"

"……?! 하지메? 왜 그래? 괜찮아?"

나락 은신처에 있는 침실에서 시트를 확 젖히며 일어난 하지메가 거친 숨을 몰아쉬었다. 바로 옆에서 자던 유에가 놀라서 일어나 하지메를 안았다.

"무, 무시무시한 꿈을 꿨어……. 유에, 부탁이 있어."

"……응?"

"만약 내가 『그쪽』(중2 세계)에 빠질 것 같으면 창천이든 천작이든, 최상급 마법을 쏴서라도 되돌려줘."

애원하는 하지메를 보고 사태의 심각성을 느낀 유에는 힘주어 고개를 끄덕였다.

"……응. 맡겨줘. 하지메가 『그쪽』(단순한 괴물)으로 넘어가게 두진 않아."

단어의 해석에 묘한 차이가 있다는 사실을 두 사람은 깨닫지 못했지만…….

하지메는 비로소 안도하며 유에를 껴안고 다시 잠들었다.

분명히 유에가 있는 한 하지메가 『그쪽』에 빠질 일은 없을 것이다…… 아마도.

◆성지에 강림한 전쟁의 처녀

많은 상품으로 비좁은 인상마저 주는 가게 내부에는 소음으로 느껴지지 않도록 볼륨을 낮춘 최신 유행 애니메이션 음악이 흐르고 있었다. 이 가게는 게임과 만화 등 서브컬처 상품을 전문으로 다루며 전국에 매장을 둔 유명 가게였다.

당연히 가게에는 자칭 『신사』나 『전사』라는 인종이 성지에 모인 신자처럼 들끓었고, 친구와 함께 방문해서 진지하게 의논하는 사람도 있는 등 열기와 번잡함이 혼재했다.

물론 그런 가게에서도 조용한 장소는 있었다. 가게 가장 안쪽, 큰 커튼으로 나뉜 특별한 공간. 커튼에 그려진 로고는 『19금』. 바로 성인 코너였다.

그곳에서는 제아무리 숙련된 전사라도 말수가 적어지며 주변 시선까지 신경 쓰게 된다. 흘러나오는 애니메이션 음악조차 눈치를 보듯 작게 들리는 조용한 공간이었다.

이 독특한 분위기가 어느 순간 갑자기 깨졌다.

"카, 카오리! 어딜 들어가려는 거야!"

"으으. 그, 그래도 시즈쿠……."

작지만 잘 울리는 당찬 소녀의 목소리와 『은구슬이 구른다』는 표현이 절로 떠오르는 가녀린 소녀의 목소리에 전사들은 흠칫 놀라 책장 뒤에서 고개를 내밀었다. 커튼 끝으로 희고 가느다란 손가락이 보였다. 누가 봐도 여자아이의 손가락이었다.

그들은 생각했다. 「들어오려고?! 젠장, 퇴로가 막혔다!」. 입구는 하나밖에 없으니까 당황하는 것도 당연했다.

"그래도는 무슨 그래도야. 전 연령판은 다 팔렸다고 하니까 포기해."

"하지만…… 나구모 아버지 회사에서 낸 게임이란 말이야.

어쩌면 나구모도…… 서, 성인판을 했을지도 모르잖아!"

"카, 카오리. 나구모랑 이야기하려고 게임을 사러 온 거지? 교실에서 나구모랑 야한 게임 이야기를 하려는 거야? 이야기를 꺼내면 나구모가 소스라치는 모습이 눈에 선해. 불쌍할 지경이야."

시즈쿠의 말대로 오늘 카오리는 반에서 마음이 있는 남자— 나구모 하지메와 대화할 소재를 만들려고 하지메 아버지가 운영하는 회사의 게임을 사러 왔다.

하지만 그 게임은 인기 작품이어서 전연령판은 이미 어디서나 매진됐고, 우연히 어제 재입고 된 『성인판』만 조금 남아 있는 상태였다.

"으으. 그래도…… 말리지 마, 시즈쿠! 여자에게는 안 된다는 걸 알아도 싸워야 할 때가 있어!"

"적어도 지금은 아니야. 앗, 카오리! 기다리라니까!"

마른침을 삼키고 커튼 너머를 엿보던 전사들은 그곳으로 뛰어든 소녀를 보고 입이 벌어졌다. 「거짓말이지? 완전 미소녀잖아……」라고 생각하며…….

카오리는 카오리대로 뛰어든 순간 귀여운 여자애가 민망한 모습으로 그려진 포스터를 발견하고 순식간에 귀까지 빨갛게 달아올랐다. 그리고 남자 손님들이 경악하는 시선을 깨달은 뒤 고개를 푹 숙였다.

그러나 뒤에서 똑같이 새빨개진 시즈쿠가 팔을 잡아당기자 오기가 생겼는지 이대로 물러날 수 없다는 그릇된 결의를 품고 걸음을 내디뎠다.

시즈쿠가 악을 쓰고 팔을 잡아당겼지만 자신을 포위해 수치심을 폭발시키는 요소들 때문에 전혀 힘이 들어가지 않았다. 그 결과 마치 이세계에서 미아가 된 어린아이처럼 카오리 뒤를 터덜터덜 따라가는 꼴이 되었다.

"앗. 시, 시즈쿠! 차, 찾았어!"

"뭐, 뭐야, 정말……. 날 어디까지 끌고 가……."

창피한 나머지 울먹거리는 시즈쿠를 끌고 가던 카오리는 마침내 찾아 헤매던 물건을 손에 넣었다. 그리고 패키지를 보고 두 사람 모두「으아」,「엄마」하며 비명 같은 소리를 냈다. 물론 거기에 그려진 캐릭터들의『삐—』한 일러스트가 원인이었다.

시즈쿠가 필사적으로 고개를 돌리는 가운데, 카오리는 의미 없이 실눈을 떠서 패키지 뒤를 확인하고는 갑자기 어처구니없는 소리를 내뱉었다.

"어? 이 애, 어쩐지 시즈쿠랑 닮은 기분이……."

"뭐?! 이, 이상한 소리 하지 마! 내가 이렇게 네발로 엎드려서 엉덩이를 내밀 거 같아?!"

안 보는 척하면서 다 보고 있던 시즈쿠가 새빨개져서 언성을 높였다.

책장 건너편에서 뭔가 푸확 쏟아지는 소리와 쓰러지는 소리가 울렸다.「크. 죽지 마! 젠장, 피가 안 멈춰!」라는 긴박한 목소리도 들렸다.

하지만 수치심이 레드 존에 돌입한 시즈쿠는 그런 것도 알아차리지 못하고 추가타를 날렸다.

"게, 게다가! 그렇게 말하는 카오리는 이쪽 애랑 닮았네, 뭐!"

"뭐어?! 나, 나는 남자 위에서 이런 부끄러운 자세를 잡은 적 없어!"

또 한 번, 반대쪽 책장 너머에서 새빨간 꽃이 피었다. 「위생병, 위생병!」이라는 구원 요청이 비명처럼 들려왔다.

그런 그때, 절체절명의 전사들 곁으로 구세주가 내려왔다.

"손님. 죄송하지만 이쪽은 연령 제한이 있는 상품을 다루는 곳이라서 출입하시면 곤란합니다."

바로 점장님의 강림이었다.

이대로 가면 자신의 성이 전사들의 무덤이 될 것이라고 판단한 그는, 30대 남성이자 점장인 자신이 주의를 주면 이 여고생들도 거북해서 어련히 나가리라 생각했다.

하지만— 돌격계 소녀는 강적이었다.

고속으로 머리를 숙인 시즈쿠는 부끄러움에 반쯤 울면서 카오리를 데리고 나가려 했다. 그러나 여기서 카오리가 돌발 행동에 나섰다. 얼굴을 새빨갛게 물들이면서도 양손으로 든 야한 게임을 점장에게 불쑥 내밀었다.

"이, 이거 주세엿!"

점장의 얼굴이 굳었다. 강하게 단련된 스마일을 필사적으로 유지하며 다시 연령 제한을 방패로 삼지만…….

"아, 아버지 심부름이에요!"

그곳에 있는 모든 사람이 생각했다. 세상에 그딴 아버지가 어디 있냐고…….

카오리 본인도 구차한 변명이라는 자각은 있는지, 아버지 생일 선물이라느니 같이 할 거라느니 더욱 혼란을 야기하는 변명을 연발했다.

옆에 있는 시즈쿠는 결국 수치심이 폭발해 양손으로 얼굴을 가린 채 쪼그려 앉아 버렸다. 카오리가 점장을 올려다보고 물었다.

"……안 되나요?"

"잠깐만요."

거기서 점장의 한계가 찾아왔다. 그는 그 말만 남기고 책장 뒤로 돌아갔다. 다음 순간, 푸확! 하고 새빨간 분수가 솟았다.

"점장니이이임?!"

그 또한 서브컬처가 낳은 아이였다. 전사들의 비명이 울려 퍼졌다.

그 후로도 어떻게든 게임을 구하려는 카오리 때문에 전사들과 점장의 시체가 양산됐다고 한다.

◆가족의 꿈

고기와 간장 소스를 굽는 먹음직한 향기가 풍겼다. 현대식 시스템키친 앞에는 시크한 앞치마를 입고 검은 세미 롱 헤어를 뒤로 묶은 약 40세 정도의 여성이 있었다.

그 여성— 나구모 스미레는 익숙한 솜씨로 완성한 요리를 접시에 담고 천장을 올려다보면서 소리쳤다.

"하지메~, 여보~, 사료 먹어요~."

잠시 후. 바쁘게 계단을 내려오는 두 발소리가 들렸다.

"……엄마. 사료가 뭐야, 사료가."

눈 아래로 다크서클이 내려온 선한 인상의 소년— 나구모 하지메가 쓴웃음을 짓고 부엌으로 들어왔다. 하지메는 상을 차리면서 오늘 밤 메뉴를 보고 눈을 빛냈다.

그런 하지메 뒤에서 누군가 얼굴을 빼꼼 내밀었다.

"오늘은 츠쿠네 햄버그[#1]야? 어쩐지 좋은 냄새가 나더라."

짧은 머리가 삐죽삐죽 튀어나온 마른 남자— 하지메의 아버지, 나구모 슈였다. 그의 눈 아래에도 아들과 똑같은 거무스레한 다크서클이 있었다.

식탁에 앉은 부자는 식전 인사를 마치자마자 스미레를 두고 게걸스럽게 저녁 식사에 달려들었다. 입 안 가득 햄버그와 쌀밥을 넣고 열심히 입을 우물우물 움직였다.

그 모습을 보고 스미레는 키득키득 웃으며 중얼거렸다.

"역시 사내놈들한테는 사료면 충분해. 그런데 부자가 함께 하는 신작 디버깅은 잘 돼 가?"

"……꿀꺽. 응, 시간 안에 끝날 것 같아. 그 게임, 역시 재미있어."

"우물우물. ……당연하지. 회사에서 작정하고 만든 신작이야.

#1 츠쿠네 햄버그 일본식 고기완자 츠쿠네를 햄버그스테이크 형태로 만든 요리.

돈을 어마어마하게 쏟아부었어. 재미없으면 아빠는 이 일 관둔다. 그리고 공부를 위해 하루 종일 집에서 게임만 할 거야."

"아빠, 그건 그냥 니트족이잖아."

"니트족이 아니야. 방콕족이지. 자기가 번 돈으로 방콕할 수 있는 사람은 인생의 승리자야."

아들의 날카로운 지적에도 슈는 태연하게 자신만의 지론을 떠벌렸다. 심지어 어머니가 거기에 동조했다. 역시 게임 회사 대표와 인기 순정 만화가였다. 발상이 아주 비사회적이었다.

하지메가 학교에서 모종의 이유로 시기와 비웃음의 대상이 되어 대부분의 학생에게 부당한 취급을 받는다는 사실을 알았을 때도 「전학을 가든 싸우든 집에 틀어박히든, 네가 원하는 대로 해라. 아니면 당장 학교 때려치우고 우리 회사에 들어와도 돼. 걱정 마~, 중퇴건 뭐건 결국 돈을 많이 버는 놈이 승리자야」라고 부모 자격이 있는지조차 의심되는 조언(?)을 했을 정도였다.

오히려 하지메가 「인생에 보험과 퇴로는 필요하다. 학력은 중요하다」라며 은근슬쩍 자기 회사에 취직시키려는 부모를 설득해야 했다.

'부모님이 무덤덤하게 반응한 덕분에 나도 심각하게 생각하지 않고 흘려 넘기게 됐으니까 고맙긴 하지만…….'

하지메가 그런 생각을 하는데 갑자기 가슴이 철렁하고 저절로 반발심을 일으키는 말이 들렸다.

"하지메는 로리콤 기질이 있는지도 몰라."

"로리 캐릭을 좋아하는 걸 보면 그럴지도."
서둘러 정신을 차리고 무슨 소리냐고 항의하는 눈빛을 보냈다.
"그렇게 노려보지 마. 네가 이번 신작에서 금발 로리 마법사를 애용하는 건 사실이잖아?"
"그렇다고 왜 로리콤이 돼? 현실과 게임은 구분해야지."
"하긴, 하지메는 동물 귀 캐릭도 좋아하지. 특히 토끼 귀. 우리 아들이지만 참 바람둥이야."
히죽히죽 웃는 부모님 때문에 하지메는 심통이 났다. 부모님은 가끔 이렇게 짠 것처럼 아들을 놀리고는 했다.
"하지메가 이세계에 소환되면 동료는 분명히 로리 캐릭일 거야. 제발 범죄만은 저지르지 마라. 이세계라도 윤리관은 비슷할 테니까. 요즘은 게임에서도 그런 부분에 규제가 엄격해."
"그런 유치한 가정을 왜 해? 그리고 내가 로리콤이라는 이야기 좀 그만해."
"미안, 미안."
삐쳐서 깊은 한숨을 쉰 하지메에게 아버지가 사과하면서 이렇게 말을 이었다.
"하지만 남자라면 검과 마법의 세계에 가보고 싶지 않아? 모험가가 돼서 귀여운 히로인과 로맨스를 펼치고, 마왕이나 신을 해치우고 세상을 구한 영웅이 되는 그런 거 말이야."
"남자애들은 그런 거 좋아하더라? 요즘도 보면 이세계 소환이나 전생이 유행이고. 하지만 내 아들이 그렇게 된다고 생각하면 싫어. 못 돌아오면 어떡해."

스미레는 진지하게 상상하고는 얼굴을 찌푸렸다. 슈도 그렇지만 망상이 심한 것은 직업병일까? 그런 부모님 때문에 하지메는 난감하게 웃으며 말했다.

"나는, 세상은 못 구할 거 같아."

아들의 소심한 발언을 듣고 슈는 하다못해 망상 속에서는 네가 최강이어도 되지 않느냐며 못마땅하게 말했다. 하지메는 난감한 웃음이 더 짙어졌지만 이상하게 뚜렷한 말투로 단언했다.

"분명 나는 집으로 돌아오는 것만으로도 벅찰 거야. 만약 소중한 사람이 있으면 그 사람과 함께. 그래도 집으로 돌아오기 위해서라면 힘이 날 거 같아."

"""……."""

그 말에 슈와 스미레는 무심코 서로를 바라봤다. 하지메는 쑥스러움에 못 이겨 「게다가 게임도 책도 없는 세계에서는 못 견딜 거 같아」라고 덧붙이며 어깨를 으쓱거렸다.

슈와 스미레는 민망해하는 아들을 놀리지 않고 무척 다정한 표정으로 동의해줬다.

"그래. 세상보다 네가 무사한 게 중요하지. 세상이야 구할 수 있으면 곁다리로 구하면 되지 않겠어? 흠, 그런 생각을 가진 주인공으로 작품 하나 만들어 볼까……."

"어머, 괜찮네. 집으로 돌아가는 길에 얻어터지는 마왕이나 신. 그런 어이없는 이야기도 재밌겠어."

결국 얻은 것은 작품 창작 의욕뿐이었다. 하지메는 부모님의 취미와 일밖에 모르는 사고방식에 어처구니없어 하면서도 자신은 분명히 두 사람의 자식이라고 자각하고 아이디어를 주고받는 부모님의 대화에 끼어들었다.

나구모 가족의 여느 때와 다름없는 단란한 일상 풍경이었다.

달빛이 드는 침실에서 가벼운 신음을 흘리며 슈가 눈을 떴다.

"여보, 왜 그래?"

"스미레…… 하지메의 꿈을 꿨어. 사라지기 얼마 전에, 이세계에 가면 어떨 것 같냐고 농담했을 때……."

옆에서 자던 스미레가 슈의 가라앉은 표정을 보고 함께 몸을 일으켜 살며시 몸을 붙였다.

"분명 돌아올 거야. 이세계에 있든 지구 어딘가에 있든 그 애는 꼭 돌아와."

"스미레……."

"그 애는 원래 그렇잖아. 평소에는 마찰을 안 일으키려고 하지만, 절대로 양보할 수 없을 때는 행동하는 애야. 그러니까, 분명히 괜찮을 거야."

"……그렇지. 분명히 괜찮을 거야."

학교에서 같은 반 아이들과 함께 사라진 아들을 그리워하며 서로 몸을 기댄 부부의 모습은 너무나도 애처로웠다. 그렇게 밝고 따뜻하던 가정이 지금은 고요한 정적과 냉기에 싸여 있었다.

그 무렵, 이세계 나락 밑바닥에서 하지메는 문득 눈을 떴다.

인공 달빛을 받으면서 먼 곳을 바라보는 하지메 곁에서 유에가 몸을 붙이며 왜 그러냐고 눈빛으로 물었다.

"꿈을 꿨어. 아버지와 어머니가 나오는 꿈. 설마 그때 나눈 유치한 이야기가 현실이 되다니……."

"……하지메. 괜찮아. 함께 있으면 우리는 뭐든 할 수 있어. 반드시 돌아갈 수 있어."

유에가 확신에 가까운 강한 어조와 미소를 하지메에게 보내주었다.

하지메는 그런 유에를 사랑스럽게 쓰다듬고 힘차게 고개를 끄덕였다.

"그래. 돌아갈 거야. 유에를 데리고. 반드시."

왠지 하지메의 머릿속에서 서로 몸을 기댄 부모님의 모습이 스쳤다.

고통을 참듯 고개 숙인 채 서로를 지탱하는 두 사람은 기억 속 모습보다 약해 보였지만 하지메가 결의를 입에 담은 순간, 그 목소리가 들린 것처럼 문득 고개를 들었다.

하지메가 환영으로 본 아버지와 어머니는 마지막에 살짝 기억에 남아 있는 미소를 지어 보이고 고개를 끄덕인 것처럼 보였다.

◆HALLOWEEN?

"저기…… 어때? 나구모?"

시끌벅적한 방과 후 교실.

그 구석에서 하지메는 굳어 있었다. 눈앞에 있는 귀여운 요괴의 요술에 걸린 것처럼…….

"으, 응. 아, 아주 잘 어울려, 시라사키. 그건…… 고양이 요괴 분장이야?"

간신히 정신을 다잡은 하지메가 그렇게 감상을 들려준 순간, 미니스커트처럼 짧게 개량한 유카타를 입고 고양이 귀와 꼬리 장식으로 『고양이 요괴 분장』을 한 시라사키 카오리가 볼을 붉히며 몸을 꼼지락거렸다.

가뜩이나 학교 양대 여신이라는 말까지 듣는 미소녀가 최강 장비까지 착용하고 볼을 붉히면서 기뻐하면 그 귀여움은 흉기 수준이었다. 사실 이미 많은 남자가 코에서 나온 행복의 바다에 가라앉아 헉헉대며 여자들에게 극한으로 식은 눈총을 사고 있었다.

그럼 왜 카오리가 학교에서 이런 분장을 했는가? 물론 카오리에게 특수한 성적 취향이 있어서는 아니고, 오늘이 『핼러윈』이기 때문이었다.

우여곡절(여학생, 특히 카오리와 시즈쿠 같은 미소녀의 분장을 보고 싶은 사춘기 남자들의 부단한 노력) 끝에 학생회가 기획한 핼러윈 파티가 학교에서 개최됐다.

한쪽에서는 시즈쿠가 드라큘라 분장을 하고 어마어마한 수의 자칭 동생들— 소울 시스터즈에게 열렬한 환영을 받으며 애써 입꼬리를 올리는 등 모두 들뜬 모습으로 서로의 분장을 보면서 웃고 떠들었다.

물론 교실에 등장한 카오리가 가장 먼저 하지메에게 감상을 요구한 시점에서 괴물 분장을 한 남자 대부분이 분장에 딱 어울리는 얼굴로 하지메를 노려보았고, 하지메는 정말로 『핼러윈의 밤』에 온 것이 아닌가 싶을 정도로 식은땀을 흘렸다.

"있지, 나구모. 파티가 끝나면 시즈쿠 집에서 뒤풀이할 건데…… 괜찮으면 나구모도 올래?"

괴물들의 시선에 압박이 더해졌다. 그 시선이 말하고 있었다.

그 뒤풀이는 시즈쿠와 코우키, 류타로만 초대받은 소꿉친구 4인조의 뒤풀이라서 자기들도 못 가는데 감히 너만 갈 생각은 아니겠지, 라고…….

오늘 밤 괴물들은 조금 위험할지도 모르겠다. 이것도 다 고양이 귀 카오리 잘못이었다.

"아, 어쩌지? 미안, 시라사키. 사실 나중에 볼일이 있어서…… 바로 집에 가야 해."

"……그렇구나. 아쉽지만, 일이 있으면 어쩔 수 없지. 아, 그럼 파티에서는 같이 다니자. 이런 기회는 거의 없잖아. 괜찮지?"

『이런 기회』가 무엇일까. 『괜찮지?』 부분에서 양손을 맞대고 아양 떨듯 고개를 까딱 기울이는 모습은 앙큼하다 싶을 정도였다. 괴물들이 포위망을 좁혀 오지 않았다면 하지메도 넋 놓고 바라봤을지도 모른다.

"미, 미안해. 다, 다른 약속이 있어서……."

하지메는 살금살금 후퇴해 도주 경로를 확인하면서 변명했다.

카오리의 눈썹이 까딱 반응했다. 괴물들의 동향에 주의하던 하지메는 깨닫지 못했다.

"다른 약속? 나구모. 그거 혹시, 여자야? 응?"

"으, 아니, 설마. 그럴 리가 있겠어? 아하하……."

왠지 등줄기가 오싹해진 하지메는 반사적으로 해명했다.

그 순간 카오리는 안심하는 반응을 보였으나, 거절당했다는 사실에는 변함이 없어서 힘없이 어깨를 늘어뜨렸다. 하지메의 뒤로 돌아온 늑대인간이 낮게 으르렁거렸다. 인간의 목에서 난다고는 믿어지지 않는 소리였다. 마음은 이미 괴물이 됐는지도 모르겠다.

카오리는 잠시 어깨를 늘어뜨리고 있었지만 꺾이지 않는 의지가 그녀의 장점(?) 아니던가. 무슨 생각이 들었는지 표정이 대번에 밝아지더니 스마트폰을 꺼냈다.

"그러면 사진이라도 찍자. 이런 기회는 거의 없으니까 기념으로. 괜찮지?"

"그, 그래. 그런 거라면 괜찮아."

실제로는 괜찮지 않았지만 더는 거절할 방법이 없었다. 카오리는 기쁘게 웃으면서 다가와—.

"그, 그럼, 잠깐만 이렇게……."

하지메와 팔짱을 꼈다. 그야 사진을 찍으려면 가까이 붙어야 하지만…… 지금 이 순간만큼은 살얼음 위에서 방방 뛰는 것만큼 위험하다!

"시, 시라사키, 미안! 사진은 나중에 찍어!"

"어? 어어? 나구모오오! 어디 가~?!"

하지메는 달렸다. 그야말로 도망치는 토끼처럼. 교실을 뛰쳐나와 뒤도 돌아보지 않고 달렸다.

그 뒤를 두두두두 소리를 내며 괴물들이 쫓는다! 「더는 못 참아! 왜 저 자식만!」, 「크르렁!」, 「나구모! 지금 분명 닿았지?! 부드러웠냐?! 젠장, 죽일 놈!」, 「아우우!」라며 남자들이 저마다 질투로 점철된 아우성을 질렀다. 살짝 인간에서 벗어난 자도 있는 것 같았다.

"으아아, 뭐야?! 얼굴이 심상치 않아?! 그리고 네발로 달리는 사람은 또 뭐야?!"

방과 후 학교에 하지메의 절규가 울려 퍼졌다. 흔한 일이었다.

"그런 일이 있었지. 그때 그 녀석들은 분명히 인간이 아닌 무언가에 씐 거야."

회상에서 돌아온 하지메가 숙소 식당에서 호박 비슷한 재료를 쓴 요리를 앞에 두고 유에와 시아에게 피곤한 웃음을 지어 보였다.

하지메가 핼러윈의 아픈 추억을 이야기하는 이유는 지금 눈앞에 잭 오 랜턴처럼 가공된 이세계판 호박이 있기 때문이었다. 딱히 오늘이 토터스의 축제날은 아니었다. 단지 이 숙소

요리가 특이할 뿐이었다. 이것도 점장이 재미로 만든 것이라고 들었다.

“하지메 씨 고향에는 재미있는 축제가 있네요. 스스로 괴물로 분장하다니, 여기서는 상상도 하지 못할 일이에요. 성교 교회에 바로 이단으로 찍힐걸요?”

“……응. 다른 시각으로 보면 자유로운 곳이야. 하지만 그런 것보다 중요한 건…… 하지메가 다른 여자에게 헉헉댔다는 사실.”

“헉?! 맞아요! 고양이 귀에게 홀리다니 한심해요, 하지메 씨! 토끼 귀보다 뛰어난 동물 귀는 없다고요!”

과거 추억에서 생각지도 못한 복병이 튀어나왔다. 비난 어린 눈길을 보내는 유에와 시아에게서 하지메는 시선과 화제를 돌렸다.

“참고로 핼러윈에는 아이들이 조그만 괴물로 변장하고 『과자를 안 주면 장난칠 거다!』라고 말하며 이웃집을 돌아다녀. 아이들에게는 과자를 잔뜩 얻을 수 있는 기쁜 이벤트지.”

“오오.”

그 말을 듣고 유에가 중얼거렸다. 그리고 옆에 있는 시아에게 귓속말을 건넸다. 하지메는 못내 신경 쓰였지만, 유에는 시아와 밀담을 끝내더니 뭐라고 묻기도 전에 지구 괴물과 요괴에 관한 질문 공세를 퍼부었다. 그리고 설명을 마치자마자 시아를 데리고 쏜살같이 사라졌다. 먼저 숙소를 잡으라는 말만 남기고…….

그 후 떨떠름한 기분으로 홀로 숙소를 잡은 하지메가 방에서 무기를 손질하는데, 마침내 유에와 시아가 돌아왔다. 방 밖에서 인기척이 났다. 잠시 후 문이 열리고—.

"……응. 하지메, 과자를 안 주면 장난칠 거다~."

"우으~, 이 복장 너무 창피해요. 그건 그렇고, 장난칠 거다~, 예요!"

"……맙소사."

정말로 다양한 감정이 담긴 『맙소사』였다. 두 사람의 모습은 너무나도 흉악했다.

유에는 재현도 높은 흰색 미니스커트 유카타를 입어 가늘고 흰 다리를 아낌없이 드러냈다. 붉은 허리띠에 맞춰 붉은 게타[#2]가 흰 다리를 더욱 돋보이게 했다.

선정적인 하반신에 반하여 긴 소매에서는 앙증맞게 손끝만 내밀고 그것을 귀신처럼 앞으로 늘어뜨린 모습은 귀여움의 극치였다. 주위에 냉기와 얼음 결정을 띄운 것을 보아 아마도 설녀로 분장한 듯싶었다.

그 옆에서 양팔을 들며 「어흥~」이라고 말하는 시아는 온몸을 붕대로 감았을 뿐이었다. 꼬리가 있는 부분은 단단히 묶지 못했는지 엉덩이 골이 살짝 보였고, 마치 누군가의 원한이라도 담긴 것처럼 강하게 조인 가슴은 당장에라도 터져 나올 것 같았다. 말랐으면서 보기 좋게 살집이 붙은 시아의 몸이 새하얀 붕대로 더욱 강조되어 대단히 육감적이면서도 귀여웠다.

하지메는 그런 두 사람에게 울렁거리는 마음을 걷잡으며 난

#2 게타 일본식 나막신.

처하게 웃었다.

"이거 참 흉악한 괴물이군. 내가 졌어. 하지만 아쉽게도 난 과자가 없어. 이럴 줄 알았으면 준비했을 텐데……."

하지메가 『졌다』라고 말하자 유에와 시아는 얼굴을 마주 보더니 볼을 물들이고 하이파이브를 나눴다. 그 직후, 대번에 표정을 바꾸고 씩 웃었다.

그 웃음이 실로 야릇하여 하지메는 왠지 등골이 서늘해졌다.

그런 하지메에게 유에가 입술을 날름 핥은 뒤 있는 대로 요염함을 뽐내며 선언했다.

"……과자를 주든 안 주든, 무조건 장난칠 거다— 성적인 의미로."

하지메의 볼이 실룩였다. 즉석에서 도주 계획을 세웠다. 하지만 신체 강화를 한계까지 쓴 시아에게 잡혀 순간 움직임이 멈췄다. 곧바로 『전기 두르기』로 감전시켜 집어 던졌지만…… 이미 도망가기에는 늦었다.

"……응. 과자, 잡았다!"

"야! 그게 무슨 과자야! 아, 인마, 그만! 하지, 앗, 아아앗?!"

다음 날 아침. 결국 아침까지 기절한 시아가 눈을 떴을 때는 이상하게 눈에 생기가 없는 하지메와 이상하게 피부가 반질거리는 유에가 있었다고 한다.

"핼로윈…… 무서워."

하지메의 혼잣말이 유독 또렷하게 울리는 아침이었다.

◆유감 토끼는 압도한다!

"하지메 씨, 유에 씨, 다 됐어요~."

수제 오븐 장갑으로 냄비를 든 시아가 하지메와 유에를 불렀다. 냄비에서는 식욕을 자극하는 냄새가 퍼지고 있었다. 여행길 야영에서는 언제나 시아가 저녁을 준비했다.

"오늘은 포토푀 같군."

"……응. 맛있겠어."

하지메와 유에가 느릿하게 텐트에서 기어 나와 저녁 식사를 시작했다.

아주 맛있었다. 일류 음식점 같은 세련된 맛은 아니지만 몸속으로 퍼지는 온기와 애정이 담긴 맛이었다. 표현하자면 가정요리의 극치, 혹은 엄마의 손맛이라고 해야 할까?

참고로 어제는 지구 음식에 비유하면 『찐 햄버그』였고 그저께는 『앙카케#3 닭튀김』, 그 전에는 『카쿠니#4 만두』였다. 어느 것이고 저도 모르게 신음이 흘러나올 정도로 맛있었다.

"후…… 맛있게 잘 먹었어."

"……응. 맛있어. 잘 먹었습니다."

"차린 것도 없는걸요, 뭘~♪"

척 보기에도 대단히 만족한 하지메와 유에를 보고 시아는 토끼 귀 & 토끼 꼬리를 살랑살랑 흔들었다. 노곤하게 늘어진

#3 **앙카케** 일본식 녹말 소스.
#4 **카쿠니** 사각형으로 썬 돼지고기 조림.

두 사람은 놔두고 콧노래를 흥얼거리며 설거지까지 금세 끝내버렸다.

설거지하고 남은 물로 이번에는 빨래를 시작했다. 수해의 부드러운 나무껍질을 써서 만든 세탁 솔과 식물 가루로 만든 세제로 능숙하게 씻고, 물을 털고, 주름을 펴서 모닥불 옆에 걸었다.

거기서 끝이 아니었다. 못 쓰게 된 옷을 잘라 정확한 재봉질로 손걸레를 만들더니 누가 시키지도 않았는데 텐트 내부를 청소하고, 그것이 끝나자 이번에는 재봉 도구를 들고 찢어지거나 해진 의복을 꼼꼼하고 빠르게 수선했다.

"흥흐흥~♪"

그러는 동안에도 귀여운 콧노래는 계속 이어졌고 귀와 꼬리도 장단을 맞췄다. 그런 모습을 보면 일련의 작업이 고되기는 커녕 귀찮다는 생각도 들지 않는 것 같았다.

그런 시아를 보고 무기를 손질하던 하지메가 무심히 중얼거렸다.

"……시아는 결혼하면 사랑받겠어."

옆에 있는 유에의 머리 위로 『?!』 마크가 튀어나왔다. 「나, 나도 할 수 있어!」라고 말하려 했지만 차마 입이 떨어지지 않았다.

사실 전에 마법으로 만든 물 구슬에 빨래를 던져 넣거나 바람 마법으로 청소하는 등 잔꾀를 부리다가 시아가 기가 차다며 설교한 적이 있었다. 그 시아에게!

요리 실력이야 두말하면 잔소리고 바느질은 가능하지만 시아보다 잘하지는 않았다.

유에는 이제야 전율했다.

"……서, 설마…… 가사 능력에서 완패?"

"응? 유에 씨, 왜 그러세요?"

아무것도 모르는 눈치인 시아가 전율하는 유에의 눈길을 깨닫고 고개를 갸우뚱거렸다. 그 와중에도 손은 바지런히 움직여 옷에 생긴 전투의 흔적을 말끔히 없애고 있었다.

"……유감 토끼 주제에……."

"어, 어어?! 유에 씨 울어요?! 왜요?! 무슨 일 있어요?!"

"……훌쩍. 몰라."

그 후 잔일을 하면서도 쭈뼛쭈뼛 눈치를 살피는 시아와 알 수 없는 패배감에 눈물을 머금고 텐트 구석에 웅크린 유에의 귀중한 모습을 볼 수 있었다나 뭐라나…….

◆공포의 고양이 귀

어느 마을의 오후.

하지메, 유에, 시아는 여행 필수품을 사려고 큰길을 걷고 있었다. 대미궁 공략이라는 가혹한 여행의 소소한 휴식 시간이기도 했다.

시끌벅적한 소음으로 들끓는 길거리는 사람들의 활기와 노점 음식의 냄새, 그리고 잡다한 상품 진열대로 가득해서 걷고만 있어도 마음이 들떴다.

그 증거로 평생을 수해에서 산 시아는 즐거움과 기쁨을 숨기지 않고 토끼처럼 깡충깡충 뛰어다니기 바빴다. 여기로 빨빨, 저기로 빨빨대다가 문득 정신을 차리고 하지메와 유에가 근처에 있는지 확인하고는 안심하여 배시시 웃었다. 그러고는 또 깡충깡충 돌아다녔다.

"……시아, 어린애 같아."

귀엽다고 조용히 웃으며 눈을 가늘게 뜨는 유에가 동의를 바라듯 옆에서 걷는 하지메를 봤다.

하지만 이게 웬일인지, 평소라면 유에가 시선을 돌린 순간 동물적인 감으로 반응하는 하지메가 지금은 눈치채지 못하고 멍하게 앞만 보고 있었다.

"……하지메?"

"어? 아, 응. 유에, 왜?"

하지메의 반응으로 정말 자기 목소리를 듣지 못했다고 깨달은 유에는 의아하게 눈썹을 모았다. 아무것도 아니라고 대답한 뒤 곁눈질로 하지메를 몰래 관찰했다.

그리고 깨달았다.

하지메의 눈이 종종 어떤 인물에게 향한다는 것을……. 그것을 안 순간, 유에 안에서 경각심과 질투가 끓어올랐지만…….

자세히 관찰하니 하지메의 시선은 그 인물 자체보다 일부분을 향한 것 같았다.

유에는 내심 상황을 이해했다. 아마 하지메는 『그것』에 매료된 것 같다고.

경각심과 질투는 옅어졌으나 그래도 『그것』은 유에가 가지지 못한 것이었다. 더구나 설령 일부라도 하지메의 마음을 빼앗겼다면 기분이 좋을 수는 없었다.

그래서 자신의 사전에서 『포기』와 『후퇴』라는 낱말을 지웠다. 그리고 가슴에 결의를 품고 하지메의 소매를 잡아당겼다.

"……하지메. 잠깐 따로 행동할래. 시아를 봐줘."

"따로? 유에가 가고 싶은 곳이 있다면 같이 갈게."

"……안 돼. 하지메한테는 아직 보여주고 싶지 않아."

하지메의 몸에 충격이 퍼졌다. 유에가 고개를 팽 돌리며 거부한 것이었다. 지금까지 그런 태도를 보인 적은 한 번도 없었는데!

경악하는 하지메에게 유에는 눈을 흘깃 흘기고 말했다.

"……절대로 따라오면 안 돼. 아무리 하지메라도 화낼 거야."

"그, 그래. 알았어……."

하지메가 마음속 동요를 가까스로 숨기며(실제로는 숨기지 못했지만) 대답하자 유에는 눈길도 한 번 주지 않고 인파 속으로 사라졌다.

"대체 뭐지……."

결국 마지막까지 자신이 원인인 것을 깨닫지 못한 하지메는 아연실색한 채로 유에를 보내 버렸다.

저녁. 숙소로 돌아온 하지메와 시아는 서로를 보며 어떻게 할까 생각했다.

"유에 씨가 늦네요."

"……그러게. 하, 하긴 혼자 있고 싶을 때도 이, 있겠지."

"하지메 씨. 엄청 당황하셨잖아요……."

"무슨 소리야? 내가 당황하는 일 따위는 없어. 애초에 당황할 일이 전혀 없어. 안 그러냐, 나구모 하지메. 그래, 문제없어. 아무 문제도 없는 거야, 나구모 하지메."

"뜬금없이 자문자답하는 시점에서 누가 봐도 문제투성이에요……."

지금까지 한 번도 본 적 없는 하지메의 모습에 시아는 어이가 없다기보다도 울컥하는 마음이 치밀었다.

유에가 하지메에게서 정말로 떨어질 리가 없는데 하지메의 태도는 그것을 믿지 못하는 것처럼 보였다.

솔직한 시아는 목소리에 불만을 고스란히 실어서 말했다.

"하지메 씨, 너무하세요. 유에 씨가 하지메 씨에게서 떨어질 리 없는데……. 좀 더 믿음을 가지고 태연히 있으면 안 돼요?"

"뭐? 넌 또 무슨 착각이야? 그런 건 내가 제일 잘 알아. 유에가 나한테서 떨어진다는 이야기보다 내일 천지가 뒤집힌다는 말이 그나마 신빙성이 있어."

하지메의 속마음이 자신의 추측과 다르다는 것을 안 시아는 그럼 왜 그렇게 안절부절못하느냐며 토끼 귀를 갸웃거렸다. 그 토끼다운 몸짓에 하지메는 눈길을 빼앗기면서도 어딘지 모르게 두려움이 묻어나는 목소리로 대답했다.

"잘 생각해 봐. 유에가 나한테서 떨어질 리는 없어도 그때 무슨 생각이 있어서 따로 행동한 건 사실이야. 유에는 나에게 뭔가 불만이 있는 게 확실해."

"불만…… 그게 뭐죠?"

"야전이야."

시아의 토끼 귀가 「이 사람, 제정신인가?」라고 말하듯 스르륵 뒤로 빠졌다. 하지메가 힐끔거렸다.

"유에는 반드시 야전을 걸어 올 거야. 뭔가 불만이 있을 때는 언제나 그러니까. 유에의 야전 능력은 말 그대로 괴물 수준이지. 과연 나는 내일 여행을 떠날 수 있을까……? 두려워."

"아, 그러세요?"

시아는 한껏 한심하게 하지메를 바라봤다. 그도 그럴 것이다. 갑자기 눈앞에서 밤일에 관해 해설하는데 오죽하겠는가. 자랑으로밖에 들리지 않았다.

아직 하지메에게 거부당해 맺어지지 못한 입장에서는 아니꼬운 시선을 보내지 않으면 견딜 수 없었다. 토끼 귀도 「네, 네. 참 좋으시겠네요. 퉷」이라고 말하는 양 토라진 모양새였다.

하지메는 무의식중에 손을 꼼지락거리면서도 그런 시아의 태도에 탐탁지 않은 표정으로 말을 이었다.

"넌 진심을 다한 유에를 모르니까 그러는 거야. ……시아. 나는 말이야, 한때 유에의 정조를 의심한 적이 있어."

"와아…… 정말요? 이 세상에서 하면 안 될 일 베스트3에 들어갈 일이잖아요."

"누가 아니래. 그때 내가 정신이 나갔던 거지. 매일 유에의 맹공과 가공할 야전 능력에 우롱당하면서 마음이 약해졌던 건지도 몰라. ……아무튼 그 야전 능력 때문에 나는 유에가 정말로 『처음』인지 의심했어."

"혼나셨겠네요."

"혼만 났겠어? 나는 그때 정말로 죽음을 각오했지. 정신적인 죽음을. 이대로 유에의 종복이나 노예가 되는 게 아닌가 하고……. 정말로 위험했어. 상상이 돼? 내가 땅에 이마를 박고 제발 용서해 달라고 애걸복걸했다고."

"……하, 하지메 씨가, 땅에 이마를…… 설마 그럴 리가."

시아는 전율했다. 야전이라고 표현하지만 실상은 하지메와 유에가 침대 위에서 사랑을 나눌 뿐이었다. 뭘 그렇게 호들갑을 떠느냐고 말하고 싶었으나 이런 이야기를 들으면 오히려 유에에게 무슨 짓을 했냐고 묻고 싶었다.

연인과의 관계를 두려워하는 하지메와 그것을 보고 말로 하기 힘든 미묘한 표정을 짓는 시아. 숙소 방에 기묘한 기류가 흘렀다.

바로 그때, 철컥 소리가 나고 방문이 열렸다. 유에가 돌아왔다. 하지메와 시아의 시선이 동시에 돌아갔다.

그리고 두 사람은 목격했다.

유에의 머리 위로 뻗은— 토끼 귀를.

"……다녀왔어."

표정 하나 안 바꾸고, 마치 토끼 귀가 있는 게 당연하다는 분위기로 들어온 유에는 얼빠진 두 사람 곁에 앉았다.

하지메와 시아는 뒤늦게 정신이 돌아왔지만 하지메가 뭐라고 말하기 전에 시아가 소리쳤다.

"뭐뭐뭐, 뭐예요, 그거어어어?!"

"……응? 이상한 걸 묻네. 어디서 어떻게 봐도 토끼 귀인데."

"그건 보면 알아요! 제가 하고 싶은 말은 왜 유에 씨가 제 지분을 빼앗으려고 짝퉁 토끼 귀를 달았냐고요오!"

손가락질하면서 자신의 최대 특징을 빼앗길 수는 없다고 부르짖는 시아에게, 유에는 고개를 팽 돌리고 조금 토라진 것처럼 중얼거렸다.

"……전부 하지메랑 토끼 귀 탓이야."

"왜, 왜 거기서 제 토끼 귀를?! 그리고 잘못이 있다면서 왜 그런 짝퉁을 다셨어요!"

시아가 이해가 안 된다며 고개를 저었다. 더불어 토끼 귀도 흔들흔들. 하지메의 시선이 힐끔 돌아갔다.

"으으, 역시 결국은 가짜……."

유에가 중얼거린 말을 듣고 하지메는 겨우 대략적인 사정을 파악했다.

바로 시아의 토끼 귀를 만지고 싶다는 자신의 은밀한 욕망을 유에가 꿰뚫어 보았다는 사실을……. 그리고 자신도 토끼 귀를 장비하려고 어디선가 『토끼 귀 장식』을 조달한 것이다.

아마 그쪽 계열 가게에서…….

하지메의 표정으로 시아도 사정을 파악한 모양이었다. 승리감에 도취한 얼굴로 표정이 선명하게 바뀌어 갔다.

"그, 그야 제 멋진 토끼 귀가 부러워서 유에 씨가 흉내 내고 싶은 것도 이해는 해요. 후후훗, 하지만 이 말은 꼭 해야겠네요. 그런 건 제 진짜 토끼 귀 앞에서 오히려 비참해질 뿐이에요!"

너무 내려다보려 한 나머지 올려다보는 어떤 여제의 포즈를 잡으며, 시아는「제 영역에서 싸우려고 한 유에 씨의 전술적 패배예요!」라고 우쭐댔다.

분명히 유에의 토끼 귀는 척 보기에도 장식품이고 폭신함도 생동감도 압도적으로 부족했다.

물론 진짜라도 거만해진 토끼 귀와 사랑하는 연인이 갸륵하고 귀여운 마음으로 달고 온 가짜 토끼 귀, 어느 쪽이 하지메에게 매력적인지는 생각할 것도 없었다. 하지메의 이성이 저 멀리 떠나버리기 직전인 것을 보면 결과는 뻔했다.

그러나 이 정도로는 끝나지 않는다. 오히려 하지메를 위해서라면 주변의 예상을 몇 단계는 뛰어넘는 것이 유에였다.

"……처음부터 토끼 귀로 승부할 생각은 없었어. 이건 전초전. 진짜 싸움은 지금부터야!"

그러면서 토끼 귀를 내다 던진 유에는 어딘가에서 꺼낸 어떤 물건을 머리 위에 장비했다. 검고 복슬복슬하고 아름다운 삼각형 동물 귀. 놀랍게도 유에가 마력을 불어넣자 그것은 쫑긋쫑긋, 파닥파닥 움직이기 시작했다.

"뭐, 뭐야……?"

하지메의 몸에 소름이 쫙 퍼졌다. 이루 말할 수 없는 충격과 충동이 영혼 깊숙한 곳에서 흘러넘쳤다.

그러나! 유에 님의 맹공은 아직 끝나지 않았다!

떨리는 손을 무의식적으로 뻗은 하지메와 「아니, 설마?!」라며 놀라는 시아가 보는 앞에서 길고 검은 털 달린 물건을 엉덩이 조금 위쪽에, 원리는 알 수 없지만 찰싹 붙였다. 그리고 귀와 마찬가지로 마력을 불어넣자 살랑살랑 움직였다.

꿀꺽 침 넘어가는 소리가 방 안에 울렸다.

유에 님은 이대로 침대에서 네발로 기며 하지메 곁으로 천천히, 요염하게, 하지만 흉악할 정도로 귀엽게 다가와서…… 한마디.

"……야옹."

—하고 울었다.

그렇다. 유에가 토끼 귀 대신 꺼낸 그것은 동물 귀 업계의 정석— 고양이 귀였다! 같은 색 고양이 꼬리는 덤!

도자기 인형 같은 미모의 소녀가 등에 곡선을 그리며 네발로 엎드리고 고양이 손짓을 하면서 야옹, 하고 울었다.

지금 이 순간, 『유에냥』이 탄생했다!

"유에……! 너는 정말, 대체 내 이성을 얼마나 시험할 생각이냐!"

하지메가 머리를 쥐어뜯고 뭔가를 필사적으로 참듯이 부들부들 떨었다. 뇌내를 가득 채운 유에냥에게 하지메의 이성 군대와 남의 이목 부대는 이미 괴멸 상태였다.

하지만 일격에 만신창이가 된 하지메일지라도 유에는 인정사정 봐주지 않는다!

"……야옹."

이번에는 복종의 포즈처럼 벌렁 드러누웠다. 들쳐진 옷 아래로 뽀얗고 매끈한 배가 보였다.

양손은 고양이 주먹. 눈동자에는 열기를 듬뿍 머금어 초롱초롱.

하지메의 이성에 크리티컬 히트.

그 눈동자에서 이성이 사라지고 대신 짐승 같은 안광이 자리 잡았다.

어쩌면 그대로 숙소 밖까지 다 들릴 것 같은 야전이 펼쳐지리라 생각했지만…… 그렇게 두지 않겠다고 토끼 귀가 일어섰다!

"엉큼해! 역시 유에 씨는 너무 엉큼해요! 그런 수법으로 하지메 씨를 유혹하다니. 역시 한 수, 아니, 두 수는 앞서가네요! 하지만! 그래도 그 귀와 꼬리가 가짜라는 건 변함이 없죠! 제 토끼 귀가 가짜에 밀릴 리가 없어요! 자, 하지메 씨~, 이쪽에 진짜 토실토실하고 복슬복슬한 토끼 귀가 있어요~. 언제든 마음대로 만지셔도 돼요~."

영혼에 맹세코 질 수 없다며 시아는 유에에게 대항해 혼신의 토끼 귀 쫑긋쫑긋, 토끼 꼬리 살랑살랑으로 어필했다.

그러나 역시 유에는 시아가 그렇게 대항할 것도 이미 알고 있었나 보다. 하지메의 마음을 건 여자들의 싸움에서 유에가

만전에 만전을 기하지 않을 리 없었다.

"……가소로워, 시아. 내 고양이 귀가 가짜라니…… 대체 언제부터 착각했지?"

"뭐……라고요?"

"……후후. 시아가 그렇게 지적할 줄 알았어. 그래서 나는 진짜 고양이 귀를 구했어. 이건 장식이 아니야. 그러니까 마력을 보내면 어느 정도 마음대로 움직일 수도 있고 노후화도 다소 방지돼."

유에냥은 다리를 W자로 하고 앉아 득의양양하게 말했다.

이번에는 다른 의미로 하지메와 시아에게 전율이 퍼졌다. 하지메는 꿈에서 깬 것처럼 식은땀을 흘리고 시아는 덜덜 떨면서 한 발, 또 한 발 뒷걸음쳤다. 무슨 일인지 의아해하는 유에냥에게 하지메는 마음을 굳게 먹고 물었다.

"유, 유에. 그거…… 무슨 가게에서 샀어?"

"……응? 거리 뒤편 잡화점."

유에냥의 대답에 하지메와 시아는 가슴을 쓸어내렸다.

아무래도 평범하게 파는 물건이었나 보다—.

"……하지만 실물까지는 팔지 않았어."

안도의 한숨을 내쉬던 하지메와 시아가 딱딱하게 굳었다.

팔던 것은 장식품인 토끼 귀뿐? 그렇다면 진짜라고 말한 고양이 귀와 꼬리는 대체 어디서 났지……?

눈빛으로 질문하는 하지메에게 유에냥은 귀엽게 가슴을 펴고 낭랑한 목소리로 답했다.

"……뜯었어."

꿈틀꿈틀 움직이는 고양이 귀와 꼬리, 그것은 과연 마력을 넣어 움직이는 것인가, 아니면 **신선하기 때문인가**…….

하지메의 머릿속에서 이성 대신 모에가 날아가 버렸다. 시아는 방구석에 웅크려 토끼 귀를 최대한 접고 머리를 감싼 채 부들부들 떨었다. 그 눈가에는 이미 눈물이 그득했다.

"사이코예요……. 사이코패스 유에 씨가 강림했어요!"

그런 소리를 중얼거리는 시아에게로 유에냥이 고개를 휙 돌렸다. 시아가 힉 비명을 지르며 움츠러들었다. 유에냥은 이상하리만치 감정이 느껴지지 않는 눈으로 토끼 귀를 빤히 바라보고는—.

"……뜯어버릴까?"

"으, 으아아아아아아아! 유에 씨, 사이코! 짐스으으으응!"

시아는 말 그대로 토끼처럼 달아났다. 하지메가 떨리는 얼굴로 유에를 불렀다.

"저기, 유에?"

"……응. 농담. 시아에게는 미안하지만, 둘만 남고 싶어서……. 게다가 이것도 진짜 마물의 털가죽을 쓴 장식이야. 그러니까 하지메, 안심하고 만져도 돼."

"그, 그래? 응, 아주 귀여워, 유에. 그보다 그게 없어도 유에는 최고야."

"……응. 기뻐."

유에가 싱그레 미소 지었다. 하지메는 고양이 귀와 꼬리를 빼서 유에냥을 그냥 유에로 돌리고 꽉 끌어안았다. 부드러운 감촉과 함께 유에가 어리광부리듯 몸을 더욱 밀착했다. 그런 유에를 사랑스럽게 생각하며 하지메는 더욱 강하게 유에를 안아 쓰다듬었다.

……뺄 때 만진 고양이 귀와 꼬리에 이상한 온기가 남아 있던 것을 애써 모른 척하고…….

◆진화하는 토끼 귀 소녀

【브룩 마을】에서 【중립 상업 도시 휴렌】으로 향하는 도중, 다른 모험가들과 대상(隊商)을 호위하는 하지메 일행은 가도 옆에서 잠깐 휴식하고 있었다. 주위에는 파릇파릇한 잡초가 제 세상인 양 대지를 점령했고 산들바람은 조용히 잎 스치는 소리를 연주했다.

하지메 일행의 진로는 동쪽에서 서쪽이었다. 이 방향은 오가는 사람이 많아 자연스럽게 생긴 길이 뱀처럼 구불구불 뻗어 있었다.

북쪽으로 눈길을 돌리자 지평선 너머로 흐릿하게 산악 지대가 보였다. 남쪽은 원래대로라면 【라이센 대협곡】이 보였겠지만, 지금은 나지막한 언덕이 이어지며 시야를 가로막아 그 웅장한 자연은 보이지 않았다.

"합, 에잇, 아뵤, 이얍!"

모험가와 상인들이 물을 마시거나 담배를 피우며 각자 쉬는 가운데, 조금 떨어져서 그런 기합이 들어간…… 것 같으면서도 아닌 묘하게 힘 빠지는 소리가 났다.

뭔가 싶어 모험가들이 돌아보자 그곳에는 기묘한 춤(?)을 추는 토끼 귀 소녀가 있었다. 입은 옷이 토인족 특유의 노출 과한 디자인이라서 격하게 움직일 때마다 특정 부위가 덜렁덜렁 흔들려 남성 모험가와 상단 종업원들이 콧구멍을 벌렁거렸다.

"야, 흰머리. 시아 쟤는 뭐 하는 거야?"

모험가 중 한 명이 하지메에게 물었다. 【브룩 마을】 모험가라서 마을에서 소동을 피운 하지메 일행에 관해 나름대로 알고 있었고, 오는 길에 이런저런 이야기도 나누어 스스럼없이 친해졌다. 참고로 『흰머리』란 주로 모험가들 사이에서 사용되는 하지메의 별명이었다.

"저건 체술 연습이야. 내가 어설프게 아는 걸 가르쳤을 뿐이라서 무술이라고 부르기도 민망하지만."

"오오, 토인족에게 체술을? 머리색도 그렇지만, 역시 별나군."

토인족은 평화적이고 겁이 많다는 일반 상식에서 보면 모험가 말대로 적극적으로 체술을 연습하는 시아는 별나게 보일 것이다.

하지메의 이야기가 들렸는지, 다른 모험가들도 감탄하며 열심히 수련하는 시아를 구경했다.

"아쵸, 헤잇, 우랴아!"

여전히 기운 빠지는 기합이었지만 그 동작은 제법 눈여겨볼

만했다.

발을 앞으로 내디디며 팔꿈치를 내지르자, 출렁 흔들렸다. 길고 튼실한 다리로 자연스럽게 돌려차기를 날리자, 출렁 흔들렸다. 그대로 점프해서 공중 돌려차기로 연계해 착지와 동시에 공기를 울리는 장타(掌打)를 때리자, 출렁출렁 흔들렸다.

"제법이잖아, 시아! 눈을 못 떼겠어!"

"시아, 힘내! 계속해!"

"그래, 시아! 더 뛰어! 더 힘차게!"

"힘내라, 힘! 넌 할 수 있어! 가슴을 펴, 가슴을! 당당하게!"

"다리 각도가 낮아! 더 올려! 더 올리라고! 더!"

모험가들(남자 한정)에게는 굉장히 흥미로운 연무였다.

하지만 훌륭한 연무라면 당연히 그냥 보여줄 수 있겠는가. 그만한 대가를 지불해야 마땅할 것이다.

투팡투팡투팡투팡투팡투팡!

"꾸헥!" "아베시!" "푸힝!" "아항!" "노벰버!" "디스트로이!"

모험가들은 기괴한 비명을 지르며 아름답게 공중을 날았다. 그곳에 여성 모험가와 종업원들이 절대영도의 눈총까지 날렸다.

"어? 하지메 씨, 왜 갑자기 총을 쏘세요?"

"시아, 네가 신경 쓸 일이 아니야. 그냥 무시하고 계속해."

"아, 네……. 그럴게요."

뜬금없는 총소리에 시아가 놀라서 연습을 중단했다. 그러나 모험가들이 땅에 키스하는 기이한 상황에서 전혀 개의치 않는 하지메의 말에 당혹스러웠지만 연습을 재개했다.

"……자각 없는 에로 토끼. 무서운 아이."

"유에, 남 말 할 처지는 아니라고 생각해."

유에가 옛 소녀 만화에 나오는 경악과 전율의 표정을 지으며 말했지만 하지메는 최근 마스터 직전인 무시 스킬을 발동했다. 자각 없는 에로 흡혈 공주가 무슨 소리냐며 어이없는 눈길을 보냈다.

그렇게 시아가 흉기를 휘두르며 수련하고, 하지메가 가끔 충고하며, 깨어난 남자들이 충혈된 눈으로 도원향을 머리에 새기려다가 총에 맞고, 여자들이 추가타를 날리는 등 저마다의 방식으로 휴식 시간을 보내길 수십 분.

"엉?" "응?" "엥?"

하지메 일행이 언덕 쪽으로 시선을 돌렸다. 그것을 깨달은 남자 모험가가 물었다.

"흰머리. 왜 그래?"

"아무래도 습격 같군. 악의 있는 장비를 갖춘 집단이 납셨어."

과연 모험가는 모험가였다. 아직 보이지 않는 언덕 너머에 적이 있다고 알려주자 그는 어떻게 아느냐고 묻기 전에 다른 모험가에게 경고하고 전투태세를 갖추도록 호령했다.

그 직후, 언덕 뒤에서 모습을 드러낸 약 서른 명의 집단이 함성을 지르며 달려왔다. 상인들은 허둥지둥 마차에 숨고 모험가들이 각자의 무기를 들어 방어 준비에 들어갔다. 그러나 거기서 하지메가 그들을 제지했다. 의아하게 여기는 모험가들을 무시하고 하지메는 시아에게 눈길을 돌렸다.

"시아, 격투기 연습 상대가 와줬어. 다녀와."

"네? 저기, 저 혼자요?"

"응, 혼자."

"맨손으로요?"

"응, 맨손으로."

서른 명은 되는 무장 집단을 상대로 토인족 소녀를 돌격시킬 생각이냐며 상인들은 식겁했다. 시아에 관해 어느 정도 아는 모험가들 사이에서도 저러고도 인간이냐는 소리가 흘러나왔다. 시아조차도 고민하는 듯했으나…….

"시아. 열심히 하면 상을—."

"좋았어어어어! 다 덤벼, 이것들아! 예요오!"

줄 수도 있다, 라고 말하기도 전에 시아의 의욕이 폭발했다.

시아는 달려오는 도적들을 향해 돌아서서 대담하게 웃었다. 두 주먹을 맞부딪치자 어마어마한 충격파가 터졌다. 바람이 무겁게 울리고 두 살덩어리가 흥분에 부르르르 떨린다!

"야! 저 흰머리 토인족에는 흠집 내지 마! 저건 내가 키울—."

"아자아아아아아아, 예요오!"

도적 대장으로 보이는 남자가 앞으로 나온 시아의 외모와 몸매를 본 뒤 천박한 표정을 지으며 소리쳤으나…… 말이 끝나기 전에 안면에 충격이 퍼졌다. 바닥을 폭발시키며 돌진한 시아의 주먹이 대장의 얼굴에 꽂힌 뒤 예술적인 고속 회전 & 언덕 장외 홈런을 실현시켰다.

그 가공할 위력에 도적들이 기겁했다. 그러나 그것도 한순간. 속도와 힘으로 밀어붙이는 막싸움식 공격을 보고 도적들은 방심하지 않고 한 번에 덤비면 해치울 수 있다고 생각했는지 일제히 무기를 고쳐 잡았다.

그런 도적들에게 시아는 자세를 풀고 조금 전의 단순한 주먹질과는 다른 어떤 자세를 보였다.

양손을 얼굴 옆으로 들고 한쪽 다리를 가볍게 앞으로 내밀었다. 그리고 함성을 지르며 검을 휘두르는 도적에게 검이 닿기 전에 강력한 앞차기를 먹였다.

쾅! 대포를 쏜 듯한 충격음이 퍼졌다.

"허억?!"

도적은 한 방에 흰자위를 드러냈다. 거기에 시아의 추가타가 이어진다! 날카롭게 발을 내디디며 뻗은 레프트 훅이 도적의 턱에 정통으로 꽂혔다. 도적은 망가진 장난감이 됐다.

시아는 뒤이어 달려드는 다른 도적들도 심플한 킥, 잽, 훅, 스트레이트 펀치로 격파하며 망가진 장난감을 양산해 갔다.

그것은 다름 아닌— 무에타이 스타일!

"이, 이 괴물 자식!"

"후하하, 예요!"

도적 두 명이 욕을 뱉으며 협공을 펼쳤다. 거기에 대응해 시아는 무에타이 자세를 풀고 리듬이라도 타는 것처럼 몸을 흔들었다. 그리고 공중 옆 돌기를 한 뒤 긴 다리로 두 사람의 목을 부러뜨렸다.

이어서 착지하는 순간을 노리고 들어온 창을 회전하면서 몸을 굽혀 피하고, 동시에 원심력을 최대한 살린 돌려차기로 상대의 머리를 획 돌려 버렸다.

리듬감 있게 춤이라도 추는 듯한 동작에서 구사되는 발차기는 치명상이었다. 그것은 다름 아닌— 카포에라 스타일!

"바, 바라는 건 불—."

"어딜 감히, 예요!"

떨어져서 마법을 쓰려던 도적에게 시아는 단걸음에 접근하여 국지적 지진을 일으키는 진각과 함께 팔꿈치를 내질렀다. 도적이 마치 피를 토하는 핀 볼처럼 튕겨 날아갔다.

시아는 그 도적의 말로에는 눈길도 주지 않고 자세를 낮춘 채 진각을 쓰며 팔꿈치, 손바닥, 주먹으로 타격했다.

진각을 다용하는 일격필살의 공격. 그것은 다름 아닌— 팔극권 스타일!

"제, 젠자아아앙!"

"으라쌰아아아, 예요!"

기묘한 동작으로 차례차례 동료가 나가떨어지자 도적은 자포자기한 것처럼 소리치고 돌격했지만, 시아가 옆을 지나치며 팔로 목을 가격했다. 래리어트였다.

도적은 목을 기점으로 백 텀블링을 선보인 후 부서진 장난감이 됐다.

활을 쏘려던 도적은 플라잉 니킥이 꽂혀 얼굴이 뭉개졌고 그 옆에 있던 도적은 비명을 지르는 사이 등 뒤로 돌아간 시아에게 백 드롭을 당해서 역시나 부서진 장난감이 됐다.

호쾌하고 강렬하며 화려한 기술의 향연. 그것은 다름 아닌—프로 레슬링 스타일!

그 후로도 정권 찌르기로 도적을 힘찬 머라이언으로 만들거나 뎀프시롤로 얼굴을 부처님 머리처럼 만들거나 역방향 한 팔 업어치기 후 부러진 팔을 잡고 자이언트 스윙을 써서 절규를 뽑아내는 등 시아는 상을 받으려고 무던히도 애썼다.

그리하여 시체가 산을 쌓은 언덕 아래에서 시아는 양손을 하늘로 뻗고 승리의 함성을 울부짖었다.

"우리이이이이이이이이이이, 예요오!"

"……시아, 무서운 아이!"

"반박은 못 하겠군. 기억나는 대로 대충 알려준 기술을 아무렇지 않게 마스터해 버렸어……."

유에가 그런 시아를 보면서 소녀 만화 같은 표정으로 두려워했고, 하지메는 입꼬리를 실룩거렸다.

그 일이 있은 후 모험가와 상인들이 시아를 「시아 씨」로 부르게 된 것은 자연스러운 결과일 것이다.

수해의 유감 토끼가 무신 토끼가 되는 날도 머지 않았……을지도 모른다.

◆학부모 면담

“제발, 제에발 이상한 말 하지 마, 아빠, 엄마.”

저녁 햇살 드는 방과 후 학교 복도에서 누군가 신신당부했다.

“뭐야, 하지메. 대체 뭐가 걱정이야? 그냥 학부모 면담이잖아. 네가 학교에서 어떻게 지내는지 들을 뿐이야.”

“정말 얘도 별나. 아무리 담임 선생님이 합법 로리라도 우리가 놀리기라도 할까 봐?”

“그거야! 학교 선생님한테 『합법 로리』 같은 소리를 하니까 걱정이라고! 세상에 이런 부모님은 없어. 정말로, 저엉말로 그러지 마.”

하지메가 제법 진지하게 주의를 주었다. 하지만 하지메의 부모님인 슈와 스미레는 히죽히죽 웃으며 서로를 보더니—.

“스미레, 들었어? 우리 같은 부모는 없대.”

“들었어. 갑자기 우리를 둘도 없는 특별한 부모님이라고 하다니…… 얘는 나이를 먹어도 애라니까, 우후후.”

“그런 말이 아니야! 얼마나 멋대로 해석하는 거야!”

하지메의 영혼의 외침은 깔끔하게 무시당했다.

오늘은 하지메의 학교에서 학부모 면담이 있는 날이었다. 오타쿠 직업을 가진 부모님이 얼마나 기상천외한지 알기 때문에 하지메는 면담에서 두 사람이 무슨 사고를 치지 않을까 전전긍긍했다.

중학교 시절 흑역사가 되살아날 것 같았다…….

그때, 복도 끝에서 바쁘게 달려오는 발소리가 들렸다.

"오래 기다리셨죠~?"

허둥지둥 달려온 사람은 오늘의 상담 교사— 하타야마 아이코였다. 키 140센티미터, 동안, 언제나 동분서주하는 모습은 아기 다람쥐나 햄스터를 떠올리게 하는 교사였다.

그렇게 면담이 시작되고 우선 아이코가 하지메의 학업에 관해 전달했다.

슈와 스미레는 이야기를 들으며 과장스럽게 고개를 끄덕끄덕했다. 묘하게 연극 같은 태도에 하지메는 내심 식은땀을 흘렸다.

"그래서 나구모 학생은 학업 면에서 별다른 문제가 없습니다. 수업 중에 조는 일이 많거나 최선을 다하지 않는 점은 개인적으로 개선해주기를 바라지만요……."

아이코는 어색함을 얼버무리기 위해 웃었고 하지메도 똑같이 애매하게 웃어넘겼다. 아이코는 더욱 난감하게 웃더니 잠시 후 표정이 어두워졌다. 그러고는 어떻게 말을 꺼내야 할지 모르겠다는 듯 우물우물 입을 열었다.

"그리고…… 나구모 학생의 교우 관계에 관한 이야기인데……."

아이코의 머리에 교실에서 고립되어 가는 하지메의 모습이 스쳤다. 아이코는 그 점이 신경 쓰였지만 하지메 본인이 정말로 괜찮다며 일을 크게 만들지 말아 달라고 부탁하는 터라 어떻게 대처해야 할지 고민하고 있었다. 그러나 그런 아이코에게 슈가 대수롭지 않게 답했다.

"그거라면 저희도 압니다, 선생님. 하지만 저와 집사람도 문제없다고 생각합니다."

"하, 하지만……."

"괜찮아요, 선생님. 우리 집 아이는 뭐든 조용히 넘기려는 성격이지만, 할 때는 하는 아이예요. 게다가 남편과도 진지하게 의논해서 정 안 되겠다 싶으면 하지메가 도망갈 길을 골라잡을 수 있게 준비해 뒀어요."

"아, 아니, 어머님, 도망갈 길이라뇨……."

너무나도 담백한 언동과 여차하면 도망가면 된다고 당당히 말하는 두 사람에게 아이코는 말문이 막혔다.

그런 아이코 앞에서 스미레는 별안간 표정을 고쳤다. 역시 방금 언동은 농담이고 교사로서의 책임과 대응 방식을 추궁하리라 예상한 아이코도 표정을 진지하게 바꿨다.

스미레는 사뭇 진지한 표정으로 입을 열었다.

"그런데 하타야마 선생님…… 지금 사귀는 남자는 있으신가요?"

"…………네?"

아이코는 눈을 동그랗게 뜨고 이 사람이 대체 무슨 소리를 하냐며 머리 위에 『?』를 띄웠다. 하지메의 머리 위에는 『?!』 마크가 떴다. 스미레를 홱 돌아봤다.

"사귀는 남성 있으시냐고요."

"아, 아뇨. 없는데요……."

"흠, 그럼 여성은?"

"있을 리가 없잖아요?! 무슨 소리를 하시는 거예요?!"
아이코가 격렬히 항변했다. 하지메는 오만상을 썼다. 책상 아래로 스미레의 옷자락을 불만스럽게 잡아당겼다.
그러나 슈도 스미레도 전혀, 눈곱만큼도 신경 쓰지 않고 말을 이었다.
"흠. 교직은 사람을 만날 기회도 없고 시간도 적은 힘든 직업이라고 들었습니다. 특히 아들에게 들었는데 선생님께서는 사적인 시간까지 써 가며 학생을 위해 노력하신다죠? 저희는 선생님의 혼기가 걱정입니다."
"오지랖이 태평양이네요! 난데없이 그 얘기가 왜 나와요!"
"아뇨, 괜찮으시다면…… 우리 하지메는 어떤가 해서요."
"정말 무슨 소리를 하시는 거예요?!"
"정말로 무슨 소리야?! 아빠, 엄마!"
교실은 순식간에 혼란의 도가니에 빠졌다.
그 후 혼란에 빠진 아이코에게 아들을 팔아 보려는 슈와 스미레를 하지메가 어떻게든 막아 보려고 했지만, 슈가 「뭐? 하지만 너, 하타야마 선생님 같은 사람이 이상형이잖아?」라고 폭로(?)해 아이코가 하와와거리고, 스미레가 「리얼 하와와, 잘 들었습니다」라며 흡족하게 고개를 끄덕거리는 등 혼란은 가중될 뿐이었다.
"그, 그럼 이걸로 면담은 마치겠습니다……."
녹초가 된 아이코의 말에 따라 하지메에게 악몽 같은 학부모 면담이 마침내 종료됐다.

터덜터덜 힘없는 걸음걸이로 교무실로 돌아가는 아이코의 뒷모습이 애수를 자아냈다. 슈와 스미레를 상대하느라 정신적으로 피폐해진 모양이었다.

하지메는 마음속으로나마 이마를 땅에 비빌 수밖에 없었다.

그런 생각을 하던 때, 아이코가 갑자기 멈춰 섰다. 그리고 빙글 돌아보더니 볼을 살짝 붉히며 하지메를 무섭게 노려봤다.

"나, 나구모! 선생님은 선생님이에요! 그런 눈으로 보면 안 돼요!"

그렇게 말하고 도망치듯이 후다닥 달려가 버렸다.

"……아빠. 엄마. 나는 내일부터 무슨 낯으로 선생님을 봐야 할까?"

초췌해진 아들을 향해 아버지와 어머니는 엄지를 척 들더니—.

""웃으면 된다고 생각해.""

—라고 지껄이셨다. 하지메는 은근한 살의가 치밀었다.

◆사나이다운 토끼와 강철 소년

그때, 나구모 하지메는 초조함과 혼란으로 마음이 엉망진창이었다.

하지메가 현재 있는 장소는 어슴푸레한 녹광석 빛이 비치고, 사람의 손을 타지 않은 돌이 아무렇게나 깎인 거대 동굴

속. 세간에서 【오르크스 대미궁】이라고 부르는 곳보다도 더욱 깊은 곳— 나락의 밑바닥이었다.

반 아이들과 함께 찾은 이 대미궁에서 하지메는 한 학생의 흉계로 이곳까지 떨어지고 말았다.

기적적으로 목숨을 건져 어떻게든 탈출하고자 결의한 것까지는 좋았으나, 얼마 지나지 않아 하지메는 무시무시한 전투력을 자랑하는 토끼 마물을 목격했다. 언뜻 보면 천적 같은 늑대 마물을 1대 4라는 불리한 상황에서 이제껏 본 적 없는 발기술로 압도했다.

지금까지 본 마물이 다 조무래기로 보일 정도의 전투력이었다. 저것에게 들키면 확실하게 목숨이 날아간다. 그렇게 생각한 하지메는 땀이 턱 끝에 맺히는 것을 느끼고 천천히 그곳을 벗어나려 했다.

하지만 너무 긴장한 나머지 치명적인 실수를 저지르고 말았다. 뒤로 물러나면서 돌멩이를 차 버린 것이다. 따닥, 하고 화가 날 정도로 맥 빠지는 소리가 울렸다.

하지메가 기름을 치지 않은 기계처럼 뻑뻑하게 눈을 돌리자 당연히 검붉은 눈동자가 이쪽을 주시하고 있었다. 흰 털에 싸인 몸에 뻗은 검붉은 선들, 그 기이한 선이 하지메를 본 순간 일제히 맥동했다.

'온다.'

하지메가 그렇게 생각한 순간에는 이미 폭음과 함께 돌바닥을 깨며 돌진한 토끼가 눈앞에서 그 다리를 휘두르려 하고 있었다. 죽었다고 생각한 하지메는 공포에 질려 눈을 질끈 감았다.

그러나—.

"…………?"

아무리 시간이 지나도 충격이 오지 않아 머뭇머뭇 눈을 떴다.

그곳에는 들어 올렸던 다리를 내리고 어째선지 당혹스러운 눈길을 보내는 토끼가 있었다. 토끼는 「이 녀석은 뭐지?」라고 생각하는 것처럼 고개를 갸웃거렸다. 하지메 입장에서는 「너야말로 뭐야」라고 반문하고 싶을 지경이었다. 물론 무서워서 그러지도 못했지만…….

"뀨익? 뀨뀨뀨?"

"어? 응? 뭐, 뭐야?"

"뀨익뀨. 뀨~뀨익?"

"어, 그러니까……."

왠지 말을 거는 것 같은 토끼 마물에게 하지메는 당황하면서도 당장 공격당하지 않아 조금 안도한 뒤 정신을 바짝 차리려고 애썼다. 그러나 당연히 무슨 말을 하는지 이해할 수 없어서 당황한 채로 시간만 흘러갔다. 그러다가 손짓, 발짓을 섞어 「위에서 떨어졌다. 지상으로 올라가고 싶다」라는 의사를 전하자—.

"뀨익."

"어? 지금 그걸 이해했어?!"

토끼는 뭔가를 알았다는 양 깊이 고개를 끄덕였다. 하지메는 경악했지만 곧 토끼가 흠칫 놀라며 돌아서서 온몸의 털을 곤두세우자 작은 비명을 지르고 뒷걸음쳤다.

혼란에 빠진 하지메도 토끼가 주시하는 통로 안쪽을 바라봤고— 그때, 그 길모퉁이에서 느릿하게 거대한 마물이 모습을 드러냈다.

흰 털과 검붉은 선은 토끼와 같지만, 생김새는 완전히 달랐다. 비유하자면 곰이었다. 단, 세 개의 날카로운 발톱과 기이할 정도로 긴 팔을 가진 곰…….

하지메는 깨달았다. 죽음이 눈앞에 형태를 갖추고 나타났다고. 감당하기 힘든 공포에 휩싸여 그대로 비명을 질러 버릴 것 같았다.

하지만 그런 하지메 앞에 살랑거리고 복슬복슬한 하얀 것이 튀어나왔다.

"토, 토끼?"

그것은 발톱 곰과 하지메 사이를 막아서고 몸을 옆으로 비튼 토끼의 귀였다.

하지메를 지키려는 듯한 행동이었다. 하지만 상대는 마물. 인류와는 결코 양립할 수 없는 존재였다. 그러므로 그럴 리가 없다고 생각했으나 머리를 스친 추측은 아무래도 잘못되지 않은 것 같았다.

발톱 곰에게서 눈을 떼지 않은 채 토끼는 귀를 휙 꺾어 통로 안쪽을 가리켰다.

"도, 도망치라는 말이야?"

"뀨."

맞았나 보다.

왜? 무슨 이유로? 의문이 잇따르지만 참을성이 바닥났는지 토끼가 질타하듯 강하게 울자 하지메는 정신을 차리고 뛰었다.

그 직후, 사냥감을 놓칠 생각이 없는 발톱 곰이 쩌렁쩌렁한 포효와 함께 돌진해 왔다. 거구에 어울리지 않는 속도로 순식간에 접근한 놈은 흉악한 세 갈래 발톱을 휘둘렀다.

토끼는 그것을 예상한 것처럼 잔상을 남기며 옆으로 뛰어 피했다. 이어서 벽을 딛고 몸을 돌려 발톱 곰 뒤로 돌아간 뒤 발을 베듯 초저공 돌려차기를 날렸다.

퍽, 하고 둔중한 충격음이 발생했다. 그러나 이 계층 최강종인 발톱 곰에게 그 정도 일격은 의미가 없었다. 넘어지기는커녕 비틀거리지도 않았다.

발톱 곰은 즉석에서 긴 팔을 뒤로 휘둘렀다. 발톱에서 발생한 칼날 같은 바람이 토끼를 습격했다.

"뀨우우우우!"

토끼가 날아갔다. 땅과 수평으로, 대포알처럼. 그리고 그대로 벽에 격돌했다.

힘없이 바닥에 떨어진 토끼는 어깻죽지부터 배까지 검붉은 피가 선명하게 번졌다.

가까스로 즉사는 면했지만 그래도 이미 싸우기는 글렀다.

발톱 곰이 다가왔다. 잡아먹기 위해서 그 발톱을 토끼에게 뻗었다.

토끼는 겁먹지도, 도망치려고도, 하물며 눈을 돌리려고도 하지 않았다. 마치 그것이 자신의 긍지라고 말하듯이…….

그런 토끼의 눈빛이 거슬렸는지 발톱 곰은 낮게 울고서 비정하게 발톱을 내리쳤고—.

"여, 연서어어어엉!"

"뀨?!"

돌연 토끼 뒤쪽 벽이 진흙처럼 무너지고 거기서 뻗은 손이 토끼를 잡아 벽 속으로 끌고 갔다.

토끼는 물론 발톱 곰도 의표를 찔렸다. 둘이 모두 정신을 차렸을 때는 이미 바위벽은 아무 일도 없었던 것처럼 원래대로 돌아간 뒤였다.

그 후에는 발톱 곰의 분노 어린 포효가 허무하게 울려 퍼졌다.

"……뀨익. 뀨익뀨?"

하지메가 『연성』으로 만든 바위벽 속 공간에서 벽에 기대어 상처를 회복하는 토끼가, 옆에서 걱정스럽게 자신을 바라보는 하지메를 향해 울었다.

"혹시…… 왜 구했냐고 묻는 거야?"

왠지 모르게 생각이 파악되는지라 확인해 보자 토끼는 고개를 끄덕였다.

하지메는 난감한 표정을 지었다.

"하하, 나도 잘 모르겠어. 그냥 그 곰 마물이 엄청 강해 보였어……. 날 구해준 널 그런 마물 앞에 두고 가려니까……

몸이 저절로 움직였어."

토끼는 참 이상하다는 듯 그 검붉은 눈으로 하지메를 봤다. 그리고 깨달았다. 무릎을 끌어안고 앉은 하지메가 조금씩 떨고 있었다.

그것은 틀림없이 공포의 발현이었다. 토끼를 상대로도 다리가 풀리는 하지메가 더 상위인, 그것도 살의로 점철된 괴물을 앞에 두면 결과야 뻔한 것이었다.

하지만 그런데도 하지메는 돌아왔다.

이제 막 만났고, 종족조차 다른 생물을 위해서, 딱 한 번 구해줬다는 이유만으로……. 아마 본인도 명확한 의지를 가지고 한 행동은 아니리라.

"……꺄."

"응? 고맙다는 표시야? 아하하, 너 정말로 마물 맞아?"

토끼는 떠는 하지메를 달래듯 어깨에 토끼 귀를 댔다.

하지메는 토끼의 행동에 눈을 동그랗게 뜬 뒤 떨림을 조금 거두고 웃음 지었다.

그 후, 몸짓이나 분위기로 의사소통을 시도한 한 사람과 한 마리는 곧 지상으로 올라가기 위한 탐색에 나섰다.

이 또한 둘이 떨어지고 싶지 않다고 생각해서였다.

그 뒤로 얼마나 지났을까?

그날 하지메와 토끼는 신비한 돌을 발견했다.

벽 안쪽 깊숙한 곳에 묻힌 푸르스름한 빛을 내는 주먹만 한 결정체였다.

조사한 결과, 그것은 방대한 마력을 가졌으며 그 마력은 다른 광석에 비해 아주 높은 침투율을 가지고, 접촉한 자의 의지대로 마력을 움직일 수 있는 광석이었다.

"이건…… 이거라면!"

"뀨익?"

토끼가 귀엽게 고개를 갸우뚱거리는 옆에서 어떤 생각이 떠오른 하지메는 지금까지 느껴본 적 없는 흥분과 함께 결연한 표정을 보였다.

2주 후. 계층 최강종인 발톱 곰 앞에 기묘한 2인조가 있었다.

한 마리는 다리에 금속 무구를 장비한 토끼 마물.

그리고 한 명은 전신을 금속 갑옷으로 감싼 인간— 하지메였다.

"토끼야, 저 녀석의 시체를 넘어서 이 앞으로 가는 거야!"

"뀨익뀨!(그래, 가자! 친구!)"

왠지 완벽하게 의사소통하는 점은 그러려니 넘어가자. 선제공격은 의외로 하지메부터 시작했다. 철컹 소리를 내며 헬멧의 바이저를 내리자 투박한 금속 얼굴이 나타나고 눈이 번쩍 빛났다.

그리고 가슴에서 빛나는 푸른 빛이 한층 강해진 순간, 하지메는 두 손바닥을 힘차게 앞으로 뻗었다. 그러자 그곳에서 엄청난 밀도로 압축된 마력 충격파가 터져 나왔다! 빛나는 섬광에 허를 찔린 발톱 곰이 그대로 날아갔다.

반사적으로 방어한 발톱 곰의 양팔이 괴상한 방향으로 꺾였고 선혈이 뚝뚝 떨어졌다.

기회를 찔러 토끼가 옆에서 속공으로 추격했다.

부러졌는데도 개의치 않고 휘두른 발톱과 토끼의 금속 무구가 격돌해 주변을 진동시키는 충격파를 낳았다.

그 직후, 발뒤꿈치와 손바닥으로 마력을 분출한 하지메가 공중을 날아 반대편에서 육박했다.

돌진의 여세를 몰아 강철 주먹을 내지르자 발톱 곰의 거구가 휘청거리고 완벽한 타이밍에 토끼의 돌려차기가 작렬했다. 어느샌가 무구에서 튀어나온 날카로운 칼날이 발톱 곰의 거대한 팔을 단번에 절단했다.

격통에 울부짖는 발톱 곰은 궁지에 몰린 짐승의 본능 때문인지 남은 팔을 막무가내로 휘두르며 바람의 칼날을 흩뿌렸다.

그러나 하지메가 그것을 모조리 강철 몸으로 방어하고, 토끼도 하지메의 뒤로 피신해 피해는 전혀 없었다.

한순간의 틈을 찔러 발톱 곰의 팔을 붙잡은 하지메는 파워드 슈트가 가져오는 완력으로 팔을 찢어 버렸다. 동시에 가슴에 박힌 결정체에서 거대한 마력포가 발사되어 발톱 곰의 배에 커다란 구멍을 내고 날려 보냈다.

그럼에도 발톱 곰은 날뛰려고 했다. 하지만 두 팔이 없는 놈은 이제 그저 커다란 표적일 뿐이었다.

공중에서 날아드는 토끼의 운석 같은 발차기를 막을 방법이 없었고 다음 순간, 머리가 깨지며 숨통이 끊겼다.

동굴 안에 정적이 돌아오고…… 잠시 후.

위이이잉, 하는 기계음을 내며 강철 갑옷을 입은 하지메가 손을 들자 토끼가 폴짝 뛰어 하이파이브를 나눴다.

짝, 승리의 소리가 맑게 울렸다.

"이걸로 증명됐어. 우리는, 싸울 수 있어. 앞으로 가자, 토끼야!"

아이ㅇ 맨
"뀨뀨뀨뀨이!(그래, 함께 가자. 강철 소년)"

토끼가 하지메의 어깨에 올라탄 뒤 둘은 철컹철컹 발소리를 내면서 나락 안쪽으로 나아갔다.

"그런 꿈을 꿨어."

"……그래서 그 갑옷을 만들었어?"

나락 밑바닥 오스카의 거처에 강철 남자가 된 하지메가 있었다. 하지메는 어이없게 쳐다보는 유에의 시선에서 있는 힘껏 눈을 돌리고 있었다.

방어력은 좋을지 몰라도 총기를 필두로 한 하지메의 전투 스타일과는 맞지 않아 보였다. 유에가 어이없게 보는 것도 당연했다.

하지만…… 동굴에서 역경에 부딪치고 그곳에 있는 물건만으로 강철 강화 외골격을 만들어 적을 쓸어버리는 건…… 멋있다! 로망이다!

왜냐면 남자니까!

"……일단 벗어."

"……."

하지메가 온몸으로 싫다고 호소했다. 유에는 의수로 만족하라고 말했지만 그 직후 바이저가 철컥 닫혔다. 거절이었다. 눈 부분이 반항적으로 빛났다.

그런 하지메를 보고 유에는 한숨을 쉬었다. 그러더니 남자애는 못 말린다는 누나 같은 눈빛을 보낸 뒤 요염하게 웃고 입술을 핥았다.

하지메가 오싹함에 떨었다. 철컹철컹 뒷걸음질하다가 냅다 도망치려고 했지만…….

"……그럼 안 벗어도 돼. 내가 벗겨줄게."

그 후, 갑옷은 물론이고 옷까지 벗겨진 것은 굳이 말할 필요도 없으리라.

◆이런 점장님…… 괜찮군

시끌벅적한 TSUTAYA[#5] 점내. 영화와 서적, 캡슐 뽑기, 거기에 더해 캐릭터 상품에 인형 뽑기 기계까지 완비한 거대 체인점은 휴일이 되면 많은 사람이 자신이 바라는 것을 찾아 모인다.

그러나 이 점포에 한해서는 그 인원이 『비정상』이라고 할 만한 수준이었다. 가게 내부에 모 유명 테마파크의 퍼레이드 때

#5 TSUTAYA 츠타야. 책, DVD, 음반 따위를 대여, 판매하는 일본의 체인형 서점.

처럼 손님이 바글대고 있으니까 말이다. 아무리 TSUTAYA가 편리한 가게라도 평범하지 않았다.

심지어 손님 대부분이 남성이었다. 모두 책을 읽지도 않고 상품은 대충 훑어보며 어슬렁거렸다.

사정을 모르는 사람에게 수상한 사람으로 보여도 할 말이 없었다. 평소의 웃는 얼굴이지만 눈만 웃지 않는 점원이 말을 걸 수준이었다.

하지만 이 점포 점원들은 이미 익숙한지 아무 일도 없는 것처럼 업무를 보고 있었다.

"후우, 어쩌지……."

아르바이트생 중 한 명, 나구모 하지메는 작게 한숨 쉬면서 손목시계를 들여다봤다. 일이 빨리 끝나기를 비는 것이 아니었다. 이제 곧 그 시간이기 때문이었다. 날마다 찾아오는 그 시간.

바로 그때, 스태프 룸의 문이 작게 끽 소리를 내며 열렸다. 그러자 가게가 술렁거렸다. 모두 문을 주목했고 개중에는 위험한 표정으로 헉헉대는 변태도 있었다.

그리고 열린 문에서는—.

"점장님이 오셨다아아아아!"

"아, 아름다워……."

"믿어져? 저런데도 스무 살을 넘었다고……? 기적 아니냐?"

마치 아이돌이라도 만난 것 같은 열기로 가득한 가게에 강림한 것은 TSUTAYA 유니폼과 앞치마를 입은 이 점포의 책임자— 유에 점장이었다.

작은 몸으로 아장아장 걷고 풍성한 금발이 찰랑거리는 모습은 얼핏 보면 생명을 불어넣은 정교한 도자기 인형 같았다. 그러나 귀엽다는 표현은 적절하지 않았다. 무표정에 체구는 작아도 그 몸에서 나오는 것은 압도적인 색기와 상위자의 위엄!!

그야말로 TSUTAYA의 여왕님! 압도적인 여왕님!!

"……하지메, 시아, 진열 끝났어?"

"아~, 네. 오전 중에 마쳤습니다, 점장님."

"아이아이, 점장님! 전쟁 준비 완료했습니다!"

오늘은 유명 작가의 신작 발표일이었다. 하지메는 같은 알바생인 시아와 함께 오전 중으로 전용 코너에 진열을 마쳤다.

"……응."

유에 점장은 만족스럽게 고개를 끄덕이고 가게 여기저기에 있는「유에 점장 팬클럽」손님들을 천천히 둘러봤다.

그 순간, 손님들은 마치 군인처럼 규칙적인 발소리를 내며 특별 코너 앞에 정렬했다. 그들은 분명히 훈련된 손님이었다. 그렇기에 기다린다. 여왕의 말을…….

"……응. 사."

""""""""예스!! 맴!!""""""""

칙령이 떨어졌다! 환희의 감정이 흘러넘쳤다.

점장으로서, 그보다 접객업으로서 손님에게 명령해도 되느냐고 지적하는 사람은 이미 아무도 없었다. 최근 아르바이트로 들어온 하지메도 속으로만 중얼거릴 뿐이었다.

여왕의 종복들은 일사불란하게 신작 책을 집어 계산대로 돌진했다. 그러나 그 전에—.

"……응? 한 권만?"

유에 점장이 어리둥절하게 쳐다봤다. 한 권밖에 안 사줄 거야? 라고 눈빛이 말하고 있다! 영악하다. 역시 유에 점장, 영악하다! 매상을 위해서라면 일절의 자비도 없다!

"무, 물론 한 권 더, 아니, 포교용과 보존용으로 두 권 더 사겠습니다!"

"……이쪽 상품도 추천해."

"사겠습니다! 그것도 세 권 사겠습니다!"

정말로 자비가 없었다. 유에 점장은 책 여섯 권을 집어 계산대로 가는 손님을 보고 살포시 미소 지었다. 그리고 그 웃음을 보고 넋이 나간 손님들에게 다시 고개를 갸웃거렸다.

마치 「너희는 안 사줄 거야?」라고 말하듯이…….

결과는 물론—.

"점장님! 나는 다섯 권 살게! 그러니까 나중에 연락처 좀—."

"이 자식, 그 정도로 새치기를 해?! 점장님, 이 가게에서 제일 비싼 걸로 부탁합니다!"

"하, 멍청하긴. 비싸다고 좋은 게 아니야. 입고했지만 잘 팔리지 않는 상품을 사주는 게 점장님도 기쁘겠지. 점장님, 전에 본 『추파카브라 대전집』은 아직 있나요? 그리고 다음에 식사라도 한 번—."

"점장님, 사진 찍어도 되나요?!"

유에 점장의 미소를 바라며 사내자식들의 조공과 흑심이 범람했다.

서로 밀치고 누르는 손님들 앞에서 하지메는 유에 점장을 지키는 방어벽이 되어 「밀지 마십시오! 차례대로 줄 서세요!」, 「죄송합니다, 점장님과 연락처를 교환하려고 하지 말아주십시오!」, 「추파카브라 대전집은 개정판도 포함해 매진되었습니다!」, 「사진은 찍지 마십시오! 저희 가게는 그런 서비스를 제공하지 않습니다!」, 「손님, 은근슬쩍 만지려고 하지 마시죠, 쳐 죽여 버립니다!」, 「에잇, 작작 좀 해, 이것들아! 우리 점장한테 접근하지 마!」라며 목이 터지라 소리쳤다.

결국 하지메가 싱글벙글한 악마의 얼굴로 손님들을 처리했고, 처리하지 못한 손님은 점장 다음으로 인기인 시아가 뿅망치로 패는 포상으로 얌전히 만들었으며, 다른 점원들도 질풍노도의 기세로 업무를 소화해 겨우 유에 점장이 일으킨 일과성 이벤트를 종식시켰다.

도중에 하지메를 찾으러 살금살금 가게로 들어온 흑발 미소녀(카오리 양)도 있었지만…… 정작 하지메는 손님 대응에 바빠서 전혀 눈치채지 못했다. 대신 모 모빌 슈트의 가면 파일럿처럼 띠리링 하고 직감한 유에 점장이 「오늘 영업은 끝났습니다. 또 찾아와주시길 기다리지 않습니다. 지금 당장 돌아가주세요」라며 내쫓아 버렸다.

"하아~, 겨우 끝났다……. 매번 생각하지만, 유에 점장님은 흡인력이 너무 좋아서 탈이야. 다른 점포 매상과 비교하면 말 그대로 자릿수가 다르니까. 뭔가 잘못됐다는 생각은 들지만……."

폭풍이 지나가고 얼마 후, 휴식을 받은 하지메는 스태프 룸에 뻗어 있었다.

휴식은 교대로 하니까 지금은 하지메밖에 없었다.

그곳으로 유에 점장이 들어왔다. 손에는 음료수를 들고 있었다. 아무래도 마실 것을 가지고 와준 모양이었다.

유에 점장이 살며시 내민 주스 캔을 고맙다고 하며 받았다. 이런 세세한 배려가 비정상적인 매상과 더불어 직원들의 절대적인 인기와 신뢰로 이어지고 있었다. 그래서 주스 라벨이 『신수』라도 하지메는 딱히 지적하지 않았다.

"점장님, 고맙습니다. 잘 마실게요."

"……응. 나도 고마워, 지켜줘서. 멋있었어."

"으, 아뇨, 그 정도야 뭐……. 그나저나 위험하니까 그만하시죠."

"……매상을 위해서야. TSUTAYA의 정점에 오를 때까지 나는 못 멈춰."

유에 점장은 가슴을 쭉 펴고 야망을 논했다. 하지메는 애매하게 웃을 뿐이었다. 비상식의 극에 달했고 다른 점포보다 몇 배는 힘들지만 그만둘 생각은 조금도 들지 않았다. 이것도 사랑스러우면서도 요염한 점장 때문이리라.

찔끔찔끔 『신수』를 마시는 하지메에게 유에 점장은 어디선가 라이트 노벨 한 권을 꺼내서 내밀었다. 가슴팍에서 꺼낸 것처럼 보였지만 하지메는 신사이므로 보지 않았다. 아무튼 보지 않았다. 왠지 모를 온기를 느꼈으나 그 이유도 모른다.

아무튼 모른다.

"저기, 점장님. 이건?"

"……다음에 팔 신작. 잘 읽어 봐."

"읽어요? 소개문이라도 써야 하나요?"

어리둥절하게 받아든 라이트 노벨을 내려다본 하지메는 그 표지에 눈길을 빼앗겼다.

"……점장님. 어쩐지 표지에 있는 여자애…… 아마 히로인이겠지만, 점장님과 안 닮았나요?"

"……응. 참고로 주인공 남자애는 하지메랑 닮았어. 난 그렇게 생각해."

"……왜 입술을 핥으시죠?"

하지메의 등줄기가 오싹했다. 왠지 유에 점장과 눈을 맞출 수 없어서 시선을 책으로 떨어뜨렸다. 아무래도 성격 온화한 한 소년이 험난한 세계에서 변하고 흡혈귀 공주님과 만나 모험하는 흔해빠진 이야기 같았다.

대충 페이지를 넘기면서 봐도 일러스트에 나온 히로인의 노출 빈도가 이상하리만치 높았다. 첫 만남부터 알몸이고, 사투 후에 벗고, 마지막에는 목욕탕에서 주인공을 자빠뜨렸다.

유에 점장을 닮은 히로인의 노출 일러스트…….

그것을 유에 점장이 건네줬고 유에 점장이 코앞에서 보고 있다…….

하지메는 내심 생각했다. 대체 이게 무슨 상황이냐고.

"……잘 읽어 봐. 차라리 성서로 삼아. 메인 히로인이 강추야."

"예, 예스, 맴."

상체를 쭉 내밀고 다가온 유에 점장 때문에 하지메는 무심코 말을 더듬으며 긍정해 버렸다. 유에 점장이 그토록 하지메에게 읽어 보라고 권하는 라이트 노벨의 제목은—.

—흔해빠진 직업으로 세계최강.

◆캣 파이트

"그럼 시작할게요!"

"좋다, 언제든 덤벼라!"

기합이 들어간 목소리가 울려 퍼졌다. 그 직후, 시아가 땅을 폭발시키는 각력으로 뛰쳐나갔다. 정면에서 몸을 옆으로 틀어 대기하는 티오에게 급속도로 육박한다.

"에이얏!"

"읏, 어찌 이리도 묵직한가!"

귀여우나 날카로운 기합과 함께 날아든 시아의 태클을 티오는 정면에서 받아 내며 무심결에 신음했다. 어지간한 충격은 가볍게 막아 내는 흑룡 용인인데도 견디지 못하고 바닥을 파며 뒤로 쭉 밀려 나갔다.

한편, 진심은 아닐지언정 제법 강화한 태클이 막힌 시아도 속으로 감탄했다. 그러나 역시 유에와 하지메에게 교육받은 정예 토끼답게 거기서 끝이 아니었다.

시아는 밀착 상태에서 티오의 옆구리에 주먹을 댔다.

그 직후, 땅을 울리는 진각과 함께 발아래에서부터 끌어올린 에너지를 주먹으로 전해 충격을 직접 전달했다.

아흥, 하고 기묘한 소리를 내며 거리를 벌리려고 뒤로 물러난 티오에게 시아는 계속해서 공격을 가했다.

내민 팔을 접으며 순식간에 팔꿈치를 내지른다. 하응, 하며 또 기묘한 소리를 내면서 기역 자로 꺾인 티오에게 이번에는 바탕손으로 턱을 쳐올렸다.

아앙, 하고 소리치며 티오의 머리가 무섭게 튕겨 올라갔다.

가볍게 공중에 떠올라 무방비해진 티오의 배에 시아는 물 흐르듯 자연스러운 동작으로 진각 후 쌍장타를 때려 박았다.

일련의 기술을 마무리하는 공격에 어울리는 위력에 티오는 빠르게 튕겨 날아갔다. 그러나 쓰러지지는 않았다. 땅을 미끄러지면서도 두 다리는 끝내 꺾이지 않았다.

"대, 대단한 연격이구먼……. 방어하기 힘든 기묘한 동작에 내 방어력을 무시하고 내부로 충격을 전달하는 특수한 타법. 하아하아, 훌륭한지고."

"……제법 여유로워 보이네요. 때리면 때릴수록 기뻐 보이는 건 제 착각인가요?"

"착각이다! 자, 덤벼라! 내가 모두 받아 내어 보이마!"

"왜지. 하면 할수록 의욕이 꺾이는 건……."

시아가 신물 난다는 표정을 지었지만 자신의 타격이 별 피해를 주지 못한 것은 분명해 보였다. 역시 방어력에 특출한 흑룡 용인이라고 감탄하면서도 조금 분한 마음도 올라왔다.

“역시 티오 씨의 방어력을 돌파하려면 드뤼켄이 필요하겠네요……. 하지만 맨손으로도 방법이 있죠!”

시아는 다시 돌진했다. 그러나 이번에는 더 우직한 돌진이었다. 속도를 줄이지 않고 티오의 다리를 낚아채다시피 태클을 감행했다. 레슬링 같은 공격에 티오는 속수무책으로 바닥에 쓰러지고 말았다.

시아는 티오가 일어날 틈을 주지 않고 팔을 잡아 암바를 걸려고 했다. 그러면 당연히 붙잡힌 티오의 팔이 시아의 가슴 사이에 파묻힌다!

이어서 티오의 몸을 조르는 시아의 다리가 티오의 가슴을 꽉 눌러 아름다운 변형을 보여줬다.

“관절기인가! 조금 전 기술도 그렇지만, 멋진 근접 기술이구나! 허나 용인을 그 정도로 묶어 둘 수 있다고는 생각지 말아라!”

티오가 등으로 반동을 줘서 힘차게 튀어 올랐다. 그 충격으로 구속이 살짝 풀리고 티오가 반격에 나섰다. 시아가 일어나기 전에 뛰어들어 시아를 등 뒤에서 역으로 구속한 것이다. 그 가슴을 와락 움켜쥐면서! 시아의 입에서 으흥, 하고 조금 야시시한 소리가 흘러나왔다.

“무얼! 이 정도쯤이야!”

“으악, 거긴 잡지 말아라! 돌리면 안 돼! 에잇, 반격이다!”

“흐아아앙?! 어딜 조르는 거예요?! 이게 진짜!”

“아힉?! 벗겨진다, 옷 벗겨져! 주인님 앞에서 낯 뜨거운 모습을 보여야겠느냐! 요 녀석이!"

"거, 거긴 만지면 안 돼요~! 만져도 되는 건 하지메 씨뿐이라구요오오오!"

서로 일어서지도 않고 관절기를 걸려고 엎치락뒤치락.

【우르 마을】에서 【휴렌】으로 돌아오는 도중, 시아와 티오는 휴식 시간에 짬을 내어 모의 전투를 벌이게 됐다. 그런데 육감적인 미녀들이 격렬한 운동으로 땀 흘리고 신음 내며 뒤엉키는 광경은 솔직히…….

"하지메 님. 저, 윌 쿠데타는 살아남은 의미가 있었다고 절실히 실감하고 있습니다."

"……그러냐. 빠르네, 실감하는 거."

이미 거의 반라가 되어 싸우는 두 사람을 보면서 윌은 눈물을 주륵 흘렸다. 정말로 감개무량한 모습이었다. 하지메도 속으로는 이해한다며 고개를 주억거렸으나, 겉으로는 조금도 티를 내지 않았다.

왜냐하면—.

"…….(물끄럼)"

등 뒤에서 시선이 느껴졌으니까. 뒤를 힐끗 돌아보자 가면 같은 무표정과 인형처럼 무감정한 눈으로 하지메를 응시하는 유에가 있었으니까.

"저건 참, 좋은 것이군요. 하지메 님."

"너 좀 닥치면 안 될까?"

일단 하지메는 구타로 윌의 기억 말소 겸 화풀이를 시도했다.

◆시아의 요리 교육

섬세한 손가락이 붉은 열매 위로 부드럽게 미끄러졌다. 그러자 달걀 모양 열매는 순식간에 몇 겹으로 잘렸고, 사방에서 부는 미풍에 잘게 썰렸다.

붉은 열매는 안쪽이 거의 비어 내용물이나 과즙이 튀지도 않았고 회오리치는 작은 바람 감옥에 갇혀 끝내 가루가 될 때까지 잘렸다.

붉은 열매의 말로를 보고 만족스럽게 고갯짓하는 아름다운 소녀— 유에는 그 붉은 가루를 조심스레 손바닥 위에 모아서 재빠르게, 하지만 조심스럽게 걸어가 부글부글 끓는 냄비 앞에 섰다.

그리고 속으로 「맛있어져라~♡」라고 주문이라도 외듯 입가에 미소를 띠며 가루를 냄비에 투입하려다가…… 불쑥 뻗은 손에 붙잡혔다.

"……뭐 하시는 건가요, 유에 씨."

"……?!"

화들짝 놀란 유에는 머뭇머뭇 팔을 잡은 사람을 올려다봤다.

"……시, 시아."

"네, 저예요. 유에 씨의 거듭되는 『독창성』이라는 이름의 횡포에 마침내 인내심이 한계에 달한 시아예요."

언제나 유감 토끼였던 토끼 귀 소녀— 시아가 웬일로 이마에 핏줄을 세웠다. 그 모습을 보자 유에는 말문이 막혔다. 그리고 허둥지둥 눈알을 굴리며 변명을 했다.

"……회, 횡포는 너무했어. 내 예상에는 이걸 넣으면 요리가 더 맛있어질—."

"그렇게 말하고 지금까지 몇 번이나 제 요리를 망쳤잖아요! 요리 초보의 자작 요리만큼 위험한 건 없어요!"

그 말대로 전직 공주님인 유에는 요리 경험이 없어 만능 살림꾼 토끼 시아에게 종종 요리를 배웠다. 그러나 매번 시아가 만든 요리에 그놈의 『독창성』을 더하는 바람에 다 된 밥에 재를 뿌리는 상습범이기도 했다.

처음에는 시아도 하지메를 향한 유에의 마음이나 손수 만든 요리를 먹여주고 싶은 기분을 이해하니까 웃어넘겼지만, 빈도가 높고 기본을 무시하면서 응용만 하려는 건방짐에 최근 짜증이 쌓이고 있었다. 털이 곤두선 토끼 귀가 분노를 보여줬다.

"……그래도 이번에는 자신 있어. 이걸 넣으면 더 하지메 취향이 될 거야."

"되긴 뭐가 돼요! 아무리 생각해도 맛있어질 리가 없어요! 그거 『악마의 열매』죠?! 한 입만 먹어도 미각이 파괴될지 몰라서 사전 작업이 필수인 위험 재료라고요! 알고는 계세요?!"

"……그렇지만 먹는 건 하지메인걸, 하지메는 매운 음식 좋아하는걸, 뭐……. 마물을 먹어도 괜찮을 정도니까 이 정도 자극은 기뻐할 거야."

"아니, 글쎄! 사람이 먹는 음식에 아무 근거도 없이 이상한 재료를 쑤셔 넣지 말라고요!"

꽥꽥 소리치는 시아는 그 남다른 괴력으로 유에의 손을 강제로 펼쳐 초강력 매운맛 조미료 『악마의 열매』를 조미료 주머니 하나에 털어 넣으려고 했다.

하지만 유에는 고개를 절레절레 저으며 손을 도로 꽉 쥐었다.

시아의 토끼 귀가 당장 놓으라고 유에의 볼을 꾹꾹 밀었다.

유에는 잠시 이를 악물고 버텼으나, 역시 신체 능력에 버그가 걸린 토끼에게 완력으로 이기기란 불가능했고 결국 조미료를 놓아 버렸다.

다만, 실수로 시아의 얼굴에…….

"우왓! 소문대로 강렬한 자극이?! 내 눈, 내 코오오오!!"

시아는 양손으로 얼굴을 덮고 격렬하게 땅바닥을 굴렀다. 비명을 지르면서 허리를 젖히고 펄쩍펄쩍 뛰어오르는 모습에는 유에조차 당황한 눈치였다.

『악마의 열매』는 제대로 된 도구와 방법으로 처리하지 않으면 보통 만지기만 해도 피부에 탈이 생기지만, 유에는 『자동재생』을 가지고 있어서 직접 쥐어도 큰 영향이 없었다. 그래서 설마 이 정도의 극약인 줄은 미처 몰랐다.

제대로 처리한 『악마의 열매』는 매운맛 속에 악마와 같은 감칠맛을 품었다고 평가받아서 그 점만 의식했었다.

"……시, 시아? 괜찮아?"

"괜찮아 보이냐아아아, 예요오오오오! 무울! 격류로 이 악마르을! 씻어줘요오~!!"

"……응!"

곧바로 유에가 마법을 발동해 허공에서 엄청난 수압을 자랑하는 물이 대량으로 떨어졌다. 소규모 폭포라고 해도 과언이 아닌 수준이었다. 보통 사람이라면 그대로 압살당할 것이다.

시아는 무릎을 꿇고 앉아 하늘을 향해 두 손을 들었다. 그 모습이 흡사 신에게 구원을 바라는 경건한 신도 같았다. 구세주를 바라는 토끼 귀 소녀에게 살인적인 물 폭탄이 쏟아졌다!

몇 초 후.

격류가 멎은 뒤 그곳에 남은 것은 수압으로 생긴 작은 구덩이와 군데군데 물이 고인 땅, 그리고 그 중앙에서 하늘로 양손을 든 채 미동도 하지 않는 토끼 귀 소녀…….

"……시, 시아? 여보세요~, 시아 씨~?"

유에가 조심조심 말을 걸었다.

그 목소리에 물을 한껏 머금고 축 처진 토끼 귀가 움찔 반응했다. 물기를 파르르 털어 낸 토끼 귀가 90도로 쫑긋 섰고 동시에 시아가 흐느적흐느적 일어섰다.

그러고는 물을 뚝뚝 흘리며 경이적인 속도로 유에에게 다가와 그 조그만 어깨를 덥석 잡았다.

유에가 묘한 박력에 질겁했다. 코와 코가 닿을 것 같은 거리까지 시아의 얼굴이 다가와 붙었다.

"유우에 시이……."

"……시, 시아. 진정해. 얼굴이 많이 안 좋은—."

"닥쳐어."

"앗, 네."

유에의 얼굴 근육이 심하게 경련했다.

코앞에 있는 시아의 얼굴은 정말로 몹시 좋지 않았다. 눈은 새빨갛게 충혈됐고 눈물과 콧물과 침과 다른 무언가가 지금도 끊임없이 줄줄 흘러내렸다. 입술은 퉁퉁 부었고 새하얀 피부에는 붉은 반점이 생겼으며 목소리는 갈라졌다.

귀신도 창백하게 질려 도망칠 얼굴이 명확한 분노를 띠고 유에를 향해 있었다. 한계까지 커진 눈은 공포 그 자체였다. 시아가 유에에게 「닥쳐」라고 명령하는 시점에서 시아의 분노가 성층권을 뚫었음을 알 수 있었다.

유에는 마른침을 꿀꺽 삼켰다. 어깨가 으깨질 것 같은 악력에 식은땀을 흘리면서 경직한 유에에게 시아는 심연 속에서 쥐어짠 듯한 목소리로 명령했다.

"머글 걸, 함부러어, 하지 마아."

"…….(끄덕끄덕)"

"요리, 기본, 중요."

"…….(끄덕끄덕)"

두 어깨를 누르는 압력으로 어느새 꿇어앉게 된 유에는 귀기 서린 표정으로 호소하는 시아를 보며 고속으로, 그리고 필사적으로 고개를 끄덕였다. 그러나 겨우 그 정도로 얼굴에 폭탄을 맞은 시아가 멈출 리 없었다.

도움을 요청하려고 눈을 돌리던 유에는 한쪽에서 뭐라고 표현하기 힘든 미묘한 표정으로 자신들을 바라보는 연인을 발견했다. 그 후 「구조 바람!」이라고 눈빛으로 호소으나……

하지메는 눈을 슥 돌렸다.

유에 머리 위에 『?!』 마크가 떠올랐다. 하지메에게 버림받는다는 생각지도 못한 사태에 얼이 빠진 유에에게 시아의 폭탄 얼굴이 다가왔다.

"한눈, 팔지 마."

진노한 토끼에게서는 도망칠 수 없을 듯했다.

어깨가 축 늘어진 유에는 그 후 당분간 얌전히 시아의 잔소리를 들어야 했다.

시무룩한 표정으로 꿇어앉은 유에에게 살짝 가슴이 두근거린 것은 하지메만의 비밀이었다.

◆고생바가지가 꾸는 꿈

'저건…… 카오리? 같이 있는 건…… 나구모, 인가?'

흐리멍덩한 감각 속에서 시즈쿠는 앞에 있는 낯익은 친구와 그녀가 좋아하는 사람을 인식했다.

소년의 모습은 왠지 안개가 낀 것처럼 흐릿해 확실하지 않았지만, 카오리가 감격하여 다가가는 것을 보면 그것이 하지메란 사실은 명백했다.

카오리는 하지메 앞에서 한 번 멈춰 서서 무슨 이야기를 시작했다. 떨어져 있는 시즈쿠에게는 대화가 들리지 않았지만, 곧 카오리가 하지메의 가슴에 뛰어들며 기쁨의 눈물을 흘리는 것을 보면 그것이 카오리에게 행복한 결과였다고 충분히 짐작할 수 있었다.

'잘 됐어, 카오리…….'

행복해 보이는 친구를 본 시즈쿠는 자신까지 행복해져 온화하게 미소 지었다. 그리고 어렵게 재회한 그들을 방해하지 않으려고 몰래 그곳을 떠나려고 하는데…….

'응? 누구지? 드디어 만났는데 가만히 두지 않고……. 나구모랑 아는 사이인가?'

문득 한 사람이 둘에게 다가가는 것이 보였다. 하지메와 마찬가지로 왠지 모습이 흐릿하여 잘 보이지 않았지만, 아름다운 금발에 조그만 체구, 그리고 이유 모를 요염함을 느꼈다.

그 소녀는 큰 걸음으로 하지메 뒤로 다가가더니 목깃을 붙잡고 카오리에게서 억지로 떨어뜨려 놓았다. 그리고 어리벙벙한 카오리 앞에서 보란 듯이 하지메의 머리를 가슴으로 안았다.

'어, 어어어? 뭐야, 이 상황?! 어떻게 된 거야?!'

갑자기 아침 드라마 같은 전개가 펼쳐지자 시즈쿠는 전전긍긍하며 걱정스럽게 친구를 쳐다봤고—.

'히익?! 한냐가 나왔어?!'

카오리 뒤에 스탠○처럼 떠 있는 한냐를 목격했다.

하지메를 끌어안은 금색 소녀에게 흐느적거리며 다가가는 카오리를 따라서 일본도로 어깨를 툭툭 치고 있었다. 엄청나게 도발적이었다.

'도망가! 어디 사는 누군지 모르겠지만, 거기 당신! 어서 도

망쳐!'

시즈쿠는 필사적으로 경고했다. 하지만 의지와 달리 목소리는 나오지 않았다. 이렇게 되면 친구가 이름 모를 여자를 해하기 전에 뛰어들어 말리려고 했으나, 그 직전에—.

'응?! 저 애한테서도 뭐가 나왔어?! 저거 뭐야! 금색…… 용?!'

마음속의 절규가 멈추지 않는 시즈쿠 앞에서 금색 소녀의 등 뒤로 똬리 튼 황금색 용이 출현했다. 먹구름을 업고 무수한 번개와 스파크를 일으키며 안광을 번들거리는 그 위용은 흉악한 한냐의 위압에도 전혀 뒤지지 않았다.

—크워어어어어어어어어어!

—키에에에에에에에에엑!

우레 같이 포효하는 황금 용과 일본도를 머리 위로 쳐들고 위협하는 한냐. 그 아래에는 왠지 기묘한 포즈를 잡은 카오리와 금색 소녀가 있었다.

'무슨 일이, 대체 무슨 일이 일어난 거야?!'

혼란의 극치에 달한 것은 당사자보다 오히려 방청객인 시즈쿠 쪽이었다.

마치 물리적 압력이라도 가진 것처럼 막대하고 강력한 압박감이 시즈쿠의 정신을 짓눌렀다. 이것이 RPG 세계라면 시즈쿠의 정신력 게이지는 이미 레드존에 돌입했을 것이다. SAN치가 위험하다는 것은 이를 두고 하는 말이리라.

그런 시즈쿠가 진정할 틈도 주지 않고 황금 용과 한냐는 곧바로 격돌했다.

황금 용이 다시 우레 같이 포효하자 세계가 번개 폭풍으로 가득 찼다. 수많은 벼락이 유성우처럼 쏟아졌다.

그 벼락을 한냐가 투박한 칼 한 자루로 베어 흩어 버린다. 그리고 일격필살의 기백이 담긴 기합과 함께 칼을 수직으로 내리치자 단칼에 대지가 갈라지며 눈에 보이지 않는 참격이 황금 용을 양단했다.

그러나 그것이 무슨 대수냐는 양 황금 용은 즉석에서 쏟아진 벼락을 통해 부활했다.

반격은 쩍 벌어진 입에서 나온 특대형 번개 포격이었다.

대기를 뒤흔들고 진로 상에 있는 모든 것을 파괴하며 날아드는 파멸의 빛은 곧 한냐의 칼에 막혀 하늘로 튕겨 올랐다.

먹구름으로 뒤덮인 하늘이 황금색 섬광으로 찢어졌다. 하늘에 거대한 구멍이 뚫렸다.

땅이 갈라지고 하늘이 뚫렸다. 대지가 격동하고 대기가 불탔다.

그야말로 세계의 종말을 방불케 하는 광경이었다.

그런 세계의 한쪽에서 시즈쿠는 사시나무처럼 떨고 있었다.

이미 말리려는 생각은 털끝만큼도 남지 않았다. 어서 도망쳐야 한다는 생각만 가득했다. 그러나 결단이 조금 늦은 모양이었다.

한냐가 날린 참격과 황금 용의 브레스가 격돌하려다가 왠지 진로를 틀어 시즈쿠 쪽으로 날아든 것이다.

'잠깐, 앗, 꺄아아아아아아—.'

"—아아아아아악! 어, 꿈?!"

시야를 덮는 절망의 빛에 비명 지르던 시즈쿠는 제 비명에 놀라서 벌떡 일어났다.

꿈이었나 보다.

왜 하필 꿔도 이런 꿈을 꿀까. 시즈쿠는 볼을 타고 흘러내리는 땀을 닦으면서도 꿈이라서 천만다행이라고 안도의 한숨을 쉬었다.

그리고 자신의 절규에도 세상모르고 자는 옆 침대 친구를 봤다.

"하하, 설마……."

왠지 가슴속에서 말로 표현하기 힘든 오한이 올라와 몸서리쳤다.

그건 과연 단순한 꿈이었을까.

아니면…….

◆이세계 밸런타인데이

어느 가도를 따라서 난 작은 마을. 특별한 것이라고는 없는 그 마을은 현재 묘하게 들떠 있었다.

여행 도중 우연히 그곳을 방문한 하지메, 유에, 시아는 달콤하면서도 열기가 감도는 분위기를 감지했다. 일행은 무슨 일이 있나 싶어 호기심이 솟았다.

"거기 당신, 오늘 무슨 축제라도 열려?"

하지메가 근처에서 꽃을 파는 스킨헤드 마초 아저씨에게 물었다.

"응? 모험가 양반, 몰라서 물어? 오늘은 『프리스의 날』이잖아? 미인을 두 명이나 데리고 와 놓고 왜 모른 척이야?"

아무래도 오늘은 누구나 다 아는 기념일인 것 같았다.

자세히 들어 보니 『프리스의 날』이란 이성에게 사랑을 고백하는 날이라고 했다. 프리스라는 흰 꽃을 가진 이성에게 고백하고 상대가 받아들이면 영원히 맺어진다나?

주위를 둘러보자 확실히 여러 가게에서 흰 꽃을 팔았다. 그 꽃다발 앞에서 젊은 여성들이 웃고 떠들고 있었다.

"그렇군. 세세한 부분은 다르지만, 원래 세계에 있던 밸런타인데이 같은 건가……."

"……응? 밸런타인?"

"그게 뭐죠?"

하지메의 혼잣말에 유에와 시아가 반응했다. 하지메는 묘하게 그리운 눈빛으로 두 사람에게 밸런타인데이에 관해 설명했다.

밸런타인데이— 그것은 광전사들의 피에 젖은 비극의 날. 미남 전문 주술사가 대량 발생하는 날. 그리고 하지메에게는 불가피한 술래잡기가 개시되며 붙잡히면 안 되는 지옥의 학교생활이 펼쳐지는 날이다.

"……응. 그러니까 하지메는 어떤 여자에게 사랑 고백을 받았다는 뜻? 하지메, 그 여자의 용모와 이름을 알려줘. 빨리, 어서."

"네? 하지메 씨, 다른 여자가 또 있어요?! 전 대체 몇 번째 여자예요?"

"……너희, 길 한복판에서 그런 소리 좀 하지 마."

빛이 사라진 눈동자로 다가오는 미모의 흡혈 공주와 울먹거리며 매달리는 겉만 예쁜 유감 토끼.

주위에서 「어머! 불륜인가 봐!」, 「저 남자, 애인이 몇 명이나 있대」, 「갖고 놀다가 단물 빠지면 버리려는 거지! 짐승이야, 짐승!」, 「눈 마주치지 마! 임신할 거야!」라는 시끌시끌한 소리가 들렸다.

볼이 심하게 떨리는 하지메는 일단 사람이 없는 곳으로 벗어나려고 유에와 시아를 업고 잰걸음으로 숙소로 향했다.

그날 밤.

마을에 들른 목적인 물자를 보충하고자 일시적으로 따로 행동한 일행은 저녁을 먹기 위해 숙소 식당에서 다시 모였다.

하지메는 창가 자리에서 턱을 괴고 앉아 있었다. 그 옆에는 유에밖에 없었다. 시아가 오늘 저녁은 꼭 자기가 만들고 싶다며 주방을 빌렸기 때문이었다.

"오래 기다리셨죠~. 시아 특제 요리예요~."

"특제? 대체 뭘 만든…… 야, 이건……."

"알아보시겠어요? 『니쿠자가[#6]』예요. 실물을 본 적이 없으니까 진짜와는 다를지도 모르지만요."

하지메는 요리를 잘하는 시아에게 일본 요리를 알려준 적이

#6 니쿠자가 고기와 감자가 들어간 조림 요리. 일본의 대표적 가정식 요리.

있었다. 니쿠자가도 몇 차례 시행착오를 거쳐서 조금씩 재현하고 있었다.

잘 먹겠다고 인사하고 한 입 먹어 본 하지메는 자기도 모르게 감탄사를 흘렸다. 세계가 다르니까 완전히 똑같을 수는 없지만, 그래도 확실히 니쿠자가라고 할 수 있는 재현도였다.

"하지만 왜 하필 오늘?"

"에헤헤. 그야 오늘은 프리스의 날이니까요. 밸런타인데이에도 선물을 보낸다면서요? 제가 드릴 수 있는 가장 큰 선물은 하지메 씨 고향 요리가 아닐까 생각해서요."

"……그랬군. 그 뭐냐, 고맙다. 엄청 맛있어."

시아는 기쁘게 토끼 귀를 흔들었다. 그러자 옆에 앉은 유에가 하지메의 옷자락을 당겼다. 돌아본 하지메에게 유에는 살며시 창밖을 가리켰다. 의아하게 생각하며 밖을 보자 밤하늘에 드문드문 흰 물체가 떨어지는 것이 보였다.

"저건…… 눈?"

"……응. 북쪽 대륙에는 눈이 안 와. 그래도 하지메 고향에서 밸런타인데이는 겨울이고 눈이 내린다고 들었어. 그래서 마법으로 최대한 재현해 봤어."

요컨대 유에와 시아가 하지메에게 프리스의 날 선물로 이 상황과 요리를 준비해준 것이었다.

고향으로 돌아가겠다고 맹세하고 이세계를 여행하는 나날 속에서 생각지도 않은 선물을 받았다. 그것은 고향의 향수를 느끼게 하는 노력의 결정이었다.

하지메는 살짝 미소 지은 뒤 신기할 정도로 온화한 눈빛을 하고 유에와 시아를 바라봤다.

"최고의 선물이야. 고마워."

"응!"

"천만에요!"

갑자기 내리는 차갑지 않은 눈 때문에 소란이 난 마을 한쪽에서, 세 이방자는 이 마을 누구보다 프리스의 날에 어울리는 시간을 보냈다.

◆어떤 평화로운 용사 파티

일본 학생들이 이세계로 소환되고 얼마 후.

마법이라는 판타지 속 힘과 이세계 왕궁 생활에도 제법 익숙해진 그들은 조금씩 마음속 여유를 되찾았다.

특히 언젠가 전쟁에 참전해서 선두에 서게 될 코우키와 용사 파티는 당초 왕국 사람들의 기대와 과도한 공손함에 당황했으나, 지금은 이세계 친구도 사귀며 알찬 나날을 보내고 있었다.

그 날도 열심히 훈련해 자신의 성장을 실감한 코우키는 땀을 흘리고 몸도 마음도 상쾌해져 자기 방으로 가고 있었다. 룸메이트인 류타로가 이미 돌아와 있을 테니까 함께 놀러 나갈 생각이었다.

그리고 오늘은 어디를 돌아볼지 기대하면서 방문에 손을 올린 코우키는 살짝 열린 문 틈새로 그것을 목격했다.

"스으으읍, 후. 하아~!"

기묘한 호흡 소리를 내며 큰 거울 앞에서 포즈를 잡는 친구를…….

친구가 느리게 움직였다. 무술 연무 같기도 한 아름다운 동작으로 탄탄한 근육이 융기하고 줄어들고 했다. 규칙적인 호흡이 친구의 진지함을 보여주는 듯했다.

몸을 확인하는 것일까? 아니면 무술 자세의 반복 연습일까?

궁금하지만 물어볼 수 없었다. 아니, 방에도 들어가지 못했다.

왜냐하면—.

"후오오~!"

괴상한 호흡 소리를 내며 거울 앞에서 포즈를 잡는 친구는—알몸이었으니까.

호쾌하게 팬티조차 입지 않았다.

이럴 때는 어떻게 행동해야 할까? 코우키는 알 수 없었다.

그러다가 문득, 눈이 맞았다. 거울 속 류타로와 코우키의 눈이…….

방 안의 공기가 순식간에 얼어붙는다. 시간이 정지한 것 같은 정적이 깔렸다.

굳은 표정을 채 숨기지 못한 코우키가 중얼거렸다.

"……아차, 훈련장에 깜빡 두고 온 물건이 있어. 다녀올게."

그것은 단순한 현실 도피이자 현장 도주 선언이었다.

"잠깐, 코우키! 착각하지 마! 난 그냥 무술 연습을 했을 뿐이야!"

"아, 알몸으로?"

"그, 그건…… 입고 하든 벗고 하든 무슨 상관이야! 스튜어○ 대령도 알몸으로 했잖아!"

류타로는 혼자 스튜○트 대령 놀이를 하고 있었나 보다. 코우키는 옛날에 본 다이하면서 하드한 영화의 한 장면을 떠올리고 비로소 이 상황을 이해했다. 그리고 인생에서 가장 불쌍한 눈빛을 보내며 말했다.

"나는 아무것도 못 봤어, 류타로. 난 잠깐 시즈쿠한테 볼일이 있어서 이만……."

발걸음을 돌린 코우키는 곧 맹렬한 속도로 뛰어갔다.

"앗, 인마, 코우키! 거기 서어어어어!"

왕궁 한쪽에서 수치심에 젖은 절규가 메아리쳤다.

그 후, 소꿉친구와 같은 반 아이들에게 연민의 시선을 받은 류타로는 마음에 흑역사 한 페이지를 새겼다고 한다.

그날 밤.

방에서 홀로 쉬던 코우키는 문득 오후의 류타로를 떠올렸다. 옛날에는 곧잘 함께 히어로 포즈를 연구하고는 했었다. 그것을 시즈쿠나 카오리에게 들켜서 부끄러워한 적이 한두 번이 아니었다.

초등학교 고학년이 된 후로는 그런 놀이도 안 하게 됐지만……

역시 검과 마법의 세계에서 동심을 조금 되찾은 건지도 모르겠다. 자기도 모르게 친구들에게 폭로해 버릴 정도로 류타로의 행동은 그리웠고, 또 재미있었다.

참고로 현재 류타로는 삐쳐서 추가 훈련을 하고 있었다. 폭소한 남자들을 끌어들여 복수라도 하듯이 말이다.

코우키는 옆에 세워 둔 성검을 봤다. 장엄한 자신의 무기를 보자니 왠지 마음이 술렁였다.

정신을 차리자 코우키는 성검을 들고 전신 거울 앞에 서 있었다. 그리고 왼손을 허리에 댄 후 오른손으로 성검을 들어 다리를 어깨너비로 벌렸다.

"……너무 평범한가."

혼잣말하고 포즈를 바꿔 봤다. 점점 흥이 올랐다. 머릿속에 떠오르는 지구의 히어로들을 참고로 차례차례 포즈를 취했다. 성검을 한 번 휘두르고…….

"모든 것을 지키겠다! 용사의 이름을 걸고!"

완벽하다. 거울에 비친 자신을 보고 코우키는 훗, 하며 입꼬리를 올렸다.

그 순간—.

"코우키 있어?! 큰일 났어! 류타로가 다른 남자애들이랑 싸움 났……."

벌컥 문을 열고 들어온 카오리가 급정지했다.

눈앞에는 왠지 거울 앞에서 당당히 웃으며 포즈를 잡는 코우키가 있었다. 물론 두 사람의 시간은 방의 공기와 함께 사이좋게 정지했다.

코우키는 포즈를 잡고 씩 웃는 얼굴 그대로 땀을 주륵 흘렸다. 차츰 입꼬리가 실룩실룩 떨렸다. 그런 코우키를 보고 카오리는 상냥하게 미소 지은 뒤—.

"……나, 남자애, 니까. 괜찮아, 괜찮아."

조용히 페이드 아웃했다. 문이 쾅 닫히고 「시, 시즈쿠~!」라고 외치며 카오리가 후다닥 달려가는 소리가 들렸다.

그제야 겨우 정신을 차린 코우키는 천천히 포즈를 풀었다.

"잠깐마아아아안, 카오리! 이건 오해야아아아아!"

왕국 한쪽에서 수치심에 젖은 절규가 메아리쳤다.

그 후, 소꿉친구과 같은 반 아이들에게 연민의 시선을 받은 코우키가 마음에 흑역사 한 페이지를 새겼다고 한다.

시간을 조금 거슬러 류타로가 아이들에게 놀림받을 무렵, 카오리는 왕궁 메이드들과 이야기하고 있었다. 내용은 흔한 여자들의 수다였다. 카오리가 메이드들에게 어떤 남학생이 좋아하는 음식을 물으면서 시작된 대화였다.

메이드들은 깔깔거리며 『남자는 「봉사해 드리겠습니다」라고 유혹하면 홀라당 넘어가는 법』이라는 결론을 카오리에게 주입시키면서 유혹의 기술을 전수했다.

정통파 히로인 속성 카오리에게는 조금 과격한 내용이었다. 그래서 유혹 기술을 상세하게 설명하는 단계로 넘어간 시점에 얼굴이 홍당무가 되어 도망쳤다.

"우우, 왕궁 메이드들은 너무 문란해……."

그렇게 중얼거리며 얼굴의 열을 식히던 카오리는 문득 깨달았다. 머리가 펄펄 끓어 정신없이 도망쳤더니 사용인용 물품 보관소로 들어와 버린 모양이었다.

그리고 그것을 봐 버렸다. 『예비품』이라고 적힌 의상 선반에 고이 개어 놓은 그 옷을…….

5분 후. 의상 선반에서 작업복 한 벌이 사라졌다.

범인은 물론 카오리였다.

쏜살같이 달려 방으로 돌아온 카오리는 잠깐 빌려 온 그 옷을 가슴에 품고 흐트러진 숨을 내쉬며 거울 앞에 섰다.

잠시 우물쭈물했으나 곧 볼을 붉히면서도 결심하고 옷을 갈아입었다.

그리하여 탄생한 것이 『메이드복 입은 카오리』였다.

다른 남학생이 봤다면 예외 없이 몸을 꼬거나 코피 바다에 가라앉을 만큼 귀여웠다. 화이트 브림과 순백색 앞치마, 그리고 청초한 스커트가 팔랑거렸다.

"나, 나쁘지는, 않나?"

카오리는 거울로 이상한 부분은 없는지 확인하다가 쑥스럽게 중얼거렸다.

그리고 잠깐 고민한 뒤 어떤 소년을 마음속에 그리며— 저질렀다.

"보, 봉사, 해줄까?"

상체를 앞으로 살짝 굽혀 가슴을 강조하고 조금 어색한 윙

크까지 했다.

거울 속 봉사 메이드를 본 카오리는 양손으로 얼굴을 가리고 웅크렸다. 말 그대로 일을 저질렀다는 분위기였다.

카오리는 느릿느릿 일어나서 자기가 뭘 한 것인가 후회한 뒤 메이드복을 잡았다.

그리고 돌아본 순간, 눈길이 맞았다.

침대에서 벽에 기대어 책을 보다가 입을 쩍 벌리고 굳은 시즈쿠와…….

"시시시시시시시, 시즈쿠우?! 언제부터 거기에?!"

"언제부터긴, 처음부터지……."

흥분에 사로잡혔던 카오리는 룸메이트 시즈쿠가 방에 있다는 사실도 깨닫지 못했나 보다. 시즈쿠 입장에서 보면 갑자기 돌아온 친구가 난데없이 메이드복으로 갈아입더니 기행을 벌인 상황이었다.

"있지…… 있지, 시즈쿠. 이건 아니야. 잠깐 그게 그렇게 돼서, 메이드가 야해서 어쩔 수 없이—."

"응. 괜찮아, 카오리. 괜찮아. 나는 다 이해하니까."

"그, 그래? 그럼 괜찮지만……. 그런데 시즈쿠, 왜 방에서 나가려고 해? 어디 가려고?"

시즈쿠는 카오리에게는 괜찮다고 말하면서 방문을 잡고 있었다. 안 좋은 예감에 볼이 실룩거리는 카오리를 향해 시즈쿠는 어깨 너머로 돌아보며 환하게 미소 지었다.

그 직후, 문을 열어젖히고 쏜살같이 뛰쳐나갔다.

"나구모! 카오리가, 카오리가—!"
"아니야아아! 하지 마아아! 시즈쿠, 정말 이러기야아아?!"
왕궁 한쪽에서 수치심에 젖은 절규가 메아리쳤다.
그 후, 신나게 도망치는 시즈쿠와 메이드 카오리의 술래잡기에 학생들뿐 아니라 왕궁 사람들까지 훈훈한 미소를 보냈다고 한다.

◆오밤중의 술래잡기

시리도록 맑은 은색 달빛을 받고 운해가 아름답게 빛났다. 하늘에 밋밋한 망망대해가 펼쳐진 것이 아니라, 적란운처럼 솟은 거대한 구름 산이나 구름 아치까지 보이는 이유는 이곳이 지구와는 다른 세계이기 때문일까.
그런 신비한 천공을 미끄러지듯이 나는 검은 그림자가 하나 있었다.
높게 솟은 구름 산비탈을 따라 날며 달빛에 검은 비늘을 빛내는 그것은 용화한 티오였다.
『주인님도 이걸 참 좋아하는구먼.』
티오는 우아하게 날개를 퍼덕이면서 등에 태운 인물에게 말을 걸었다.
"하긴 요즘은 거의 취미처럼 타고 다니지. 귀찮으면 귀찮다고 말해."

『뭘 귀찮을 것까지야. 그렇게 나와 하는 하늘 유람이 마음에 들었다면 오히려 기쁘구나. ……참고로 나는 지금까지 남자를 등에 태운 적이 없다. 다시 말해, 주인님이 「첫 남자」란 게야!』

“일단 입부터 다물래? 평생이면 되니까.”

『신랄하구먼?! 허나 그게 좋다!』

거친 숨을 헉헉대지만 외견만은 멋진 흑룡 티오 씨. 하지메는 진절머리 치면서도 흘러 지나가는 운해와 밤하늘을 보며 눈을 가늘게 떴다.

드래곤을 타고 이세계의 하늘을 난다.

판타지를 좋아하는 사람이라면 누구나 한 번쯤 꿈꿨을 체험을 하지메는 티오 덕분에 실현했다. 그리고 거의 취미가 될 정도로 마음에 들었다. 가끔 날씨가 안 좋은 날 심야처럼 용화한 티오가 발견될 걱정이 없을 때는 이렇게 등에 올라 야간 산책을 즐기곤 했다.

티오는 티오대로 마음에 든 하지메가 평소 신랄한 태도(티오 딴에는 최고의 태도)를 거두고 「타고 싶은데…… 안 될까?」라며 쑥스럽게 말을 꺼내는 것이 마음에 꽂혔다.

무엇보다 그럴 마음이 있으면 아티팩트로 하늘 정도는 날 수 있는 하지메가, 용화한 티오를 타지 못하면 의미가 없다고까지 말했다. 그리고 한번 타면 말수는 적어도 무척 기뻐하는 것이 여실히 느껴졌다.

솔직히 티오는 그토록 기뻐해주는 하지메에게 지금껏 느낀

적 없는, 마음이 붕 뜨는 기분을 맛봤다. 이제는 이 순간이 둘도 없이 소중한 시간이 되어 가고 있었다.

『주인님, 심심한데 저 아치를 통과해 보겠나?』

"응? 아, 그거 좋네. 잘 보니 아치뿐 아니라 고리 모양 구름도 있군. 역시 이세계야. 티오, 기왕 이렇게 된 거 네 비행 능력을 맘껏 자랑해 봐."

『후후훗, 주인님이 그리 말한다면 멋진 모습을 보여줘야겠구나. 속도를 낼 터이니 똑바로 잡거라!』

"알았어!"

하지메가 가리킨 곳을 보며 즐겁게 말한 티오는 평소 이상으로 기분이 좋은 하지메의 대답에 더욱 마음이 들떴다. 고양된 마음으로 포효하면서 날개를 한 차례 휘두른 직후 단숨에 가속했다.

바람을 가르며 차가운 밤공기를 뚫고 티오는 점점 더 속도를 높였다.

등을 꽉 붙잡은 하지메를 느끼면서 첫 번째 아치를 지났다. 그리고 바람의 저항을 교묘하게 이용해 차례대로 구름 고리를 통과했다.

"하하, 좋아, 티오! 역시 용인, 전설의 드래곤이야!"

『영광이구먼, 주인님. 상은 입맞춤과 매도면 족하다.』

"……매도는 몰라도 키스는 안 돼."

『뭐 어떤가! 정 그러면 키스하며 엉덩이를 때려도 좋다! 언제든 덤비거라!』

"……변태. 야간 데이트는 넘어가도 그런 특수한 플레이는 허락 안 해."

『내 긴히 부탁—.』

거기까지 말한 티오는 대화 상대가 하지메가 아니라는 사실을 뒤늦게 깨달았다.

천천히 시선을 돌리자 어느샌가 팔짱을 끼고 옆으로 누운 자세로 평행 비행하는 유에가 있었다. 표정은 그쪽 취향의 인간이라면 참을 수 없을 만큼 냉랭했다.

"뭐야, 유에. 웬일이야?"

"……둘만 재미있어 보이길래 못 참고 와 버렸어."

그렇다고 한다. 다만, 걸고넘어질 곳이 하나 있다면…….

"……재미있어 보인다는 걸 어떻게 알았어? 거리도 있고 무엇보다 비구름이 껴서 안 보였을 텐데? 마법이라도 썼어?"

"……? 그런 짓 안 해도 하지메에 관한 걸 내가 모를 리 없어."

"그, 그래?"

하지메는 얼떨결에 말을 더듬었다. 유에는 아무리 거리가 떨어져 있든, 사이에 장애물이 있든 마법 따위 쓰지 않아도 하지메가 무슨 생각을 하는지를 훤히 꿰고 있는 모양이었다. 티오가 목소리를 죽여 『무서운— 어흠, 아름다운 사랑이구먼』이라고 중얼거렸다.

유에는 여전히 무슨 생각을 하는지 모를 눈으로 빤히, 정말로 빠아안히 하지메를 바라봤다.

"……둘만 아주 재미있어 보였어."

분명히 중요한 일이라서 두 번 말했겠지. 그 눈동자 깊은 곳에는 희미한 질투의 불꽃이 일렁거리는 듯 보였다.

『그, 그럼 슬슬 돌아갈까? 주인님, 유람은 또 다음에 하자꾸나.』

마음을 썼다기보다 기가 꺾인 티오가 그렇게 제안했다. 하지만 유에라면 무조건 편드는 하지메가 의외로 바로 답하지 않았다. 턱에 손을 대고 잠깐 무슨 생각을 하더니 유에를 보고 씩 웃으며 티오에게 말했다.

"야, 티오. 만약 날 주인이라고 생각한다면 명령에 따라."

『우옷?! 무, 물론 명령(포상)을 내려준다면 기쁘게 따르겠다만…….』

명령을 한 번도 내린 적 없는 하지메의 첫 명령이었다. 티오는 현재 상황 탓에 당황하면서도 흥분했다.

하지메의 말에 움찔 반응한 유에에게 하지메는 더 즐거운 미소를 지으며 그 명령을 꺼냈다.

"좋아. 티오, 명령이다. 저 흡혈 공주를 따돌려!"

『……! 옳거니, 주인님도 의외로 장난기가 있어. 하나 재미있군! 잘 알겠다! 떨어지지 않게 조심하거라!』

하지메의 장난기가 발동했음을 깨닫고 티오는 즐겁게 포효하며 더욱 가속했다. 옆을 날던 유에 앞으로 치고 나갔다. 그 행동에 눈이 동그래진 유에에게 하지메는 도발적으로 말했다.

"거기 흡혈 공주. 쫓아올 수 있다면 쫓아와 봐. 잡을 수 있다면 상으로 뭐든지 소원을 들어줄게."

"……괜찮아? 그런 승산 없는 도박을 해도."

"우리 잡룡은 대책 없는 변태지만, 능력은 있어. 승패는 장담할 수 없지."

"……훗. 변태 따위에게 질까 봐? 잡룡에게 건 것을 후회하게 해주겠어!"

『그, 그 자연스러운 매도는 무엇이냐? 허억허억. 아, 너무 흥분해서 변신이 풀릴 것 같아…….』

기왕 이렇게 된 거, 이세계 밤하늘을 무대로 술래잡기라도 하지 않겠냐는 하지메의 제안을 유에는 즐겁게 받아들였다. 기분 나쁘게 헉헉대는 티오가 엄청난 속도로 구름 계곡을 비행했다. 그리고 유에는 중력 마법을 통한 『방향 조절 낙하』로 바싹 따라붙어 호시탐탐 붙잡을 기회를 노렸다.

『아아, 주인님! 부디 채찍으로 엉덩이를 때려주지 않겠는가?! 말처럼! 말처럼!! 그러면 더욱 빠르게 날 수 있을 것 같다! 저 벽을 뛰어넘어 가버릴 것 같구나!』

아름다운 이세계의 밤하늘에 변태 드래곤의 목소리가 메아리쳤다. 그것을 무시하고 하지메와 유에는 두 사람의 레이스를 즐겼다.

—한편, 지상에서는…….

"……비가 안 그치네요. ……아무도 안 돌아오네요. ……혹시 절 잊은 건 아니겠죠? 우으, 토끼는 외로우면 죽는다구요오. 어서 아무나 돌아오세요오~. 훌쩍."

어떤 토끼 귀 소녀가 텐트 안에서 무릎을 끌어안고 홀로 쓸쓸히 하늘을 올려다보고 있었다.

◆나를 여신이라고 부르지 마

"오오, 저기 봐! 풍작의 여신님이다!"

"이럴 수가, 이 마을에도 와주시다니……."

"자애로운 분이셔. 들리는 이야기로는 우르 마을을 구하기 위해 마물 6만 마리에 맞서 싸웠다지 뭐야."

"우리 생활을 풍요롭게 해줄 뿐 아니라 몸을 던져 지켜주시다니……. 하지만 상상하던 모습과 조금 다르군. 더 어른스럽고 아름다운 여성을 상상했는데……."

"그건 그래. 여신이라고 불릴 정도니까. 그래도 저런 조그만 몸으로 우리 백성을 위해 힘써주시잖아. 무례한 말일지도 모르지만, 오히려 나는 친밀감이 느껴져."

"아아, 어쩐지 여신님은 아기 다람쥐를 보는 것 같아. …… 솔직히 엄청 귀여워."

"아, 너도? 나도 여신님에게 실례라고 생각해서 말하진 않았지만…… 여신님, 귀엽지. 나도 모르게 돌봐주고 싶어진달까?"

"난 끌어안아 보고 싶어. 무릎 위에 앉혀 놓고 하루 종일 쓰다듬고 싶어."

"집에 데리고 가고 싶다."

숨길 생각이 있는지 없는지 모를 마을 사람들의 대화가 들렸다.

다 듣고 있던 아이코는 얼굴이 새빨개지며 뭔가를 참듯이 부르르 떨었다.

【우르 마을】에서 직면한 마물 습격 사건. 사후 처리를 끝내고 우선 왕국으로 귀환하게 된 아이코 일행은 들르는 마을마다 항상 같은 상황을 겪었다.

누구 덕분에 【우르 마을】을 구한 것은 『풍작의 여신』 아이코라는 소문이 바람보다 빠르게 퍼져 아이코의 인기가 천정부지로 치솟고 있었다.

그리고 가는 곳마다 아이코를 본 사람들은 입을 모아 여신을 찬양하며, 귀환하는 길에 겸사겸사 농지 개혁을 하는 아이코를 보고 비슷한 감상을 입에 담았다.

—쪼끄만데 열심히 일하는 모습이 귀엽다.

아이코는 현재 25세. 엄연한 성인이었다. 취직하고 돈을 벌어 자립한 어엿한 사회인이었다. 여신 취급받는 것도, 훈훈한 시선을 모으는 것도 도저히 받아들이기 어려웠다.

그런 마음을 담아 마을 사람에게 눈총을 보내자—.

“앗, 여신님이 이쪽을 보셨어! 여신니이임! 만세에에! 자, 너희도 얼른!”

“““““여신님 만세! 풍작의 여신님, 만세~!!”””””

주민들이 여신님 만세를 복창했다. 아이코의 눈가에 점차 눈물이 고였다.

“여, 여러분~! 제 이름은 아이코예요! 하타야마 아이코! 여신님이라고 안 부르셔도 돼요!”

다른 마을에서도 똑같이 호칭을 정정해 달라고 주장했으나 허무하게도 반응은 언제나 같았다.

"세, 세상에……. 일반 백성에게도 이름을 부르도록 허락하시다니……."

"대체 얼마나 자애로운 여신님이란 말인가……. 크으, 이렇게 감동한 건 처음이야!"

"여신님 만세!!"

""""""여신님 만세!! 풍작의 여신님, 자애로운 여신님! 만세!!""""""

이렇게 마을 사람들은 감동에 몸을 떨면서 더 강한 신앙과 애정을 담아 아이코를 찬양했다.

"으으으! 왜 이름을 안 불러주죠? 설마 모두 제가 창피해서 죽는 꼴을 보고 싶은 건가요……? 저 사람들은 모두 제 목숨을 노리는 자객일지도 몰라요……."

아이코 선생님은 마침내 눈물을 머금고 이상한 소리를 웅얼거렸다. 수치심이 레드존에 돌입한 것 같았다.

데이비드를 비롯한 아이코 호위대 기사들이 저마다 위로와 격려의 말을 건넸지만 아이코가 찬양받아서 기쁜 감정을 감추지는 못했다. 히죽거리며 건네는 말에 오히려 아이코의 얼굴이 굳었다.

"아이 선생님, 어차피 우리는 『용사의 동료』고 『신의 사도』니까 주목받는 건 당연해요. 신경 쓰면 끝도 없어요."

별 도움이 되지 않는 기사들 대신 위로한 사람은 아이 선생님 호위대 리더인 소노베 유카였다.

불량소녀, 정확히는 『노는 애』처럼 보여서 오해받기 쉬운 유카지만 사실 남을 잘 돌보며 심성이 착했다.

그녀의 시원시원한 성격과 위로에 아이코는 표정을 조금 풀었으나…… 그래도 역시 신경 쓰지 않을 수는 없었다.

"소노베…… 주목받는 건 상관없어요. 아뇨, 좋지는 않지만, 그것 자체는 포기했어요. 다만, 이 나이 먹고 여신, 여신거리면 견딜 수 없어요!"

말이 끝나기 무섭게 기사들이 「나이가 어때서! 아이코는 귀엽고 사랑스러워!」라고 외쳤으나 아이코는 못 들은 셈 쳤다.

"아이 선생님도 뭘 새삼스럽게……. 원래 『풍작의 여신』이라는 이름은 퍼지고 있었잖아요. 퍼지는 속도가 조금 빨라졌을 뿐이에요."

"그건 그렇지만……."

유카에 이어서 아이 선생님 호위대의 아츠시가 씁쓸하게 웃으며 무사태평하게 격려했다. 납득하기 어려운 표정으로 말끝을 흐리는 아이코를 나나와 타에코, 노보루, 아키토가 반쯤 불쌍하게, 반쯤 재미있게 바라봤다.

사람들의 시선에서 도망치듯 아이코는 오늘 묵을 숙소로 빠르게 걸어갔다. 그런 그때, 갑자기 다른 인물을 찬양하는 말이 들리기 시작했다.

"그나저나 『여신의 검』 님은 누구지? 백발에 안대를 한 분이라고 들었는데……."

"그러게. 기사님이 아니라면 『신의 사도』 님일 텐데 그렇게 생긴 분은 안 계시는군."

"백발에 안대라고? 그거 확실한 정보야?"

아무래도 『풍작의 여신』뿐 아니라 『여신의 검』이란 이름도 널리 퍼진 것 같았다.

그 호칭을 들은 아이코가 움찔 반응했다. 눈을 이리저리 굴리며 이야기에 귀를 기울이는 것이 뻔히 보였다.

학생들도 괜히 궁금해서 은근슬쩍 엿듣는 사이 마을 사람들이 풍문에 관한 이야기로 열을 올렸다.

"그건 틀림없다고 해. 눈에 띄는 특징이잖아."

"멀리 떨어진 비행 마물을 빛의 창으로 눈 깜짝할 사이에 없애고, 밀물처럼 밀려오는 대군을 유성 같은 빛으로 소탕했다는 거 아니야."

"장엄한 이야기군. 그래도 왜 지금 다른 사도님들처럼 여신님을 호위하지 않지?"

마을 사람들의 이야기를 듣고 분명히 그 전투는 대단했다며 아이코와 아이들은 추억에 잠겼다. 기사들도 그 점만은 부정할 여지가 없는지 탐탁지 않은 표정으로 『여신의 검』— 하지메가 이룬 성과에 침음을 흘렸다.

당연히 마을 사람들은 이곳에 하지메가 없다는 사실에 의문을 품었다. 그때 군중 중 한 명이 말문을 열었다.

"그러고 보니 이런 이야기를 들었어. 물 요정 여관에 머물던 상인이 우연히 봤다는데…… 여신님이 다른 여자와 검님을 두고 다퉜대. 그래서 있기 거북해진 게 아닐까?"

"푸홉?!"

당연히 아이코는 사레들리며 경악을 드러냈다. 그러는 사이에도 「뭐?! 여신님과 검님이 사귀는 사이야?!」라는 소리가 크게 메아리쳤다.

그 순간 마을 사람들 사이에 여신과 여신의 검은 연인이지만, 거기에 다른 여자가 끼어들어 삼각관계가 됐다는 소문이 무서운 속도로 퍼져 나갔다.

"자, 잠깐만요, 여러분~! 이상한 소리 하지 마세요! 저는 선생님! 그 애는 학생! 절대로 그런 관계가 아니에요!"

기사들이 시커먼 오라를 뿜으면서 사람들에게 다가가는 가운데, 아이코가 오해를 풀려고 목청을 키웠다. 마을 사람들이 헛소문이냐며 의아해하지만 오히려 그 필사적인 반론이 진실성을 뒷받침하고 있었다.

"앗. 그러고 보니 여신님을 두고 이런 이야기를 하는 게 너무 불경하고 무례해서 화두에 오르지 않지만, 싸움이 끝난 뒤 여신님과 검님이……."

"아, 아아. 그거지? ……사람들 시선에도 아랑곳하지 않고 뜨거운 입맞춤을 나눴다는 이야기."

아이코의 얼굴이 펑 하고 폭발했다는 착각이 들 정도로 새빨개졌다. 입을 뻐끔거리며 말도 잇지 못했다.

그리고 「대단한 키스였나 봐」라는 이야기가 나온 순간, 아이코의 패닉은 한계를 넘었다. 무슨 생각을 했는지 시선이 유카에게 휙 돌아갔다.

"소, 소소소, 소노베! 아니에요! 그건 응급조치였지 절대로 이상한 의미는 없었어요! 정말이에요! 선생님은 선생님이에요!"

"네, 네?! 왜 저한테 해명해요?! 저, 저는 관계없거든요?!"

갑자기 화살이 돌아온 유카가 놀라서 항의했지만 이미 눈이 빙글빙글 도는 아이코는 계속해서 유카에게 오해하지 말라며 소리쳤다.

유카는 유카대로 「과, 관계없거든요! 나구모가 누구랑 뭘 하든 아, 아무 상관도 없거든요!」라며 점점 흥분했다.

"뭐~? 하지만 유카, 나구모를 엄청 신경 쓰—."

"나나는 조용히 해!"

"저기, 유카. 하렘이란 건 현실적으로 어렵겠지만…… 나, 유카라면 괜찮다고 생각해!"

"타에코, 너는 또 왜 흥분했어! 입 꿰매 버린다!"

"소노베! 하, 하렘이라뇨! 불건전해요! 선생님은 그런 거 용서하지 않아요!"

"기사들로 역 하렘을 차린 아이 선생님이 할 소리는 아니죠!"

"오해예요!"

"저도 오해거든요!"

여성 멤버가 빽빽거리며 난리를 피웠다. 그것이 마을 사람들의 오해에 박차를 가했고 없는 사실까지 소문에 더해지기 시작했다.

그런 혼란의 도가니를 바깥에서 바라보는 남학생들은—.

"뭘까, 이 답답한 기분은."

"아무 말도 하지 마, 아츠시. 이해하니까."

"나구모 그 녀석, 진짜 넘어져서 코나 깨져라."

가까운 여성들이 이곳에 없는 남자 이야기로 허둥대는 광경에 죽은 생선 눈깔이 되어 있었다.

아무래도 『여신의 검』은 그곳에 없어도 소동의 원인이 되는 듯했다.

◆유에의 마법 교실

"……응? 마법을 쓰는 요령?"

어느 날 오후, 갑작스러운 질문에 유에는 고개를 갸우뚱 기울였다.

질문한 사람은 시아였다. 시아는 체질적으로 마법 적성이 없었다. 정말 슬플 정도로 없었다. 마찬가지로 마법에 관해서는 무능아 딱지를 벗지 못하는 하지메와 함께 쭈그려 앉아 먼 산을 바라보며 「마법, 부러워」라고 중얼거릴 정도였다.

그래도 아인족으로서는 유례를 찾기 어려운 마력을 보유했으며 마력 직접 조작이라는 파격적인 능력을 가지고 태어났으니, 역시 화려한 공격 마법을 써 보고 싶다는 바람이 있었다. 그래서 이쪽 방면으로는 전문가를 뛰어넘어 사기라고밖에 표현할 방법이 없는 유에에게 일말의 희망을 걸고 물어보았다.

"네. 마법 천재 유에 씨에게 요령을 들으면 적성이 없는 저라도 실전에서 쓸 만한 마법 한두 개쯤 배울 수 있지 않을까

해서요."

기대에 찬 눈망울을 빛내는 시아에게 유에는 고민스러운 얼굴로 고개를 끄덕였다.

"……응. 알았어. 알려줄게. 싸울 수단은 많을수록 좋아."

"와! 정말요?! 역시 유에 씨라니까요! 고마워요~! 드디어 저도 마법 데뷔예요!"

시아는 쾌재를 부르면서 토끼 귀를 휘휘 저으며 깡충깡충 뛰어다녔다.

"오호, 유에의 마법 교실이라? 그건 나도 관심이 가는구나. 유에, 나도 들어도 되겠느냐?"

"……응. 상관없어. 용인에게 뭔가를 가르칠 날이 오다니, 감회가 새로워."

일찍이 최강 마법사라는 이름으로 칭송받던 희대의 천재가 마법을 전수한다. 적성이라면 남부럽지 않게 특출한 티오조차 약간 흥분하여 참가 의사를 표명했다.

유에는 유에대로 왕족으로 지내던 때 용인족의 전설을 많이 듣고 자라서 살아 있는 전설에게 자신의 기술을 전한다는 사실에 조금 고양감을 느꼈다.

그렇게 신이 난 여자들에게, 아니, 정확히 말하면 흥분한 시아와 티오에게 하지메는 애처로운 눈빛을 보내고 있었다.

눈치 빠른 티오가 알아차리고 의아해했다.

"주인님. 왜 그러는 겐가? 그리고 주인님은 참가하지 않나?"

"……아냐, 난 됐어."

평소와 달리 소극적인 하지메를 보고 시아는 무슨 생각을 했는지 히죽댔다.

"흐응~? 뭐예요~? 왜 그러세요~? 하지메 씨, 혹시 유에 씨에게 배우고도 마법을 못 쓸까 봐 겁먹었어요?"

"아니, 그런 게 아니야."

"그럼 같이 배워요~."

"나는 됐어. 그리고 웬만하면 너희도 그만두는 편이 나을걸."

하지메가 너희를 위해서 하는 소리니까 그만두라고 하자 못마땅하게 얼굴을 찌푸린 사람은 유에였다.

"……너무해, 하지메. 나는 도움이 안 돼?"

"그런 뜻이 아니야. 그냥 사람에게는 맞는 일과 안 맞는 일이 있으니까……."

"에이, 하지메 씨. 유에 씨보다 마법 선생님에 적합한 사람이 어디 있다구요."

"그래. 오래 살았지만, 유에 정도의 실력자는 지금껏 본 적이 없어. 나도 마법은 특기지만, 유에 이상의 강사는 없다고 본다."

시아와 티오가 반박하고 나서자 하지메는 두 손을 들고 항복했다.

"나는 분명히 말렸어."

씁쓸하게 웃는 하지메를 보고 고개를 갸웃거리던 시아와 티오는 들뜬 모습으로 유에 앞에 다소곳이 앉았다.

어디선가 꺼내 쓴 은테 안경을 손가락으로 까딱 올린 유에 선생님은 독자적인 마법 이론을 유창하게 설명했다. 가르치는 것이 내심 싫지 않았던 모양이다.

그렇게 강의가 시작되고 약 10분 후.

시아와 티오는 하지메의 충고가 무슨 의미였는지 깨닫기 시작했다.

"—즉, 여기서 마력을 웅 해주면 랄랄라♪한 느낌이 돼. 그 다음에는 꾸욱해서 랏차아! 해주면 돼."

옅은 미소를 띤 유에 선생님은 「어때? 간단하지?」라고 마무리 지었다.

당연히 두 사람의 반응은—.

"응, 모르겠어요."

"응, 전혀 모르겠구먼."

"……?!"

왜?! 라고 묻고 싶은 것처럼 눈을 크게 뜬 유에 선생님에게 시아는 머뭇거리며, 티오는 난감해하며 물었다.

"웅이 뭐예요?"

"랄랄라한 느낌은 뭔고?"

"……그건 마력이 우~, 한 상태에서 슈슉 하는 거야. 그러면 필연적으로 쿠왁~, 하게 되는—."

거기서 시아가 폭발했다.

"그러니까 못 알아듣겠다니까요! 웅 속에 대체 얼마나 많은 의미가 함축된 거예요?! 부탁이니까 알아듣게 말해주세요!"

시아의 비명 같은 부탁에 유에는 고개를 갸웃거렸다. 지금 설명으로 왜 알아듣지 못하는지 모르겠다는 표정이었다.

아무래도 유에 딴에는 성심성의를 다해 설명해준 모양이었다.

상황을 대강 이해한 티오가 조금 더 논리적으로 설명할 수 없겠냐고 물었다. 유에는 고개를 끄덕이고 요청대로 더 논리적인 설명을 시도했다.

"웅 상태란, 플랫 상태에서 마력 가속률이 2.25배가 되었을 때를 말하며 이 수치는 속성과 계통에 따라 2.25배에서 2.277배까지 변동하지만, 거기에 저항력을 3.95 비율로 가하면 집중률과 해방 후 변동률이 거의 자동으로 최적치에—."

"사람이 알아듣는 언어로 해달라니까!"

티오가 비명을 질렀다. 시아의 토끼 귀는 이미 축 늘어졌다. 마치 시체처럼…….

유에는 귀엽게 끙 소리를 내고 진심으로 이해할 수 없다는 양 두 사람에게 물었다.

"……그래서 감각으로 알 수 있게 간단하게 설명했는데…… 왜 이해를 못 해?"

"하윽?!"

"으윽?!"

시아와 티오는 가슴을 잡고 쓰러졌다.

유에의 말에 조금이라도 무시하거나 어이없어하는 기색이 있었다면 반발이라도 했을 것이다.

그러나 당연히 유에에게 그런 감정은 없고 단지 이상하게 『해는 동쪽에서 뜬다. 바람이 불면 나뭇잎이 흔들린다. 왜 그렇게 당연한 원리를 이해하지 못하는가?』라는 심정이 표정에 드러났기 때문이었다.

마법과는 인연이 없는 시아조차 유에의 순수한 의문에 가슴이 찔렸다. 티오는 굳이 말할 필요도 없으리라. 마법이 특기인 전설의 용인이 왜 기본조차 이해할 수 없는가…… 그런 눈빛을 보내면 수백 년 동안 쌓아 올린 자부심도 무너지게 마련이었다.

네발로 엎드려 「내, 내가 바보인가? 사실 기본조차 모르면서 마법이 특기라고 떠드는 머저리였단 말이냐?」라고 구시렁거렸다.

시아가 옆에서 티오를 달랜 후 뚜벅뚜벅 걸어오는 유에에게 「이제 그만! 티오 씨의 자부심은 이미 만신창이예요!」라고 눈빛으로 호소했다.

"……실천만이 살길이야. 괜찮아. 내가 말하는 대로 하면 돼. 자, 일어나. 어서 일어나."

느릿느릿 시아와 티오가 일어났다. 강의는 이제 됐다고 말해도 선생님 스위치에 불이 들어온 유에는 멈추지 않았다.

"……그럼 리피트 애프터 미~. 웅! 기아―! 랏차!"

""방금 설명이랑 묘하게 달라!""

가면 쓴 모 바이크 라이더 같은 포즈를 잡으며 요령을 알려주는 유에 선생님에게 시아와 티오가 버럭 소리쳤다.

그러나 유에 선생님은 신경 쓰지 않는다!

"……자, 웅 해. 빨리 웅 해! 자, 어서!"

"우, 웅이에요!"

"우, 웅이다……."

"……계속해서, 랄랄라."
""라, 랄랄라.""
"……마음을 담아서! 랏차!"
""라, 랏차아!""
오후의 가도에 기합 소리가 울려 퍼졌다.
지나가는 모험가와 상인이 세 사람을 불쌍하게 보며 지나쳤다. 시아와 티오의 눈에는 이미 눈물이 글썽거렸다.
그런 그녀들과 살짝 거리를 두고 지켜보던 하지메가 중얼거렸다.
"그래서 그만두라고 했는데."
힘을 향한 갈망이 강했던 나락 생활 당시, 하지메가 가르침을 청하지 않았을 리 없었다. 그리고 연인에게 강제 「랏차!」를 경험하고 깨달았다.
진짜 천재란 보는 세계가 다르기에 천재란 것을…….
눈물을 머금고 자신에게 도움을 구하는 시아와 티오를 외면한 하지메는 먼 산을 바라봤다.

◆토인족 의상은…… 의외로 흉기다

하지메 일행은 어느 가도 옆 마을에서 숙소를 잡기로 했다.
그렇게 큰 마을은 아니었지만 규모에 반해 사람은 제법 많았다. 그리고 길을 걷는 여성들의 표정도 즐겁고 밝아 보였다.

"역시 색실의 산지라 그런지 주민들 옷도 화사하군."

"……응. 직공들 솜씨도 좋아 보여."

하지메의 혼잣말에 유에가 반응했다. 주위를 두리번거리는 홍옥색 눈동자는 오가는 사람들의 옷— 그 만듦새를 유심히 관찰하는 듯했다.

나락 밑바닥에서 시행착오를 겪으며 자신과 하지메의 옷을 만든 유에는 재봉이 반쯤 취미가 되었다. 물론 하지메의 의상 한정이지만…….

그래서 수백 종류의 알록달록한 실을 생산하는 이 마을의 방직공이나 재단사의 솜씨에 호기심이 발동한 눈치였다.

그것은 가사 만능 토끼 시아와 현역 여고생 카오리도 마찬가지인지, 마을에 들어선 후로 강한 흥미를 보였다.

티오는 반대로 주목을 받는 쪽이었다. 동서양 문화를 절충한 듯한 용인족의 민족의상은 의류와 장신구로 번창한 이 마을에서도 굉장히 독특하게 보이는 것 같았다.

"아빠~. 옷이 많아! 전부 처음 봐!"

"그래? 그러고 보니 해인족은 평소 어떤 옷을 입어?"

어려도 여자아이였다. 하지메 등에 목말을 탄 뮤는 높은 위치에서 즐겁게 알록달록한 옷을 구경했다.

그런 뮤에게 하지메 아빠가 질문했다. 뮤는 고개를 갸웃하더니—.

"거의 벗고 있어!"

"나체족이라고?!"

여성들의 시선이 차가웠다. 하지메는 퍼뜩 정신을 추스르고 헛기침했다.

참고로 해인족의 평상복은 초여름 바닷가에 있는 사람을 떠올리면 된다. 기본적으로 수영복이며 바다에 들어가지 않을 때는 상체에 가벼운 옷을 한 장 걸칠 뿐이었다. 여성은 파레오를 하는 경우가 많았다.

자기도 모르게 큰 소리로 반응한 하지메는 여성들의 벗으면 좋겠냐는 무언의 질문을 애써 무시하고 화제를 돌렸다. 네 살배기 딸에게 도움을 청했다고도 할 수 있지만…….

"뮤. 갖고 싶은 옷 있어? 온 김에 마음에 드는 게 있으면 사 줄게."

"음뮤, 정말?! 으응, 그럼, 그럼……."

표정을 활짝 핀 뮤는 딸이라면 깜빡 죽는 아빠에게 무엇을 조를지 표적을 찾고자 눈을 빛냈다.

우리는 안 사주냐는 다른 일행의 무언의 질문에 하지메가 살짝 웃으며 고개를 끄덕이는데, 뮤가 갑자기 시선을 한곳으로 고정했다.

빤히, 빠아안히 바라봤다.

유에를…….

"……? 뮤, 왜?"

뜨거운 시선을 받고 의아해하는 유에에게 뮤는 발랄하게 말했다.

"유에 언니 옷이 좋아! 입어 보고 싶어!"

"……내 거? 하지만 뮤, 더 귀여운 옷도 많아."

유에의 옷은 군데군데 프릴이 들어가서 귀엽긴 했다. 그러나 여행이나 전투에 버티도록 의식했기 때문에 자세히 들여다보면 투박함을 감추지 못한 디자인이었다.

그러나 뮤는 그게 좋은가 보다. 유에의 말을 열변으로 되받았다.

"유에 언니는 제일 멋진 언니야! 마법을 쓸 때나 아빠 옆에서 싸울 때 엄청 멋있어! 뮤는 아빠 딸인데 약하니까…… 그러니까 유에 언니 옷을 입고 조금이라도 강해지고 싶어."

"……뮤, 뮤가 천사 같아서 심장이 아파."

흡혈 공주 녹아웃. 기쁨이 최고조에 달해 코로 행복이 분출할 것 같았다. 유에는 잽싸게 하지메의 어깨에서 뮤를 가로챘다. 그러고는 당연히 볼 비비기 공격. 뮤가 우웅, 하고 앓는 소리를 냈다.

"뮤, 뮤! 저도 멋있나요? 어떤 적이든 일격필살! 고깃덩어리를 양산한다구요!"

"뮤! 카오리 언니도 묶어 죽이는 건 자신 있어! 박광인 난사 볼래?!"

"흠. 그럼 나는 브레스를 보여주마. 그리고 내 멋진 모습에 눈을 초롱초롱 빛내거라!"

하지메 파티의 작은 공주님에게서 관심을 끌고자 일행이 앞다투어 자신을 어필했다.

유에 가슴에서 볼을 부대끼던 뮤는 안긴 채로 돌아보더니—.

“시아 언니는…… 멋있진 않아. 음…… 너무 막 싸워.”
“하윽.”
시아가 괴성을 낸 뒤 가슴을 부여잡고 쓰러졌다. 어린아이한테 「넌 무식하다」라는 말을 들었으니 가슴이 찢어지는 것도 당연지사였다.
“카오리 언니는…… 그…… 아주 조금이지만…… 약하고…….”
“히윽.”
카오리가 괴성을 낸 뒤 가슴을 부여잡고 쓰러졌다. 어린아이한테 「제일 약한 주제에 어딜 나서냐?」라는 말을 들었으니 가슴이 찢어지는 것도 당연지사였다.
“티오 언니…… 괘, 괜찮아!”
“무슨 뜻이냐?!”
티오는 반문하면서 쓰러졌다. 어린아이한테 「뭐라고 해야 할지 모르겠지만, 굳세게 살아라」라고 배려 받았으니 가슴이 찢어지는 것도 당연지사였다.
시체의 산. 옷과 장신구의 마을 메인스트리트에 세 시체가 굴러다녔다.
그런 그녀들 앞에 서는 발소리가 들렸다.
느릿느릿 고개를 든 세 사람 앞에 선 사람은, 물론 유에 님이었다.
유에는 무표정으로 세 사람을 내려다보고…….
—히죽.
가소롭기 짝이 없다는 듯 웃어 보였다.

"오, 오랜만에 제대로 열 받았어요."

"유에? 그 태도는 좀 아니지 않을까? 응?"

"후, 후훗. 아무래도 역린을 건드린다는 게 무슨 뜻인지 알려줘야겠구먼."

세 사람에게서 살기가 피어올랐다. 흐느적거리며 일어나서 이마에 핏줄을 세우고 최강의 적과 마주했다.

그 분위기에 뮤가 어쩔 줄 모르고 눈치를 살폈다. 뮤는 자신이 유에를 제일이라고 말한 것이 원인이라고 생각해 허둥지둥 그녀들 사이에 끼어들었다.

"아, 아니야! 시아 언니 것도, 카오리 언니 것도, 티오 언니 것도 엄청 예뻐! 어, 그러니까…… 맞아! 다 같이 바꿔 입으면 돼! 그럼 전부 다 입어 볼 수 있어! 재밌겠다!"

뮤는 자기가 생각해도 좋은 방법이라며 만세를 부르면서 제안했다. 일행은 서로를 돌아보고 어린아이에게 괜히 마음을 쓰게 했다며 자조적으로 웃었다.

하지메도 사랑하는 딸의 노력에 미소 지었으나, 곧 살짝 장난기 섞인 웃음을 띠고는 제안했다.

"모처럼 뮤가 제안했으니까 한번 해 봐. 제비뽑기라도 해서 무작위로 입을 옷을 정하는 거야. 이 마을이라면 재료나 사이즈가 달라도 겉모양만 흉내 내서 금방 만들 수 있잖아?"

뮤의 눈동자가 기대에 차서 초롱초롱 빛났다. 답은 이미 정해져 있었다.

여자 네 명은 급히 의상 교환회를 가지기로 했다.

그런 이유로 하지메 일행은 마을 기술자를 찾아가서 돈과 위압으로 즉석에서 옷을 만들게 시켰다. 지금은 울먹이는 가게 주인을 본체만체 가게 시착실에서 각자 제비로 뽑은 옷으로 갈아입는 중이었다.

제법 큰 가게라서 다른 손님도 많았다. 그런 곳에서 하지메는 시착실 앞에 진을 치고 패션쇼를 기다렸다.

그리고 문을 벌컥 열고 처음으로 나타난 사람은—.

"아빠! 봐, 봐! 유에 언니 거!"

바로 뮤였다. 뮤가 입은 옷은 유에의 의상. 프릴이 들어간 드레스 셔츠와 검은 치마, 쇼트 부츠였다.

뿌듯한 얼굴로 흰 코트 소매를 팔랑거리는 모습이 무척이나 귀여웠고 조금 어른스러운 분위기를 냈다.

"오, 잘 어울리는데? 뮤, 조금 어른스러워 보여."

"에헤헤~."

하지메의 감상을 듣고 뮤는 볼을 발그레 물들이며 쑥스러워했다.

"……뮤, 갑자기 열면 안 돼."

뮤를 갈아입히려고 같은 시착실에 들어갔던 유에가 나왔다.

하지메는 자기도 모르게 뜨거운 숨을 토했다. 그것은 하지메뿐 아니라 가게에 있는 다른 손님과 직원들도 마찬가지였다.

유에가 입은 것은 티오의 옷, 용인족 특유의 동서양 양식이 절충된 기모노였다. 특별한 동작 없이도 흘러나오는 기품은 보는 이의 등줄기를 곧게 펴게 만들었다.

물론 눈길을 사로잡힌 하지메를 본 순간, 기품은 요염함으로 변하여 손님이고 직원이고 할 것 없이 대부분 상체를 앞으로 숙여야 했다.

“이, 이런 건 처음 입는데…… 의외로 창피하구먼.”

“카오리 씨 옷은 치렁치렁하네요. 천이 많아서 움직이기 불편해요.”

다음으로 나온 사람은 티오와 시아였다.

티오는 뮤의 원피스였다. 리본과 프릴이 들어간 귀여운 흰색 원피스를 입은 자신을 거울로 확인하고 티오는 볼이 새빨개졌다.

그 보기 드문 모습에 하지메가 솔직하게 잘 어울린다고 말하자 티오는 종종걸음으로 물건 뒤에 숨어 버렸다. 평소 보지 못하는 소녀다운 반응에 남성 손님들은 이미 녹아웃이었다.

시아는 카오리의 옷을 입었다. 신관 같은 그 복장은 시아에게는 혹평이었다.

그러나 입만 열지 않으면 시아도 신비로운 미녀였다. 신관복과 상성이 아주 좋아 아름답다는 평가에는 누구도 토를 달지 못할 것이다.

게다가 옆트임으로 맨다리도 살짝 보여서 역시 남자 손님들은 녹아웃 상태였다.

그리고 마지막, 카오리의 경우는―.

“……? 안 나오네?”

“……응. 있어 봐. 끌고 나올게.”

의아해하는 하지메 옆에서 유에가 장난스럽게 웃고는 카오리가 있는 시착실로 돌격했다. 안에서 한바탕 소란이 일더니 「안 돼, 역시 시아 옷은 못 입겠어! 면적이 너무 작아!」라는 비명과 「……좋으면서 왜 그래, 좋으면서~!」라는 유에가 즐거워하는 목소리가 들렸다.

한순간의 정적이 흐른 후, 힘차게 열린 문에서 카오리가 튕겨 나오다시피 튀어 나왔다.

"으으, 부끄러워 죽겠어……. 하지메, 자꾸 보지 마……."

카오리는 다리를 오므리고 안절부절못했다. 목까지 새빨개진 얼굴에는 눈물이 떨어질락 말락 맺혀 있었다.

토인족 특유의 노출이 과한 의상이었고 초미니스커트는 그녀의 다리를 아낌없이 보여줬다. 더구나 가슴도 조금만 움직이면 대참사가 벌어질 것 같았다.

토인족이 당당히 입으면 딱히 이상한 생각이 들지 않지만, 카오리처럼 수치심에 홍당무가 되어 가슴을 한 손으로 가리고 다른 손으로 스커트를 필사적으로 아래로 눌러 중요한 부분을 감추려는 모습을 보고 있자니…….

남자들이 줄줄이 코에서 행복감을 토해 낸 것으로 그 위력은 짐작할 만했다.

가게를 피바다로 만든 후, 여성 일행은 계속해서 의상 교환을 즐겼다.

대부분 누군가 시아의 의상을 입은 시점에서 가게 내부와 바깥쪽이 붉게 물들었다. 순서가 한 바퀴 돌았을 무렵에는 옷

가게가 거의 대량학살 현장이 되어 있었다.

일단 하지메는 뮤가 시아 옷을 입었을 때 코피를 뿜은 인간은 무조건 저승으로 보내기로 마음먹고 주변의 참상을 둘러본 뒤 중얼거렸다.

"역시 시아 옷은 야하네."

민족의상이라고 하면 좋게 들리지만 노출이 과하다는 점에는 변함이 없었다.

최근 익숙해지긴 했으나 사실 처음부터 생각하던 사실을 재확인한 하지메였다.

◆미니스커트 산타는 이세계에서 춤춘다

"그러고 보니…… 곧 크리스마스 시기 아니야?"

"……아, 그러네."

우연히 들른 작은 마을에서 점심을 먹는데 카오리가 그런 소리를 했다. 크리스마스가 뭔지 몰라 고개를 갸웃거리는 다른 일행과 달리 하지메는 고개를 끄덕이며 맞장구쳤다.

"지구에서는 그럴 시기지."

"후후, 작년 학교 크리스마스 파티는 재밌었는데. 하지메는 잠깐밖에 참가하지 못했지만, 같이 사진도 찍고 선물도 교환하고……."

카오리는 그리운 듯 눈을 살포시 감고 부드럽게 미소 지었다. 하지메의 표정에도 똑같이 그리움이 묻어났다.

그런 두 사람을 보고 유에의 눈썹이 꿈틀거렸다. 이어서 시아는 부루퉁하게, 티오는 흥미롭게, 뮤가 어리둥절하게 반응했다.

"그래. 야에가시랑 손잡아 도주로를 막고 부탁이란 이름의 협박으로 촬영을 강행해서 성야의 소동을 양산했지. 무작위 선물 교환식이었을 텐데 나한테만 선물을 줘서 성야의 괴물들을 진화시키고, 그 후에 애들 앞에서 사적인 크리스마스 파티에 초대해서 성야의 괴물을 한계 돌파시키고……. 그립고도 무시무시한 크리스마스였어."

"추억이 나랑 달라?!"

카오리의 눈이 휘둥그레졌다. 하지만 사실이었다. 그 때문에 질투에 미친 성야의 괴물들에게 하지메는 목숨을 위협받았으니까.

유에가 하지메의 옷자락을 꾹꾹 잡아당겨 크리스마스가 뭐냐고 물었다.

하지메는 『연말 축제』라고만 대답했다. 기원은 생략했다. 중요한 것은 산타라는 기발한 복장을 한 괴상한 인물이 선물을 뿌리는 날이며 괜히 케이크가 먹고 싶어지는 날이라는 점이었다.

지나치게 성의 없는 설명에 카오리가 불만스레 볼을 부풀렸다.

"하지메, 그게 아니지. 그 왜, 뭔가 더 있잖아? 애, 애인 사이에 사랑이 돈독해지는 날이라거나……."

카오리가 조금 부끄러워하며 덧붙인 말에 다른 일행이 눈을 가늘게 뜨고 흥미를 내비쳤다.

"……하지메. 카오리랑 뭐 했어? 연인 같은 일 했어?"

"방금 말한 게 전부야. 당시 나에게 카오리는 그냥 말썽꾼이었으니까. 크리스마스 밤에 둘만 있을 리가 없지. 그런 짓을 했다가는…… 난 지금 여기 없을걸?"

"너, 너무해, 하지메."

면전에 대고 말썽꾼이라고 평하자 카오리가 울먹였다.

하지만 보호 욕구를 자극하는 카오리의 표정에도 하지메의 눈빛은 싸늘해졌다.

"너무한 건 너지. 이 무자각 말썽꾼 같으니라고. 크리스마스에 날 부른 건 다른 애들과 같이 놀자는 뜻이니까 참작의 여지가 있었지만, 그 복장은…… 아, 시라사키가 기어코 날 죽이려고 하는구나, 라고 생각했을 정도야."

"주, 죽여? 그런 말이 왜 나와?"

상상을 초월하는 말이 튀어나와 카오리는 더욱 울먹이며 그때 자기가 어떤 옷을 입었는지 기억을 더듬었다. 그리고 떠올렸다.

"그, 그때는…… 산타 옷이었을 텐데……."

그렇다. 카오리는 크리스마스 파티에서 산타 옷을 입었다. 그러나 크리스마스에 산타 복장이야 흔하디흔한 것. 무엇이 잘못되었냐고 카오리는 되레 의아하게 생각했다.

자각이 없는 카오리에게 하지메는 한숨을 푹 쉬고 대답했다.

"그때 나는 우물쭈물하며 다가오는 너한테 잘 어울린다고 말했어. 안 그러면 주변 정황상 살아남지 못했을 테니까. 하지만 이제야 하는 말인데, 그때의 너는— 야했어."

"야, 야해?! 그때 그런 생각을 했어!?"

"그럼 안 하겠냐? 엉덩이 아래로 몇 센티미터냐고 따지고 싶은 초미니스커트에, 가슴에는 하트 모양 구멍이 나서 가슴골이 다 보이고 한겨울인데도 민소매, 게다가 전체적으로 사이즈도 작아서 몸매가 그대로 드러나질 않나……. 그거 알아? 사실 남자 몇 명은 이성이 날아가서 야에가시가 몰래 기절시키고 다녔어."

카오리는 양손으로 얼굴을 덮어 버렸다. 귀와 목까지 새빨갰다.

그때는 같은 반 여자(주로 타니구치 스즈)의 감언— 「이걸 입으면 어떤 남자든 카오링 마음대로 주무를 수 있어!」라는 말에 넘어갔었다. 그리고 「나, 나구모를 내 마음대로?」라는 망상에 빠져 수치심을 구석으로 밀어내 버렸다.

카오리는 이제 와서 당시 모습, 대담함을 넘어서 과격하다고 할 수 있는 복장을 떠올리고 오싹해졌다. 여성 멤버가 살짝 냉기 서린 말을 던졌다.

"엉큼해요. 역시 카오리 씨, 정말로 엉큼해요. 그런 노출도 높은 옷으로 하지메 씨에게 접근하다니. 카오리 씨는 타고난 에로 테러리스트예요!"

카오리는 생각했다. 적어도 시아는 노출도와 에로에 관해 왈가왈부할 입장이 아니라고…….

"흠, 그런 변태 같은 옷으로 주인님에게 달라붙어 경멸의 눈빛을 받고 흥분한 게로군. 이 이상 성욕자 녀석!"

카오리는 생각했다. 적어도 티오는 변태 행위에 대해 왈가왈부할 입장이 아니라고…….

"카오리 언니, 얼굴 새빨개~. 귀여워~."

카오리는 생각했다. 귀여운 건 뮤야, 천사야, 마음의 오아시스야, 라고…….

"……."

그리고 마지막으로 눈동자에 활활 타오르는 대항심을 깃들이고 일어선 유에는 말없이 카오리의 목덜미를 잡은 뒤 출구로 질질 끌고 나갔다.

"유, 유에? 어디 가? 그리고 잡아당기지 마! 놔줘!"

"……옷감 사러 가. 에로에는 에로, 산타 옷에는 산타 옷. 에로 산타가 카오리의 전매특허가 아니란 걸 알려주겠어."

"전매특허 아니야! 나 변태 아니야! 유에랑 똑같이 취급하지 마!"

"……훗."

"……?! 지금 왜 코웃음 쳤어?! 듣고 있어?! 유에!"

유에 님은 귓등으로도 듣지 않았다.

"역시 유에 씨예요. 정면승부로 대항하겠다는 거군요! 티오 씨, 뮤, 우리도 가요!"

"산타라는 건 나도 관심이 생기는구나. 주인님, 대신 지불하고 나와다오."

"어…… 다녀오겠습니다!"

무엇을 할지 짐작한 시아와 티오는 씩 웃더니 뮤를 데리고 유에를 쫓아갔다.

"아니, 뭐, 그건 괜찮지만……."

혼자 남은 하지메는 그렇게 중얼거리며 이 이후 전개를 예상하고 피식 웃을 수밖에 없었다.

그리고 그날 저녁.

하지메 앞에 다섯 산타가 등장했다. 한 사람을 빼고 모두 미니스커트, 파인 가슴, 민소매인 과격한 산타였다.

"……응. 어때, 하지메?"

유에가 화려하게 한 바퀴 돌았다. 아슬아슬한 스커트가 나풀거렸다. 그것을 시작으로 시아와 티오도 가슴을 강조하듯 도발적인 포즈를 잡았다.

분명히 멋진 광경이었다. 하지만 그것도 TPO를 지켰을 때의 이야기였다.

"어울리기는 한데…… 솔직히 밖에서 그렇게 입고 다니면 그냥 변태지."

""""……?!""""

순간 유에, 시아, 티오가 돌처럼 굳었다. 세 사람이 모두 몸을 꼼지락거리며 손으로 이곳저곳을 가리는 카오리에게 어색한 동작으로 시선을 돌렸다. 카오리는 눈을 휙 돌렸다.

"……카오리, 네 이놈. 속였구나."

"내가 하지 말자고 했지?! 하더라도 숙소에서 하자고! 너희가 내 말을 안 들은 거잖아! 나까지 끌어들여서…… 으으, 창피해. 마을 사람들이 다 봤어~!"

"……변명하지 마. 하지메에게 추태를 보인 내 분노를 받아라!"

유에 님이 일으킨 바람이 가뜩이나 방어력이 낮은 카오리의 미니스커트를 억지로 들쳐 올린다!

"하지 마아! 보여, 보인다니까! 큿, 나도 화났어! 그쪽에서 그렇게 나오면 나도! ―『박황쇄』!"

다리를 오므리며 발동하는 빛의 사슬이 유에의 스커트를 노리고 자객처럼 날아든다!

"……그 정도쯤. 티오 배리어!"

"뭣이! 아앗, 휘감겨?! 이건 무슨 결박 플레이더냐!"

유에는 퍼뜩 옆에 있던 티오를 잡아당겨 방패로 썼다. 빛의 사슬은 가차 없이 티오를 옭아매어 그 보기 좋게 살이 오른 몸을 더욱 강조했다. 거기에 티오의 황홀한 표정이 어우러지니 완전히 연령 제한이 걸릴 광경이었다.

기이한 복장을 한 미녀, 미소녀에게 주목하던 마을 사람들도 흠칫했다. 「엄마, 저 사람……」, 「쉿, 보면 안 돼!」라는 어디서 많이 듣던 대화도 들렸다.

그런 주위 반응 따위에 개의치 않고 유에 님이 카운터로 성스러운 바람을 발동! 순간적인 돌풍이 카오리의 추태를 드러내려고 달려든다!

"어딜! 시아 배리어!"

"엥?! 잠깐, 카오리 씨?!"

『박황쇄』로 시아를 단숨에 잡아와서 바람막이로 썼다. 시아의 스커트가 확 들쳐지며 통통한 허벅지와 엉덩이가 만천하에 드러났다.

"카오리 씨! 창피해요! 이거 풀어주세요오!"

"괜찮아! 시아 옷은 평소에도 창피하니까!"

"야 인마, 그게 무슨 소리예요, 이 자식아! 하우리아 족 의상에 불만 있어요?!"

근력만으로 마법 사슬을 찢고 시아가 카오리를 급습했다. 그것을 『박광인』 개틀링으로 받아친다!

그 영향으로 구속에서 풀린 티오가 「벗기려면 날 벗겨라!」라며 유에 앞을 막아섰다! 발치로 뻗은 『박황쇄』가 호시탐탐 유에의 스커트를 들추려고 노렸다!

이세계의 조그만 마을에서 때 아닌 산타들이 서로를 벗기려고 싸우는 광경이 펼쳐졌다.

"아빠~. 이거 폭신폭신해~."

단 한 사람, 복슬복슬한 산타 옷을 입은 뮤만 기분이 좋아 눈을 가늘게 뜨고 있었다. 마음이 씻기는 기분이었다.

"……뮤. 너는 이대로만 커다오……."

격화일로로 치닫는 탈의 전쟁을 무심히 바라보던 하지메는 어리둥절한 딸의 머리를 쓰다듬으며 그렇게 중얼거렸다.

◆오거라, 『등 뒤의 무언가』!

온화한 기후와 시원한 파도 소리로 사람의 마음을 편안하게 해주는【바다 위 마을 에리센】.

그런 한적한 마을은 현재, 더 정확히는 최근 들어 묘하게 평화롭지 못한 일상을 보내고 있었다.

오늘도 여느 때와 같이 부두 다리에서 느긋하게 『연성』 훈련을 하던 하지메 옆으로 그 원인 중 하나가 찾아왔다.

"하지메, 옆에 앉아도 돼?"

"카오리야? 그런 걸로 일일이 양해 구할 필요 없어."

수영복 차림으로 찾아온 카오리가 하지메의 말에 겸연쩍게 웃으며 옆에 앉으려고 했다. 거리는 가까웠다. 아주 가까웠다. 잘못하면 『연성』에 방해가 될 정도로 가까운 거리였다.

허락은 했으나 이건 너무 가깝지 않나 싶었다. 하지메가 한마디 하려고 카오리를 돌아보는데— 그 순간 카오리가 쑥스럽게 웃는 얼굴로 날아갔다.

만화처럼 빙글빙글 돌면서 하늘에 아름다운 포물선을 그린 후 퐁당…… 맥 빠지는 소리를 내고 바다로 사라졌다.

그리고 카오리가 사라진 자리에는 마치 처음부터 그러고 있었던 것처럼 유에가 앉아 있었다. 무표정으로, 하지만 어딘지 모르게 뿌듯해 보이는 얼굴로 다소곳이. 검은 비키니에서 뻗은 우아한 팔다리가 눈부셨다.

"유에. 지금 너, 카오리를—."

"……하지메, 뭐 만들어?"

유에는 오늘도 여전해 보였다. 「카오리? 무슨 말인지 모르겠네?」라는 식으로 고개를 갸웃거리고 반강제로 화제를 전환했다.

그런 상황에서 격한 물기둥을 일으키며 카오리가 돌아왔다. 빠르다. 빨리도 나오셨다. 물속에서 숨 한 번 고르지 않고 어뢰처럼 날아온 것 같았다.

뚝뚝 떨어지는 물방울과 앞으로 드리운 흑발이 모 저주의 비디오 속 사다○ 씨 같아서 몹시 으스스했다…….

"……유에? 변명이 있으면 해 봐. 들어는 줄게."

"……? 누구신지?"

카오리의 이마에 핏줄이 불룩 솟았다. 유에는 여전히 무표정 & 냉랭한 눈빛.

두 사람 사이에 보이지 않는 불똥이 튀었다!

"훗후후후, 이상하다? 유에는 참 이상해. 사람을 힘껏 쳐서 바다에 빠뜨려 놓고 벌써 잊었어? 뇌가 금붕어야? 응?"

"……응. 누구인가 했더니 아닌 척하면서 밝히는 카오리였어? 어찌나 변태 오라를 풀풀 풍기는지 나도 모르게 방어 본능이 발동했나 봐. 자제 좀 해."

"자제하라는 말은 유에한테 필요하다고 보는데?"

―아하하하하하.

―후후후후후후후.

그렇게 웃는 카오리와 유에는 부두 다리 위에서 대치해 웃는 얼굴로 서로를 노려봤다.

그러자 이번에도 어김없이『등 뒤의 무언가』가 출현했다.

유에 등 뒤에 떠오른 것은 천둥을 머금은 먹구름과 포효하는 황금색 용.

카오리 등 뒤에는 휘몰아치는 눈보라 속에 거대한 일본도로 등을 툭툭 두드리는 한냐.

이것이 바로 최근 에리센을 떠들썩하게 만든 주범, 반쯤 마을의 명물이 되어 가는 초자연 현상, 카오리와 유에만이 하지메를 둘러싼 싸움에서 발현하는『등 뒤의 무언가』였다.

참고로 이다음에는『심술궂은 유에가 싹싹 빌게 해주겠다!』라고 의욕을 불태우는 카오리가 캣 파이트를 신청하고,『엉큼한 속내가 뻔히 보이는 카오리에게 분수를 알려주겠다!』라고 전의에 찬 유에가 싸움에 응하는 것까지가 하나의 패턴이었다.

씩씩대며 얽히고설켜 서로의 볼을 잡아당기는 두 사람의 싸움을 훈훈하게 바라보는 에리센 주민도 많았다.

"오늘도 나왔네요, 뇌룡과 한냐. 대체 저건 뭔지 모르겠어요."

유에와 카오리의 캣 파이트를 어이없게 바라보는 하지메 곁으로 이해할 수 없다는 표정을 지은 시아가 다가왔다.

"왜 그렇게 심통스러워 보여? 그냥 저런 게 있나 보다 하고 넘기면 되잖아."

"무슨 소리예요, 하지메 씨! 잘 생각해 보세요, 저건 두 사람이 하지메 씨를 두고 싸울 때만 나온다구요. 그렇다면 저건 하지메 씨를 향한 사랑의 증거라고 해도 과언이 아니에요!"

"과언이야. 뇌룡과 한냐가 사랑의 증거라니, 나는 이 현실을 어떻게 받아들여야 하냐고."

시아는 들을 생각도 없다는 양 토끼 귀를 착 접고 자신이 할 말만 계속했다.

"두 사람은 사랑의 힘으로 악령 같은 걸 꺼내는데 똑같이 하지메 씨를 사랑해 마지않는 제가 아무것도 못 꺼내는 건 이상해요! 저한테도 『등 뒤의 무언가』가 분명히 있을 거예요!"

그렇다고 한다. 시아의 불만을 이해하고 하지메는 어이없는 표정을 지었다.

그런 하지메에게 한번 보라는 양 똑바로 마주 선 시아는 잠시 후, 흡 하며 온몸에 힘을 넣기 시작했다.

"일단 물어나 보자. 너 뭐 하냐?"

"물론! 쥐어짜내려는 거죠오! 『등 뒤의 무언가』르을!"

그게 힘으로 쥐어짠다고 나오는 것일까…….

신체 능력에 버그가 걸린 토끼로서는 이것밖에 방법이 떠오르지 않는 모양이었다. 『사랑의 힘』이라는 조금 전 발언은 어디로 간 것일까.

흘러넘치는 마력이 시아를 하늘색으로 빛냈고 같은 색 머리카락이 가볍게 떠올라 휘날렸다. 젖 먹던 힘까지 짜낸 우렁찬 기합과 대기가 진동하는 박력에 근처에서 구경하던 에리센 주민들이 허둥지둥 도망치는 것이 보였다.

부두 아래 바다가 격렬하게 떨리며 어쩌면 정말 뭔가 나오지 않을까?! 하는 기대를 품게 했지만—.

"나올 리가 없지."

"으으~. 억울해요……."

시아는 그대로 풀썩 주저앉아 실망했다. 하늘로 꼿꼿이 뻗었던 토끼 귀도 조금 전 패기를 모두 상실하고 축 늘어졌다.

"설마 내 사랑이 부족해서? 그럴 리가……."

그렇게 중얼거리는 『시무룩 시아』에게 하지메는 살며시 웃으며 손을 뻗었다. 목적지는 폭신폭신, 말랑말랑한 토끼 귀였다. 그것을 마음껏 쓰다듬고 만졌다.

"어쩌겠어. 역시 넌 안 되나 보다."

"너무해요~. 하지메 씨는 제 사랑을 의심하세요?"

토끼 귀를 만지는 감각에 취해 있던 시아는 하지메의 말에 충격을 받고 글썽거렸다. 하지메는 곧장 그게 아니라며 고개를 저었다.

"저건 뭐랄까…… 나쁜 의미는 아니지만, 부정적인 감정에서 나온 거라고 생각해. 그 감정을 바탕으로 저 둘이 뿜어내는 분위기를 통해 우리가 보는 환상이라고 해야 하나……."

"으음…… 그런, 가요?"

요령부득하지만 하지메 나름대로 고찰한 바가 있구나 싶어 시아는 멍하게 눈을 깜빡거렸다. 그러고는 결국 무슨 말이 하고 싶은지 모르겠다고 토끼 귀를 까딱 기울였다.

하지메는 그런 시아에게 더 부드럽게 미소 지으며 자기 쪽으로 끌어당기고 귀를 더 만졌다.

"그러니까 그런 건 너한테 안 어울린다는 말이야. 게다가

『등 뒤』에는 아무것도 안 나와도 너한테는 『머리 위』에 이렇게 좋은 게 있잖아? 그냥 이걸로 만족해. 적어도 나는 이거면 충분하니까.”

“으. ……경험이 없어서 분해요. 이럴 때는 뭐라고 대답해야 좋죠? 더 센스가 있었으면…….”

창피하고 쑥스러워 쩔쩔매면서도 시아는 얼른 하지메에게 밀착했다. 토끼 귀도 통통 튀며 하지메의 손길에 어리광이라도 부리듯 함께 비볐다.

그러자―.

“후후…… 시아도 참. 방심하면 안 되겠네.”

“……응. 완벽한 기습이야. 하지만…… 스승님 몰래 이러면 안 되지.”

“헉?!”

토끼 귀가 감전이라도 된 듯 털이 곤두섰다. 시아는 끼기긱 소리가 들릴 것처럼 어색하게 돌아봤다.

그곳에는 있는 것은 물론…….

―키야아아아아아아아아.

―크워어어어어어어어어.

일본도로 어깨를 두드리는 한냐와 천둥으로 포효하는 뇌룡을 등진 두 사람이었다. 아주 근사한 웃음을 짓고 있었다.

“후, 후퇴예요!”

시아는 말 그대로 토끼처럼 잽싸게 줄행랑쳤다.

“……나한테서는 못 도망쳐!”

"시아, 나랑 『대화』하자!"

유에와 카오리가 『근사한 웃음』을 지은 채 쫓았다. 곧 울려 퍼지는 폭음과 비명에 에리센 주민들은 오늘도 시작됐다며 왠지 박수갈채를 보냈다.

그 소음을 등지고 하지메는 똑바로 망망대해를 바라보았다.

그리고 한마디 흘렸다.

"바다 마을은 평화로워서 좋아."

세상은 그것을 현실도피라 부른다.

◆그 아버지에 그 딸?

메마른 파열음과 함께 몇 줄기 섬광이 허공을 갈랐다.

전자 가속으로 진홍색 스파크를 뿜는 총알이 쫓아오던 늑대 마물을 한 치 오차 없이 꿰뚫었다. 바람구멍으로는 턱없이 부족하다는 것처럼 마물은 직격한 곳부터 산산조각 나서 날아갔다.

"으음, 하지메 씨가 아티팩트를 쓰면 대미궁이라도 아닌 한 우리가 나설 기회가 없네요."

"어쩔 수 없지 않느냐. 중거리에서 원거리까지는 마법조차 우습게 만들어 버리는 게 주인님의 신대급 아티팩트니까."

수십 마리 마물이 몰려드는 와중에도 시아와 티오의 대화는 태평했다. 카오리가 쓴웃음을 짓고 말했다.

"아티팩트라기보다…… 내가 보기에는 오히려 SF 같지만."

"……SF?"

유에가 갸웃거리며 물었다.

"SF란 건 사이언스 픽션— 공상 과학의 준말이야. 우리가 살던 세계에는 하지메가 쓰는 것 같은 총기가 있지만, 권총 크기로 전자 가속은 아마 불가능할 거야. 아직 『상상 속의 무기』거든."

"하지만 그런 기술적인 장애를 『마법』이라는 만능 기술로 해결했으니까 결국은 판타지지."

모든 마물을 쏘아 죽인 하지메가 돈나를 빙글빙글 돌리며 돌아왔다.

하지메의 어깨에는 뮤가 타고 있었다. 하지메의 머리를 꽉 잡고 앙증맞은 발을 파닥파닥 흔들며 까르륵 웃고 있었다.

지금 막, 마물이긴 하지만 생물 수십 마리가 터져 죽는 광경을 특등석에서 구경했을 텐데…… 정말로, 너무나 즐거워 보였다.

"아빠, 아빠! 뮤도 그거 하고 싶어! 빵빵하고 피융할 거야!"

구태여 한 번 더 말하겠다.

뮤는 너무나 즐거워 보인다!

하지메와 관련되지 않으면 기본적으로 상식을 갖춘 카오리가 눈꼬리를 치켜세웠다.

"하지메, 아무리 생각해도 정서 교육에 안 좋아. 이렇게 순수하고 한없이 귀여운데 하는 말은 갱스터가 따로 없어. 뮤가 커서 어떻게 될지 걱정돼."

"뭐, 그건 그렇지만…… 그래도 이쪽 세상은 원래 위험하잖아?"

"……응. 카오리는 세상 물정을 몰라. 죽기 전에 죽여라. 죽을 것 같지 않아도 죽여라. 눈이 마주치면 일단 죽여라. 좌우명은 일일일살(一日一殺). 피바다를 건너고 시체의 산을 넘어 모든 장애를 짓밟고 자신의 소원을 쟁취하라! ……그게 이 세상이야."

"너무 살벌해! 무슨 아포칼립스 세계야?! 위험한 세계인 건 알지만 그렇게까지 험난하진 않아!"

카오리의 원성이 터졌다. 유에는 카오리를 보란 듯이 무시하고 뮤를 향해 돌아서서 뜸을 들였다. 그리고 분위기를 한껏 잡으며 물었다.

"……힘을, 원하는가?"

"아니, 유에, 그 대사는—."

어디선가 많이 들어 본 대사에 하지메의 얼굴이 딱딱해졌다.

물론 무시당했다. 소녀는 신이 나서 대답했다.

"갖고 싶어! 적을 피웅하는 힘을 갖고 싶어! 아빠처럼! 아빠처럼~!"

유에는 위엄을 잔뜩 실어 고개를 끄덕였다.

"……좋다. 그렇다면 힘을 주마! 하지메가!"

그런 이유로 총 한 번만 쏘게 해줘. 유에가 하지메에게 눈치를 줬다.

하지메의 얼굴이 더 딱딱해졌다. 뮤에게 돈나를 쏘게 하는 것이 과연 물리적으로, 교육적으로 옳은 일일까…….

물론, 보기 드문 하지메의 상식적인 고민은 다음 순간 와장창 무너져 내렸다.

하지메의 어깨에서 폴짝 뛰어내린 뮤가 유에에게 붙어 함께 올려다보며 안 되냐고 조르는 포즈를 보였기 때문이었다.

"물론 되고말고."

"바로 꺾였어?!"

카오리가 뭐라고 하거나 말거나 하지메는 『보물고』에서 광석 몇 개를 꺼내서 붉은 스파크를 튀기며 『연성』을 시작했다.

뮤가 다치지 않을 저반동 총기는 가지고 있지 않았다.

그렇다면 지금 여기서 『연성』하겠다. 어린이용 총기를…….

스파크와 함께 딸을 사랑하는 부정이 불을 뿜는다!

어쩌면 나락에서 돈나를 만들던 때의 집중력을 능가할 기세로 하지메의 재능이 사랑하는 딸의 소원을 실현시킨다!

그렇게 완성된 조그만 물건. 이름을 붙인다면 『돈나아』였다.

생물을 죽이기에는 위력이 조금 부족하지만 장난감으로는 그 정도가 딱 좋았다. 연성사의 진가를 발휘했다고 해도 될 훌륭한 어린이용 리볼버였다.

그것을 바라보는 뮤의 눈이 초롱초롱 반짝였다. 생일 선물을 기다리는 어린아이 그 자체였다. 선물이 귀여운 인형이 아니라 살상용 무기라서 문제지만…….

"뮤. 지금부터 쏘는 법을 알려줄 테니까 절대로 마음대로 방아쇠를 당기지 마. 아빠랑 약속이야."

"응!"

이 얼마나 기운찬 대답인가. 살상 무기를 손에 쥐었다고는 생각할 수 없다!

"정말 이래도 괜찮은가 몰라."

카오리의 난처한 혼잣말은 허무하게 바람에 실려 지워졌다.

그렇게 하지메 아빠의 사격 교실이 시작됐다.

하지메는 약 10미터 앞에 표적을 세우고 뮤에게 위버 스탠스로 서게 했다.

"뮤, 위력을 많이 줄였지만, 그래도 반동은 있어. 무리하게 잡지 말고 위험하다 싶으면 과감하게 놔 버려. 알겠지?"

하지메의 충고에 고개를 끄덕인 뮤는 볼을 물들이고 주저 없이 방아쇠를 당겼다.

팡. 가벼운 소리를 내며『돈나아』가 위로 튕겨 올랐다. 총알은 표적에 스치지도 않았다.

"으으……."

"그렇게 쉽게는 못 맞춰. 나도 몇 번이나 연습한 거야."

하지메는 불만을 내비치는 뮤에게 쓴웃음 짓고 위로했다. 동시에 예비 총알도 옆에 뒀다.

"하지메 씨, 하지메 씨. 저도 해 보고 싶은데……."

시아가 눈치를 보며 말했다. 뮤를 보고 관심이 생긴 모양이었다.

"너는 드뤼켄 포격 모드가 있잖아?"

"그건 그거고 이건 이거죠. 하지메 씨처럼 정밀 사격을 해 보고 싶다구요."

"뮤한테도 말했지만, 그렇게 쉬운 게 아니야."

시아도 정말로 정밀 사격 연습을 하고 싶은 것은 아니리라. 비유하자면 장난감 사격을 해 보고 싶다는 감각일 것이다.

그 증거로 유에와 티오, 카오리까지 기대에 찬 눈으로 하지메를 보고 있었다.

하지메는 한숨 쉬고 어깨를 으쓱이면서 돈나와 슈라크를 빌려줬다.

처음에는 시아였다. 돈나를 양손으로 꽉 잡고 방아쇠를 당긴다.

"시작할게요. 에잇. ……얼레?"

팔이 떨려서 총알이 엉뚱한 방향으로 날아갔다. 토끼 귀를 갸웃거리며 장전한 여섯 발을 연속으로 쏘지만…… 역시 맞지 않았다. 악력을 사용해 억지로 반동을 억제하려고 했으나, 그것이 오히려 불필요한 힘을 가했다.

그 옆에서 티오도 슈라크를 들고 도전해 보지만—.

"……이건 단순한 원리에 비해 제법 다루기가 어렵구나."

티오가 용인의 근력으로 팔을 고정했으나 시아와 같은 이유로 역시 표적을 맞추지 못했다.

시아와 티오에게서 각각 돈나와 슈라크를 받은 유에와 카오리가 거친 콧김을 내쉬며 도전했다.

"……카오리, 표적은 저거야. 어딜 노려?"

"……유에야말로. 표적은 정면에 있잖아? 하늘에 새라도 있었어?"

두 사람의 말로 결과는 짐작될 것이다.

일단 유에는 돈나 경험자고 카오리는 영화에서 총을 다루는 모습을 봤기 때문에 대여섯 발째부터 표적 끄트머리에는 맞추게 됐지만…… 솔직히 결과는 시아, 티오와 오십보백보였다. 유에는「히드라 머리를 맞춘 적도 있는데……」라고 일전의 요행을 떠올리며 풀이 죽었다.

하지메는 이럴 줄 알았다는 듯 애매하게 웃었다.

그러던 그때.

"아빠. 표적이 필요해!"

안전을 고려해 시야 한쪽에 항상 넣어 둔 뮤가 달려왔다. 그 말에 하지메는 웃는 얼굴로 추가 총알을 준비하려다가…… 고개를 갸웃거렸다. 필요한 게『탄』이 아니라『표적』이라고?

시선을 돌리자 그곳에는 너덜너덜해진 표적이 있었다.

"……뮤. 표적을 조금만 더 멀리 둘게."

"얼마든지 덤비거라~!"

애한테 이상한 말을 가르친 티오는 이따가 혼내주기로 하고, 하지메는 시험 삼아 표적 거리를 배로 늘려 20미터 위치에 세웠다.

뮤는 곧바로 배운 대로 깔끔한 사격 자세를 취하고— 대실패.

하지메가 착각이었나, 하고 생각한 직후 두 발째— 표적 끝을 깎았다.

다른 일행도 주목하는 가운데 발사된 세 발째는— 중심에서 10센티미터 정도 옆에.

하지메가 놀라서 눈을 움찔한 순간 발사된 네 발째는— 마침내 정중앙을 포착했다.

그것이 우연이 아니란 것은 이어진 다섯 발, 여섯 발째가 증명했다.

모두 몇 센티미터의 오차는 있을지언정 탄착군은 분명히 표적 중심에 형성됐다.

"자, 잠깐, 뮤. 움직이는 표적은 어때?"

"해 보고 싶어!"

그리하여 시험 삼아 하지메가 조종하는 정찰기를 맞추라고 시켰고— 열 발째에 명중했다.

불규칙하게 움직여도 얼마 지나지 않아 움직임을 먼저 파악해서 반드시 맞췄다.

"……저격, 해 볼래?"

"뮤!"

뮤가 귀여운 대답과 함께 손을 내밀었다. 하지메는 다시 『연성』으로 뮤 전용 미니 저격총을 제작했다.

그것을 뮤에게 건네고 엎드려 쏴 자세를 가르쳤다.

뮤는 배운 대로 팔꿈치를 땅에 대고 상체를 살짝 든 후, 개머리판 옆에 볼을 붙이고 한쪽 눈을 감지 않은 채 조준경을 들여다봤다.

왜일까. 그 모습이 이상하게 어울렸다.

"표적은…… 100미터면 되겠어? 정찰기를 띄울 테니까 그걸 노려."

"알았어!"

대단히 기운이 넘쳤다. 뮤가 무척 즐거워 보였다.

그래도 어린아이에게 저격은…… 아무래도 어려울 거라는 분위기가 흘렀다. 그러나 그 직후.

싱글벙글 웃는 뮤의 표정이 일변했다.

가르치지도 않았는데 숨을 들이켜 호흡을 멈추고 표적을 꿰뚫을 듯이 눈을 가늘게 떴다! 그 분위기는 흡사 노련한 스나이퍼!

"매, 매의 눈?"

뮤의 눈을 보고 자기도 모르게 그렇게 칭한 하지메의 말에도 뮤는 무아지경에 들어간 것처럼 반응이 없었다.

그 찰나, 극히 자연스러운 동작으로 방아쇠가 당겨졌다.

파앙.

메마른 총성 한 방이 울리고 100미터 앞 정찰기는— 산산이 부서졌다.

""""""……."""""""

전원 말이 없어졌다. 그저 격추된 정찰기의 잔해만을 이루 말할 수 없는 전율과 함께 바라봤다.

"아빠~, 다음 건~?"

"아, 네. 여기 있습니다."

하지메에게서 존댓말이 튀어나왔다.

그 후 요구받은 대로 정찰기 열 기를 띄웠으나, 평소처럼 천

진난만한 분위기를 지키다가도 방아쇠를 방기는 순간에만 매처럼 날카로운 눈초리로 변하는 뮤에게 잇달아 격추당했다.

움직이는 정찰기를 백발백중으로 맞추지는 못했지만 쏘면 쏠수록 경이로운 속도로 정밀도가 높아졌다.

이미 하지메 일행은 아연실색하여 입만 벌리고 있었다.

"……하지메. 사실 뮤가, 친딸인 건 아니지?"

카오리의 말에 다른 일행이 일제히 하지메를 봤다.

그 눈은「이 애, 아무리 봐도 괴물 건너의 재능을 이어받았는데?」라는 의혹으로 가득했다.

그럴 리가 있냐고 반박하려고 했지만 그것을 가로막는 말 한마디가 있었다.

"우, 아빠처럼 안 돼. 5밀리나 어긋났어."

"……."

결국 300미터 거리에 움직이는 표적에서 5밀리미터가 어긋났다고 불만을 품는 어린이— 뮤.

딸의 생각지도 못한 재능에 하지메는 반박할 생각도 못 하고 먼 산을 바라볼 수밖에 없었다.

◆『무언가』는 맛있었다

어느 가도 옆에 있는 샘에서 기묘한 긴장감이 감돌았다.

"흥흥흥~♪ 썰자썰자, 난도질하자~♪"

『꾸에에에에에에에엑?!』

지금의 기분이 느껴지는 명랑한 음정에 몹시 위험한 가사를 붙여 흥얼거리는 사람은 시아였다.

그리고 문자 그대로 단말마 비명을 지른 것은 도마 위에 놓인 생선…… 아니, 정체불명의 『무언가』였다.

일단 몸통은 물고기였다. 길이는 1미터에 달했다. 그러나 물고기라고 단언할 수 없는 특이한 특징이 있었다.

바로 머리가 소를 닮았다는 점이었다. 『닮았다』고 한 이유는 눈이 유난히 충혈됐고 혀가 카멜레온처럼 접혀 있기 때문이었다. 게다가 몸통에는 지네처럼 다리가 바글바글 달려 있었다.

샘 옆에서 쉬던 중 갑자기 시아가 「음? 이 기운은…… 숲의 진미님?!」이라고 소리치고 토끼 귀를 레이더처럼 돌리며 반응했다. 그러고는 돌멩이를 손가락으로 튕겨 샘 안으로 쐈다.

그러자 떠오른 것이 그 『무언가』였다.

"숲 속 샘에 사는 요정 님~! 너무너무 맛좋은 요정 님~! 왜 이런 곳에 있나요~? 어디든 상관없죠~. 왜냐면 맛있으니까~♪"

『숲의 요정님』은 충혈한 눈을 뒤룩뒤룩 굴리며 점점 더 격렬하게 지네 다리를 움직였다.

그리고 시아는 그것을 점심거리로 쓰겠다며 신나게 요리했다.

식칼로 비늘을 쓸 때마다 고통에 찬 비명이 메아리쳤다. 마치 산 채로 가죽이 벗겨지는 동물처럼 희미하게 스며 나온 붉은 액체가 시아의 손을 더럽혔다.

(유, 유에. 이 세상에선 저런 게 요정이야? 내가 있던 세상에서는 동화에나 나오는 더 귀여운 존재였는데.)

(……내가 읽은 옛날이야기에 나오는 요정은 날개 달린 작은 소녀야. 보통 어떤 이야기든 그래. 절대로 저런 괴생물이 아니야.)

(그보다도 **맛있는** 요정이란 게 나는 좀 무섭구나.)

웬일로 하지메가 당황했다. 시아의 처절한 요리 현장을 힐끔힐끔 돌아보면서 목소리를 죽여 유에에게 확인하나, 돌아온 대답은 하지메와 같은 당황한 얼굴과 부정이었다. 동의하는 티오도 평소 변태성은 다 어디로 갔는지 기겁한 기색이 역력했다.

하지만 그런 세 사람을 눈치채지 못한 시아는 흥겹게 요리를 계속했다.

"도려내고~, 으깨고~, 풍비박산~♪"

대체 뭘?!

모두 그렇게 생각했지만 아무런 주저 없이 두꺼운 식칼을 내리치고 차마 들어주기 힘든 비명을 지르는 『무언가』를 힘으로 누르며 환하게 웃는 시아에게는…… 별로 말을 걸고 싶지 않았다.

입만 안 열면 둘째가라면 서러울 귀여운 얼굴에 붉은 액체를 질척하게 묻히고 싱글싱글 웃는 모습은…… 공포 그 자체였으니까.

"머리가 떨어져도~, 꿈틀꿈틀해~♪"

『우오웨에에엑!』

“갈아도~, 팔딱팔딱~♪ 기운이 펄펄~♪”

『아오오오오오오!』

“너는 언제나~, 비명을 지르지~. 멋진 소리~, 그건 멋진 조미료~.”

『으이이이익, 꾸억, 살려크게게게게에에에엑!』

시아의 멋진 칼솜씨로 『무언가』는 순식간에 해체되어 갔다.

그때마다 살육 현장이냐고 묻고 싶어지는 역겨운 것들이 튀고, 듣기만 해도 이성이 깎여 나가는 비명이 울려 퍼졌다.

(야, 지금 저거 살려달라고 안 했어?! 내가 잘못 들었어?! 살까지 발라냈는데 비명은 어떻게 지른 거야?!)

하지메가 격하게 동요했다! 일찍이 이토록 정신이 흔들린 적이 있던가? 아니, 없다!

(……나는 아무것도 못 봤어. 아무것도 못 들었어. 아무것도 몰라.)

그리고 하지메의 말을 들은 유에는 웅크리고 앉아 양손으로 귀를 막고 부들부들 떨었다. 귀여운 동생의 보고 싶지 않은 일면에서 눈을 돌린 채 열심히 현실 도피 중이었다.

한편, 정신 내성이 다방면으로 높은 티오는—.

(……아, 나비다. 귀여워라.)

하늘하늘 나는 나비를 쫓고 있었다.

하지메는 생각했다. 넌 대체 몇 살이냐고. 하지만 소리 내어 따질 생각은 들지 않았다. 심정은 충분히 이해하니까.

그러는 사이 손질을 끝낸 시아는 하지메 특제 화로의 화력을 최대로 올렸다. 냄비 크기도 그렇고 화력도 그렇고, 거의 중화요리였다.

그 옆에는 자체 검열이 들어간『무언가』가 있었다. 이미 원형을 유지하지 못한 그것이 경련하는 것처럼 보이는 건 과연 착각일까…….

군데군데 붉게 물든 시아는 커다란 무쇠 냄비를 한 손으로 가볍게 들어 채소와 조미료를 넣고 볶으며 그 고기를 한 움큼 냄비에 넣었다.

그 직후.

『끼야아아아아아아악, 뜨거아아아아아악!』

"야, 지금 분명히 뜨겁다고 했지?! 들었지?!"

귀청이 떨어질 듯한 비명과 함께 굵직한 남자 목소리가 울렸다!

하지메는 결국 참다못해 시아에게 따졌다.

하지메가 뜬금없이(?) 소리치자 시아는 어리둥절하게 돌아봤다. 그 동작이 목만 기계적으로 돌아간 것처럼 보인 이유는 분명히 시아의 볼에 묻은 붉은 얼룩과 옆에 굴러다니는 피투성이 식칼 때문일 것이다.

"……? 무슨 소리세요, 하지메 씨. 생선이 사람 말을 할 리가―."

『구와아아아아, 내가 뭘 잘못했다고오오오오오!』

"―할 리가 없잖아요."

"야야야야야! 지금! 분명히! 좀 심하다 싶을 정도로 말했잖아?! 『내가 뭘 잘못했냐』라고, 한 맺힌 소리를 했다고!"

"……? 하지메 씨, 조금 피곤하신—."

『우오오오오오, 절대로 용서 안 한다아아아아아!』

"—피곤하신가 보네요."

"난 네가 뭐에 씐 걸로밖에 안 보여! 지금 엄청 또렷하게 『절대로 용서 안 한다』라고 했잖아?! 왜 못 들은 척이야?!"

있는 힘껏, 모든 힘을 다해 속마음을 토했다.

하지만 정작 시아는 하지메를 불쌍한 사람처럼 바라볼 뿐이었다. 오히려 마음을 써서 격려까지 했다.

"분명 피곤해서 그런 거예요. 기운 차리도록 맛있는 음식을 만들어 드려야겠네요!"

"젠장. 시아는 글렀어. 유에! 저 위험한 고깃덩이를 티끌도 남기지 말고 태워 버려!"

"……오케이!"

하지메의 지시에 따라 유에가 『뇌룡』을 소환하려고 했다.

그러나…….

"유에 씨? 먹을 걸 함부로 하지 말라고, **알려드렸죠?**"

"앗, 네."

유에가 꿇어앉았다. 전에 자작 요리라면서 시아의 요리를 망쳤다가 혼난 일을 떠올렸나 보다.

"큭, 어쩔 수 없지. 티오! 용인의 힘을 보여줘! 브레스!"

"그 명령을 기다렸다! 맡겨다오, 주인—."

"티오 씨? **머리 깨 버립니다?**"

“앗, 네.”

티오가 꿇어앉았다. 처음 만났을 때 드뤼켄으로 정수리를 얻어맞을 뻔한 일을 떠올렸나 보다.

하지메가 이렇게 된 이상 직접 할 수밖에 없다며 수류탄을 꺼내려고 했으나—.

“자요, 하지메 씨. 수해 사람이라면 누구나 좋아하는 진미 요리예요~. 식기 전에 드세요~♪”

늦었다. 시아의 손에는 이미 접시에 담긴 생선 살 야채 볶음이 있었다. 잘 익은 생선 살(?)이 수북이 쌓여 꾸물꾸물, 꿈틀꿈틀 움직였다.

하지메는 눈빛으로 물었다. 이걸 먹으라고? 시아는 못 말린다며 아무 주저 없이 스스로 한 입 먹어 보였다. 그리고 「봐요, 아무렇지도 않죠?」라면서 접시를 내밀었다.

이렇게까지 했는데 먹지 않는 것도, 마물을 날로 뜯어 먹던 하지메로서는 자존심 상하는 일이었다. 특히 시아가 상대라면 더더욱.

어쩔 수 없이 유에와 티오가 침을 꿀꺽 삼키고 지켜보는 가운데, 하지메는 식은땀을 흘리며 『무언가』의 잔해를 입에 넣었고…….

“………………젠장. 맛있잖아.”

분명히 진미였다.

하지메는 깊은 맛과 함께 왠지 모를 분한 마음을 곱씹었다.

◆아름다운 세계의 잡룡

지구에서 보던 것보다 훨씬 큰 달이 밤바다를 비추었다. 희고 부드러운 운해에 만들어진 신비로운 음영과 맑은 은백색 달빛이 어둠을 밀어내는 광경은 신화 속 세계를 연상케 했다.

『어떤가, 주인님. 「남자의 꿈」이란 건 이루어졌는가?』

바람을 가르는 듣기 좋은 소리를 내며 미끄러지듯 달 아래 밤하늘을 나는 그림자가 있었다. 밤하늘과 같은 색을 가진 비늘에 황금색 눈동자를 가진 흑룡— 티오였다.

달빛이 넘실거리는 운해를 헤엄치듯 나는 모습은 장엄했고, 거기에 윤기 흐르는 흑린(黑鱗)과 자유로운 유려한 비행이 어우러져 보는 이를 사로잡는 아름다움을 갖췄다.

그런 그녀의 등에는 검은 외투와 흰 머리카락을 나부끼는 소년— 하지메가 타고 있었다. 티오의 등에 앉아 편안하게 눈에서 힘을 풀고 있었다.

"그래. 드래곤을 타고 드높은 하늘을 누빈다…… 설마 그런 옛날이야기에나 나올 체험을 하게 될 줄은 몰랐어. 최고야. 고마워, 티오."

평소와 달리 솔직한 감사에 티오는 쑥스러운지 꼬리를 흔들었다.

그리고 기쁨을 숨기지 못하고 말했다.

『감사할 필요 없다. 주인님이 올라탄 것만으로 나는…… 허억허억, 으헤헤.』

거기에 대한 하지메의 한마디.

"야, 잡룡. 그냥 넌 평생 말하지 마라."

『……?!』

신비로운 밤의 세계에 왠지 기쁨의 포효가 울려 퍼졌다.

◆취하지 않을 만큼만 마셔라, 제발

"좋아, 다들 자리에 앉았지? 그럼 70층 전이진 발견을 기념해 축배를 들겠다!"

【여관 마을 호르아드】에 있는 술집에서 【하일리히 왕국】 기사단장 멜드의 쾌활한 목소리가 울렸다. 이곳은 멜드가 추천하는 가게였다. 전세를 내진 않았으나, 대미궁 공략이 진행된 축하연을 위해 공략 팀 전원이 모였다.

자리에 나온 요리는 왕국 기사단장이 추천하는 곳답게 모두 맛이 뛰어났다. 함께 나온 호박색 음료도 식욕을 더욱 자극했다.

카오리는 축하연을 열 시간에 훈련을 하고 싶어 마음이 급했으나 호박색 음료가 굉장히 마음에 들었는지 꿀꺽꿀꺽 들이켰다.

사실 이세계에 있는 술의 일종이며 무알코올 술이면서도 술에 취한 것과 똑같은 감각을 느낄 수 있는 음료였다. 평소 훈련을 잠깐이나마 잊고 기분 좋게 마시기 바란다는 멜드 단장의 배려였다.

그 결과—.

“제 말 듣고 계세요, 멜드 씨? 제가 기껏 나구모의 장점을 알려드리는데 지금 무시하세요? 네? 뒤통수에 몰래 회복 마법 걸어 버립니다?”

“아, 아니, 카오리, 다 듣고 있어. 그보다 그건 협박이냐? 회복 마법을 걸어도 건강해질 뿐인데 무슨 의미가—.”

“의미가 없다뇨? 너무해! 나구모가 어떻게 되든 관심도 없다는 거죠! 멜드 씨, 정말 못 됐어! 누가 기사단장 아니랄까 봐! 너무해!”

“지, 진정해, 카오리. 아까부터 말이 오락가락해. 그보다 못된 것과 기사단장이 무슨 상관—.”

쇠귀에 경 읽기였다. 카오리는 눈이 핑글핑글 도는 새빨간 얼굴로 백장을 휘두르며 멜드에게 주정을 부렸다. 조금 위험한 속도로 스윙하는 백장에서는 왠지 반짝! 반짝! 하고 귀여운 효과가 나왔다.

그 빛은 불행히도 풀 스윙의 희생양이 되어 날아간 낯선 모험가나 점장, 엔도 코스케에게 닿아 그들을 순식간에 회복시켰다.

멜드는 한숨 쉬면서도 무차별 구타의 피해자와 마법 소녀 같은 효과를 뿌리는 카오리를 달래려고 손을 뻗었다. 그러나—.

“흑, 히끅, 단장님~.”

“어이쿠, 시즈쿠? 아니, 왜 울어?!”

바닥에 다리를 W자로 하고 주저앉은 시즈쿠가 멜드의 바짓가랑이를 잡으며 눈물을 뚝뚝 흘리고 있었다. 깜짝 놀란 멜드가 강풍을 동반한 백장을 피해 쭈그리며 시즈쿠와 눈높이를 맞췄다.

"이제 다 싫어! 나 집에 갈래애애! 으아아아아앙!"

"이, 이봐, 시즈쿠?!"

"아빠아아아, 으아아아앙!"

"아, 아빠?! 그건 좀…… 앗, 잠깐만, 울지 마라, 시즈쿠! 제길, 카오리는 취하면 폭력을 휘두르고 시즈쿠는 유아 퇴행한 뒤 우는 타입인가?!"

옷을 잡고 혀 짧은 소리를 내며 엉엉 우는 쿨 뷰티 시즈쿠 때문에 멜드는 이 사태를 어떻게 해결해야 할지 막막했다.

그래서 모두의 믿음직한 형인 멜드는 뒤에서 내리친 백장을 두 손으로 잡으면서 용사를 불렀다. 한심하게도 자기는 감당할 수 없다고 바로 포기한 것이다.

"야, 코우키! 네 소중한 소꿉친구를—."

"천상섬!"

그 순간 순백색 참격이 가게 벽을 갈라 버렸다.

"야아아아아?! 코우키, 너 뭐 하는 거냐?!"

눈알이 튀어나올 것처럼 놀란 멜드가 바락 소리쳤다.

하지만 코우키는 눈이 핑글핑글 도는 새빨간 얼굴로 한순간 진지한 표정을 짓더니—.

"보인다. 내게도 적이 보여! 간다. 천상섬! 천상섬! 천상섬!

또 천상섬! 계속해서 천상섬! 얼쑤, 천, 사앙, 서어어어어엄!"

그렇게 외치면서 가게 안에 빛의 참격을 난발했다!

"진정해! 아앗, 벽이, 천장이, 게다가 점장과 낯선 모험가와 코스케가!"

천상섬에 말려들어 날아간 불쌍한 피해자들이었다. 특히 거구 스킨헤드 점장의 눈가에 고인 반짝이는 액체는…… 참으로 연민을 자아냈다.

"아아, 내 단골 가게에 무슨 짓을……. 큭, 류타로! 미안한데 저것들을 말리게 도와—."

"흡, 봐라! 내 이 근육을!"

류타로는 별생각 없이 류타로에게 도움을 청했으나, 돌아본 곳에는 왠지 상반신을 탈의한 류타로가…….

심지어 뭔지 모를 포즈를 잡고 있었다! 흔히 사이드 체스트라고 불리는 자세였다. 그윽하게 미소 지은 류타로의 이가 반짝 빛났다.

"너는 또 뭐야?! 옷은 어쨌어?!"

"멜드 단장님, 당신의 근육은 대단해. 하지만 이 세계에 와서 계속 단련한 내 육체는 당신에게 밀리지 않아!"

"무슨 뚱딴지같은 소리야?! 앗, 이 멍청아아아아! 아래는 벗지 마!"

멜드가 절규했다. 근육 바보가 씩 웃으며 갑자기 바지를 벗는데 비명이 안 나올쏘냐. 일단 팬티는 입었으므로 간신히 치명사급 시각 테러는 면했다. 그러나 더블 바이셉스를 원 없이 선보인 류타로는 「크, 날 가리지 마라, 이 녀석!」이라며 최후의 방어선에도 손을 댔고…….

"에잇, 용사의 친구를 공연음란죄로 체포할 수는 없다!"

멜드는 무영창에 가까운 속도로 마법 돌풍을 일으켜 가까스로 류타로를 날려서 최악의 사태를 피했다.

그러나 용사 파티의 물리 특화 요원이 그 정도로 뻗을 리 없었다.

"제, 제법이군, 멜드 단장님! 하지만 난 안 져!"

그러면서 역시나 벗으려고 했다. 멜드가 당황해서 류타로를 말리려고 했지만―.

"내 이야기 들어요!"

"으아아앙, 아빠아아아아!"

"윽?! 이것 봐, 카오리! 날 묶어서 어쩔 셈이냐?! 아아, 시즈쿠! 이제 아빠든 뭐든 좋으니까 울음 뚝 그쳐! 자, 코 팽 풀어! 앗, 카오리! 지팡이로 찌르지 마! 앗, 공격이 더 예리해졌어?! 이 정도면 창술 천직을 가진 수준이라고! 어떻게 된 거냐?!"

어느샌가 몸을 묶은 빛의 사슬과 매달리는 시즈쿠에게 붙잡힌 멜드는 시시각각 날카로워지는 카오리의 백장 연속 찌르기를 상반신만 움직여 피하면서 한 손으로 바람을 날려 류타로의 탈의를 저지했다.

아무래도 이세계의 술은 용사 일행에게 맞지 않았나 보다. 이럴 줄 알았으면 마시게 하는 게 아니었다며 멜드는 후회막심이었다.

"앨런, 카일, 누구든 상관없다! 아이들을 막, 아?"

유능한 부하들의 이름을 불렀다. 그러나 반응이 없어 당황하며 주위를 돌아보았다.

"아, 아무도 없어……?"

이미 아무도 없었다. 자랑스런 부하들은커녕 나가야마 파티도, 스즈와 에리도, 그리고 다른 모험가들조차 없었다. 가게 안쪽에서는 스킨헤드 점장과 엔도가 반짝이 효과를 받으며 움찔움찔 경련 중이었다.

사실 코우키가 『천상섬』을 연발하고 류타로가 옷을 벗기 시작한 시점에서 멜드의 오른팔 격인 기사 앨런이 모든 인원을 대피시켰다. 지금쯤 그들은 기사 앨런의 단골 가게에서 다시 축배를 들고 있을 것이다. 피해를 끼친 사죄로 다른 모험가에게도 한턱 쏘면서…….

"우에에에엥, 나 외로워. 아빠아아아아아!"

"듣고 있어?! 응?!"

"우오오오오, 천상서어엄!"

"다들 봐! 이 광배근을! 끝내주지?!"

멜드는 믿었던 부하들의 배신과 주정뱅이 용사들 때문에 혼이 나갈 것만 같았다.

"신이시여, 왜 이런 시련을 내리시나이까……."

그 말은 소음에 묻혀 허무하게 사라졌다.

이튿날 아침, 새하얗게 불탄 멜드 단장과 누가 이런 짓을 했냐며 분기탱천하는 용사 일행이 목격됐다나 뭐라나…….

◆취하지 않을 만큼만 마셔라②

"분홍색 꽃나무…… 벚꽃이 생각나는군."

여행 도중 문득 눈에 띈 나무 한 그루를 보며 하지메는 그렇게 감상을 말했다.

큰 나무였지만 키는 별로 크지 않고 옆으로 넓게 퍼졌다. 가지에 핀 꽃은 연한 분홍색에 모양도 하트처럼 보였다.

"정말. 그러고 보니 올해는 다들 급한 일이 생겨서 꽃구경을 못 갔지. 시즈쿠가 엄청 기대했었는데……."

하지메가 중얼거린 말을 카오리가 받았다. 둘은 그리움에 젖은 눈으로 벚나무와 닮은 그것을 바라봤다.

"……벚꽃? 꽃구경?"

"하지메 씨 세계의 꽃인가요?"

"가만 들어 보니 해에 한 번 그 벚꽃이란 걸 보러 가는 관습이 있나 보군?"

유에, 시아, 티오가 궁금해하며 물었다.

품에 안은 뮤도 호기심에 찬 눈으로 올려다보았다. 하지메는 뮤에게 살짝 미소 지어 보이면서 벚나무는 고향을 대표하는 식물이고 매년 때가 되면 꽃이 만발하기 때문에 다들 꽃구경을 하러 간다고 설명했다.

"사실 꽃을 구경한다는 명목으로 술판을 벌이는 게 주목적이지만. 꽃구경 시기는 한 해의 시작을 알리는 계절이기도 해. 그래서 일단 꽃을 빌미로 떠들고 노는 거지."

"반박하기 힘들지만…… 정말로 꽃을 보는 게 목적인 사람도 있어."

급성 알코올 중독으로 병원에 실려 가는 젊은이의 보도를 떠올렸는지 카오리는 씁쓸하게 웃으면서 일단 해명했다.

"꽃을 구경하면서 놀아……? 하고 싶어! 아빠, 아빠! 꽃구경 할래!"

"뭐? 그걸 굳이? 그냥 나무 아래에서 먹고 떠드는 게 전부인데?"

"그래도 할래! 하고 싶어!"

뮤가 팔에 안겨 버둥버둥 떼쓰자 하지메는 난감한 표정으로 동료를 돌아봤다.

딱히 서두를 일정도 없었다. 오히려 【바다 위 마을 에리센】에 도착하면 뮤와 헤어져야 해서 추억을 하나라도 더 만들어 주고 싶은 기분도 들었다.

"……응. 괜찮지 않을까? 꽃 아래에서 피크닉. 마침 점심때이기도 하고. 무엇보다 하지메와 카오리만 공유하는 추억 같은 건 있으면 안 돼."

"유에? 그런 건 일일이 말하지 않아도 돼."

"……차라리 카오리와 쌓은 추억 따위 없어져 버리라지."

"무슨 말을 그렇게 해! 유에, 심술쟁이!"

하지메는 카오리가 동행한 후로 수시로 보게 된 싸움을 무시하고 시아와 티오에게 시선을 돌렸다. 두 사람도 싫지는 않은 분위기였다.

결국 시간도 적절하고 큰 수고도 아니라는 이유로 급작스레 이세계판 벚꽃 구경을 하게 됐다.

시아가 평소보다 공들여 요리를 만들고 티오와 카오리가 거들었다. 하지메와 유에, 뮤는 열심히 자리를 깔았다.

약 30분 만에 이세계판 벚꽃 아래에는 폭신한 큰 시트와 간이 테이블, 그리고 그 위에는 상다리가 부러지도록 요리가 놓였다.

유에가 마무리를 알리듯 손가락을 뻗어 마법의 말을 속삭였다. 산들산들 부는 바람은 이세계판 벚나무를 부드럽게 매만져 그 앙증맞고도 아름다운 꽃잎을 공중의 댄스로 초청했다.

하늘하늘 춤추며 노는 수많은 꽃잎이 환상적인 세계를 연출했다.

"와아, 예쁘다~."

뮤가 순수하게 감탄했다. 그런 뮤의 조그만 코끝에 꽃잎 한 장이 톡 떨어졌다. 왠지 그것을 떨어뜨리지 않으려고 쩔쩔매는 뮤의 모습이 훈훈하여 하지메를 포함한 일행이 모두 절로 웃음을 흘렸다.

평화롭고 따스한 시간이었다.

그때까지는…….

—약 한 시간 후.

"듣고 계세요, 하지메 씌? 저는 말이져, 지금 아주 진지한 이야귀를 하눈 거라구여! 애초에 하지메 씌는—."

"주인님 곁은 편안하구나. 조금만 더 곁에 붙어도 되겠느냐?"

"……하지메에. 왜 눈을 돌려어? 여기 봐. 꽉 안아줘어."

"하지메는 바보야! 왜 여자한테 둘러싸여 있어! 내가 이렇게 좋아하는데! 우와아아아아앙!"

새빨간 얼굴로 토끼 귀를 쭉 세운 시아가 왠지 벚나무를 향해 잔소리를 늘어놨고 평소 변태성은 어디로 갔는지 티오가 이상하게 야시시한 분위기로 몸을 기대어 왔다.

그리고 그런 그녀들을 돌아보자 조금 전부터 껌딱지처럼 달라붙는 유에가 울먹거리며 어린애처럼 아양을 떨었고, 카오리는 엉엉 울면서 백장으로 고속 찌르기를 날려 댔다.

"왜 이렇게 됐지……."

머리를 쥐어뜯는 하지메 옆에는 술병이 몇 개 굴러다녔다.

소독용으로도 쓰는 도수 높은 고급술이었다. 좋은 기회니까 마셔 보자고 뚜껑을 땄는데, 이게 상상 이상으로 맛있어서 그만 과음해 버렸다. 그 결과, 여성 멤버 전원이 술주정을 부리는 상황이 된 것이었다. 참고로 뮤는 나무 위로 대피한 뒤였다. 위에서 아주 혐오스러운 것을 보는 눈으로 언니들의 추태를 지켜보고 있었다.

"이, 이봐, 티오. 일단 떨어져. 유에가 울잖아."

"나는 울어도 괜찮은 것이냐?"

"놔두면 더 기뻐하는 변태 주제에."

평소처럼 습관적으로 험한 말을 던졌지만 그 후 심하게 당황스러운 상황이 펼쳐졌다.

"……흑, 훌쩍. 너무하는구나. 우우, 하지만 주인님이 그러길 바란다는데 어쩌겠는고. 나는 빠지마."

티오는 당장에라도 사라질 것처럼 덧없는 분위기를 내며 살며시 멀어져 갔다.

하지메는 마음속으로 외쳤다. 너 그런 캐릭터 아니잖아, 라고……. 정말로 우는 티오에게 제법 죄책감을 느끼면서…….

"그보다 카오리! 아까부터 짜증 나! 왜 공격하고 난리야! 그것도 장난 아닌 위력으로! 이미 치유사의 봉술이 아니야!"

"으아아아앙! 하지메가 나보고 짜증 난대애애애애! 하지메는 바보야아아아! 왜 몰라주는 거야!"

그렇게 말하고 폭포처럼 눈물을 쏟는 카오리가 내지른 찌르기는 이마, 목, 심장 세 부위를 거의 동시에 가격하는 가공할 기술이었다.

'삼단 찌르기?! 네가 신선조 1번대 대장이냐?!'

속으로 격렬하게 소리친 뒤 의수로 간신히 다 튕겨 냈다. 동시에 그 의수에서 발사된 앵커를 교묘하게 조종해 카오리 몸에 감았다. 강력한 와이어로 꽁꽁 묶인 카오리는 그 상태에서도 반격으로 빛의 사슬을 무수히 사출했다.

하지메는 퍼뜩 껌딱지 유에를 안은 채 회피했다. 그 와중에 유에는 또 무슨 착각을 했는지, 하지메 가슴에 얼굴을 묻고 「아앙. 하지메, 격렬해」라는 영문 모를 소리를 늘어놓았다.

"주인님에게 버려졌다……. 이렇게 된 이상 아이만이라도 만들어서……."

변태성을 잃고 나무 아래에서 삶을 비관하던 티오가 천천히 일어나 옷을 벗기 시작했다.

야외에서 옷을 벗는 티오. 통곡하며 무시무시한 포박술(?)을 난사하는 카오리. 하지메의 허리에 손과 발을 둘러 미동도 하지 않고 망상 세계에 빠진 유에. 아직도 나무에 대고 잔소리하는 시아…….

"아빠~, 언니들이~."

"뮤, 기억해 둬. 술은 취하지 않을 만큼만 마셔. 언니들처럼 되면 안 돼! 아빠랑 약속이야!"

"알았어~. 그치만 마시게 한 사람은 아빠였던 거 같아~."

"그랬지. 미안하다!"

나락의 괴물이 사죄하는 진풍경이었다.

혼돈이 심화되는 환상적 꽃구경 현장에서 술주정뱅이들을 제정신으로 되돌리려고 분투하는 아빠의 고함과, 그런 아빠를 나무 위에서 열심히 응원하는 소녀의 목소리가 계속 메아리쳤다.

◆그 잊지 못할 온기

석양 비치는 부둣가에 부드러운 바닷바람을 맞으며 작은 사람이 앉아 있었다.

【바다 위 마을 에리센】은 바다 중간에 있기 때문에 마을 외곽은 모두 부두로 이루어졌지만, 그 작은 사람은 적당한 시간

에 홀연히 찾아와서 항상 대륙 쪽과 면하는 부두에 앉았다. 그리고 몇 시간 동안 우두커니 대륙 쪽을 바라봤다.

마치 누군가를 그리워하듯이. 혹은 누군가를 맞이하려고 기다리듯이. 먼 곳을 보며 조용히…….

어린 나이에 어울리지 않게 어른스러운 분위기마저 느껴지는 그 소녀― 뮤는 이 【바다 위 마을 에리센】에서 제법 유명인이었다.

원래 어머니인 레미아와 함께 미인 모녀로 통했으나 얼마 전 있었던 소동으로 한층 더 사람들의 주목을 받게 됐다.

그래서 일을 마치고 정리하는 에리센 주민들은 오늘도 부둣가 끝에 홀로 걸터앉은 뮤에게 걱정스러운 눈길을 보냈다.

"뮤, 재 괜찮은 거야?"

"그 사람들이 떠나고 매일 저 모양이니 원."

"허 참, 뮤가 얼마나 외로우면 저러겠어. 무책임한 백발 자식."

"그러게 말이야. 뮤한테 아빠라고 불리는 부러운― 어험, 불리는 주제에 그냥 두고 가 버릴 게 뭐야."

"암, 아빠라고 불릴 자격도 없지. 내가 아빠라면 절대로 안 그럴 텐데. ……차라리 내가 아빠가―."

"인마, 네 앞가림도 못 할 벌이로 뮤 아빠가― 레미아의 재혼 상대가 될 수 있겠냐? 네 주제를 생각해."

"너, 말이 너무 직설적이잖아! 더 돌려서 말해! 내 마음이 상처 입는다고!"

뮤 아빠로 입후보한 해인족 청년이 가슴을 붙잡고 바닷속으로 사라졌다. 아마 눈가에 맺힌 짠 물방울을 바닷물에 숨기러 갔으리라.

그런 그를 놔두고 해인족 남자들은 갑자기 나타난 뮤의 아빠이자 레미아가 남다른 호감을 보이던, 어디서 굴러먹다 왔는지 모를 개뼈다귀를 떠올렸다.

몰래 레미아의 재혼 상대가 되려고 물밑에서 다투던 에리센 남자들에게는 그야말로 청천벽력 같은 사태였다. 그것을 일으킨 것이 그 백발 안대 소년이었다.

땅을 차기만 해도 부두가 파괴되고, 여러 미녀와 전설의 흑룡까지 거느리고, 불평을 조금 뱉기만 해도 심장이 얼어붙는 위압감을 내며, 조금만 주변을 어슬렁거려도 작렬음과 함께 엄청난 위력의 섬광을 뿜는 흉악하기 짝이 없는 그 자식…….

"……무서웠지, 그 녀석."

"난 분명히 수명이 줄었을 거야."

"불평 한마디 했을 뿐인데 말이야. 인간이 뭐 그래?"

"그렇지? 부두에 함정을 파거나 그 녀석 수영복에 구멍을 내려고 했을 뿐인데 폭파시키려고 들어? 머리가 어떻게 된 거지."

"나는 살짝 썩은 생선을 먹이려고 했을 뿐인데 감전시키고 100미터나 던져 버렸어. 그렇게 속 좁은 인간도 없을 거야."

남자들은 백발 안대 소년에게 각인된 공포와 상하 관계에 내심 부들부들 떨면서도 그것을 숨기려고 불평을 늘어놓았다. 에리센 여성들이 그런 그들을 진심으로 한심하게 바라보는 것도 그들은 깨닫지 못했다.

그리고 또 한 명, 에리센의 소녀가 그것을 듣고 있다는 것도 깨닫지 못했다.

"아빠 이야기야?"

"으악?!"

"뮤?! 언제부터?!"

어느샌가 바로 옆에 서 있는 뮤 때문에 남자들은 소스라치듯 놀랐다. 곁에 있는 조그만 뮤는 에리센 주민들이 사랑하는 순진한 미소를 짓고 있었다.

짓고, 있었지만…… 왜일까? 왠지, 조금 무서웠다.

"아빠 이야기야? 무슨 이야기?"

천진난만하게 다시 묻는 뮤에게 남자들을 말을 흐렸다. 뮤 앞에서 그 개뼈다귀를 욕하면 안 된다는 상식 정도는 있었다. 그러나 노리던 모녀의 마음을 낚아챈 녀석을 띄워주고 싶지도 않았다.

얼버무리려고 웃으면서 화제를 전환하려는 한심한 그들은 다음 순간 표정이 돌처럼 굳어 버렸다.

"아! 알았다! 아빠한테 시비 걸었는데 상대도 안 해주고 날아갔을 때 이야기야! 그거 엄청 재밌었어!"

"크헉."

날아갔던 남자가 가슴을 부여잡고 쓰러졌다.

"어라? 아니야? 응~, 아, 알았다! 아빠한테 『쩨쩨한』 장난을 치려다가 날아갔을 때 이야기야! 그것도 재미있었어! 엄마도 「좀스러운 남자들이네~」라면서 웃었어!"

"쿨럭?!"

"히잉."

이어서 여러 남자가 마음에 심각한 대미지를 입고 쓰러졌다.

싱글싱글 웃으며 마음에 바람구멍을 내는 소녀 건너— 뮤. 남자들은 두려움에 떨고 식은땀을 뻘뻘 흘리면서 뒷걸음쳤다.

하지만 소녀는 그에 맞춰 전진했다. 사냥감을 몰아세우듯이. 싸움에서는 자비를 베풀지 않는다. 이것도 사랑하는 아빠에게 배운 것이었다.

"으응, 그런데 좀스럽다는 게 무슨 뜻이야?"

뮤는 고개를 갸웃거리면서도 쓰러지거나 부두 끝으로 내몰려 식은땀을 흘리는 남자들 한 명 한 명을 마치 관찰이라도 하듯 물끄러미 바라봤다.

그리고 별안간 깨달은 것처럼 고개를 끄덕이고는 환하게 웃었다.

"알았다! 아저씨들처럼 한심한 사람이야!"

이야~, 이야~, 이야~. 바다에 뮤의 귀여운 목소리가 메아리쳤다.

뮤 앞에는 혼이 빠진 시체들이 굴러다녔다. 네 살배기 유아가 면전에서 『한심하다』라고 했으니까 마음이 찢어지는 것도 당연지사였다.

뮤는 그런 그들을 손가락으로 쿡쿡 찔렀다. 적의 생사도 확인하지 않고 방심하면 치명적인 실수로 이어진다는 아빠의 가르침은 똑바로 실천했다.

“반응이 없어. 그냥 시체 같아.”

뮤는 싱글 웃고는 발길을 돌려 후다닥 달려갔다.

그 후에 남은 것은 많은 시체와 상쾌한 바닷바람, 그리고 자업자득이라고 생각하면서도 누구보다 어리광쟁이에 외로움을 많이 타던 뮤의 엄청난 성장을 보고 「뮤, 무서운 아이!」라며 전율하는 부인들뿐이었다.

기운차게 집으로 돌아가는 뮤에게 사람들은 족족 말을 걸었다.

“안녕, 뮤. 오늘도 건강해 보이네!”

“뮤, 이거 가져갈래?”

“아, 뮤. 그렇게 뛰면 위험해!”

누구나 뮤에게 마음을 썼다. 뮤는 뛰어가다가도 그 사람들에게 모두 멈춰 서서 대답했다.

해인족도 다른 아인족처럼 동족간의 정이 강했다. 이들은 남의 자식이라도 자기 아이와 다를 바 없이 애정을 줬다. 하지만 뮤에 대한 정은 특별히 강해 보였다.

절망적인 상황에서 생환하기도 했지만 그 이상으로 뮤의 낯가림 없는 성격, 자연스럽게 상대를 웃게 하는 분위기, 어리광쟁이에 외로움도 많이 타지만 왠지 모르게 전해지는 강한 마음이 단순한 동족의 정 이상으로 사람을 끌어당기는지도 몰랐다.

해가 거의 수평선 너머로 넘어갔을 무렵, 겨우 집에 도착한 뮤는 저녁 식사 냄새에 앙증맞은 코를 킁킁거렸다.

"다녀왔습니다!"

"어머, 어서 오렴, 뮤. 오늘도 부두에 갔었니?"

레미아가 미소 지으며 뮤에게 물었다. 뮤는 대답하면서 까치발을 들어 조리대를 들여다봤다. 샐러드와 수프, 그리고 소스에 담근 고기가 있었다.

뮤의 눈이 초롱초롱 빛났다.

"이제 굽기만 하면 되는데, 바로 먹을래?"

"엄마는 뭘 몰라. 목욕이 먼저야."

"어머나, 그래?"

진지한 얼굴로 고개를 끄덕이는 딸을 보고 레미아는 참지 못하고 웃음을 흘렸다.

"뮤는 목욕을 참 좋아하네?"

"목욕은 좋은 거야. 『인류가 낳은 최고의 문화』야."

"그러니? 우후후."

꽤 어려운 말을 안다. 십중팔구 아빠의 영향이겠거니, 하고 레미아는 한 번 더 웃었다.

참고로 해인족에게는 따뜻한 물에 몸을 담그는 문화가 없고 차가운 물로 하는 샤워가 주류였다. 바다에 적합한 그들의 몸은 저온의 물에도 거부감을 느끼지 않았다. 따뜻한 물은 편안하게 느끼지만 비용과 필요성의 문제로 보급되지 않았다.

그러나 이 집에 한해서는 목욕 설비가 완비되어 있었다. 희대의 연성사가 딸을 위해서 더없이 완벽한 욕실을 준비해준 덕분이었다. 이곳의 욕조는 불과 1분 만에 적정 온도의 물을 채울 수 있었다.

옷을 벗은 모녀가 함께 욕조에 들어갔다. 참방 소리를 내며 천천히 물에 잠기자 찌릿하게 침투하는 열기가 온몸을 감쌌다.

"으응……."

레미아의 입에서 이상하게 요염한 소리가 흘러나왔다. 이곳에 레미아를 마음에 둔 남자들이 있었다면 즉시 과다출혈로 대참사가 벌어졌을 것이다.

뮤도 참는 소리를 내며 어깨까지 잠긴 뒤 레미아가 「후우」라고 기분 좋게 한숨을 뱉은 그때—.

"크아~, 시원하다아아~!"

"……어머나."

뮤에게서 심히 아저씨 같은 소리가 나왔다. 십중팔구 아빠의 악영향일 것이다.

그 후에도 몸을 씻는 몸짓이나 욕조 속에 몸을 기대는 폼이 묘하게 남자 같은 뮤에게 레미아는 지금까지 몇 번인가 주의를 줬으나 결과는 썩 신통치 않았다.

그렇게 목욕을 마치고 뮤는 쏜살같이 하지메가 만들어준 냉장고로 가서 우유를 꺼냈다.

여기서 할 것은 단 하나. 다리를 벌리고 서서 한 손을 허리에, 그리고 우유를 단숨에 들이켰다. 꿀꺽꿀꺽 호쾌하게 목을 울리며 한 병을 비우고 흰 수염을 만든 뮤가 한마디 했다.

"푸하. 이 한 병을 위해 산다!"

"……어머나. 정말로 얘도 참."

아빠의 악영향은 지대했다. 레미아의 웃는 얼굴에 뭔지 모를 박력이 서렸다.

아무튼 겨우 저녁 식사 시간이었다.

레미아는 뮤에게 재촉받아 서둘러 저녁을 완성했다.

꼬치구이였다. 그냥 고기구이가 아니었다. 굳이 꼬치구이였다. 꼬챙이가 없으면 안 된다. 뮤로서 그 점은 양보할 수 없었다.

뮤는 완성된 꼬치구이를 우물우물 먹었다. 이번에도 먹는 폼이 어딘지 모르게 와일드했다.

"목욕하고 먹는 꼬치구이. 이게 정의야!"

레미아의 웃음에 박력이 더해졌다. 언젠가 아빠가 돌아오면 어떻게 할까 생각하면서…….

아무래도 하지메 아빠는 레미아 엄마에게 아저씨처럼 변하는 딸에 관해 엄한 책임 추궁을 받게 될 것 같았다.

절망적인 상황에서 가까스로 살아나 처음으로 맛본 온기와 음식.

뮤는 그 온기와 맛을 평생 잊지 못할 것이다.

그리고 짧은 시간이나마 사랑하는 아빠와 언니들이 보여준 힘, 상냥함, 그 커다란 등을— 결코 잊지 않을 것이다.

제2장 ◆ 흔해빠진 마법 학교 편

◆흔해빠진 마법 학교 1 방과 후 특별 수업

불타는 오렌지색 석양이 드는 복도. 하루의 마지막을 알리는 햇빛이 강한 음영을 만들었다.

애수와 안도감, 그리고 약간의 야릇함을 품은 이 시간대에는 보통 인적이 적어지고 외부에서 동아리 활동을 하는 학생들의 목소리만 흐릿하게 들려올 뿐 교내는 무척 고요했다. 그 증거로 복도에 있는 교실 문은 하나같이 닫혀 있었다.

방과 후 정적에 싸인 이곳은 어떤 세계, 어떤 나라에 있는 【마법 학교】였다. 귀족뿐 아니라 평민과 아인에게도 널리 개방되어 입학시험에 합격하면 누구나 입학할 수 있는 세계 최대 규모의 학교였다.

그런 마법 학교의 방과 후, 본래대로라면 이미 사람이 없을 한 교실에 두 사람이 마주 앉아 있었다.

한 사람은 백발 안대 소년. 그는 책상 앞에서 펜을 쥔 채 왠지 식은땀을 흘리고 있었다. 몹시 긴장한 기색이었다. 흡사 야생동물 앞에서 언제 잡아먹힐까, 어떻게 도망칠까 기회를 엿보는 것처럼도 보였다.

"서, 선생님. 선생님이 내준 과제는 일단 끝났어. 이제 돌아가도 되지?"

백발 안대 학생— 나구모 하지메가 식은땀을 흘리게 하는 원흉에게 방과 후 보충수업은 끝나지 않았냐고 확인했다. 그러나—.

"……안 돼. 아직 안 끝났어."

말수는 적으나 이상하게 열띤 목소리로 그렇게 말한 건 이 마법 학교의 교사, 유에 선생님이었다.

외모는 오히려 학생보다 어린 소녀 같았지만 분위기가 압도적이라 할 만큼 요염했다. 사실 그녀는 300년을 살아온 엄연한 성인 여성이자 흡혈귀였다. 그래서 겉모습은 어려도 가슴까지 푼 블라우스와 은테 안경 너머로 엿보이는 젖은 눈망울, 스타킹에 싸인 가느다란 다리를 때때로 의식해서 바꿔 꼬는 것에 불필요할 정도로 색기가 넘쳤다.

원래 금실처럼 아름다운 볼륨 있는 머리카락과 홍옥색 눈동자, 도자기 인형으로 착각할 미모의 소유자이기도 하여 그 성적 매력은 흉악할 정도로 승화됐다.

"……아니, 왜? 과제는 다 끝냈잖아. 이 이해하지 못할 과제를, 진지하게 했잖아! 이제 그만 돌려보내줘."

그러면서 하지메가 과제 용지를 유에 선생님에게 내밀었다. 그 용지에는 한 문제도 빠짐없이 답안이 채워져 있었다.

다만…….

—Q1. 당신의 여성 타입은?

—Q2. 연상 여성은 어떻게 생각하는가?

—Q3. 금단의 사랑은 괜찮은가?

아무리 봐도 마법 학교 수업과는 관계없는 문제였지만, 색기 넘치는 미모의 여교사는 명백하게 눈앞의 학생을 포식 대상으로 보고 있었다.

"……아직 돌아가면 안 돼. 지금부터 한 문제씩, 찬찬히 답안을 확인해야 해."

"그야 정답인지 아닌지 아는 사람은 나뿐일 테니까. 하지만 전부 적어 놓은 대로야."

"……그걸 지금부터 확인할 거야. ……네 몸으로."

몸을 앞으로 내밀며 그대로 하지메 무릎 위에 걸터앉아 혀를 날름거렸다. 유에 선생님의 색기는 멈추지 않는다! 들쳐진 치마, 무릎을 누르는 엉덩이의 부드러운 감촉, 목에 두른 가느다란 팔, 코를 간지럽히는 달콤한 향기…….

하지메의 이성군(軍)이 벌써 적극적 항복을 시작했다!

왜냐하면 하지메도 유에 선생님에게 홀딱 반했으니까! 의미 모를 문제에 진지하게 대답할 정도로! TPO를 지키려고 애쓰는 이성군 따위 쉽게 와해되는 것이 당연했다.

설마 이대로 금단의 세계로 돌입하는가, 싶었던 바로 그때—.

"그런데 웬걸! 그렇게는 안 되죠, 유에 선생님! 『나구모 하지메 독점 금지법』을 어길 생각인가요!"

와장창 소리를 내며 아무 죄 없는 교실 문을 죽음으로 몰아넣은 것은 토끼 귀 여학생— 시아 하우리아였다.

"그런 금지법은 처음 듣는데."

하지메가 더 말을 이으려고 하나, 그전에 유에 선생님이 「법은 어기기 위해서 있다!」라고 말하듯 하지메의 머리를 가슴팍으로 꽉 끌어당겨 불발로 끝났다. 하지메는 한 방에 녹아내렸다.

"으으으. 철판을 깔 생각인가요, 유에 선생님! 그렇다면 저한테도 생각이 있어요! 신체 강화 최대! 힘으로 하지메 씨를 접수하겠어요!"

"……응. 나쁜 학생에게는 벌을 줘야지. 학생 지도실로 보내줄게."

"맘대로 지껄여, 예요! 학생을 홀리는 나쁜 여교사에게 천벌을 내려주겠어요!"

일촉즉발. 초인적 신체 강화를 사용하는 특별 장학생과 학교 최강의 마법 교사가 일말의 주저도 자비도 없이 내뿜는 어마어마한 압박감에 방과 후 교실이 마굴로 변했다.

이건 말리지 않으면 위험하겠다 싶어 하지메가 유에 선생님의 가슴에서 고개를 들었지만…….

그 순간 허벅지가 무릎을 꽉 조이고 부드러운 가슴에 얼굴이 묻혔다. 하지메가 다시 녹아내렸다. 정말 도움 안 되는 인간이었다.

유에 선생님이 하지메의 무릎 위에 탄 채로 한 손을 내밀었고 시아가 학의 자세처럼 두 팔을 벌리고 한쪽 발을 들었다. 그렇게 여자의 전쟁이 시작되려던 찰나.

—휙.

바람을 가르는 소리를 내며 무수한 빛의 십자가가 두 사람(녹아내린 하지메를 포함하면 세 명)에게 쇄도했다.

놀란 시아와 유에 선생님은 저마다 주먹과 마력탄으로 받아쳤지만, 그 타이밍을 기다린 것처럼 하지메의 다리로 빛의 사슬 몇 가닥이 뻗었다. 그 사슬은 유에 선생님과 하지메를 억지로 떼어놓고, 유에 선생님은 대충 던져 버린 뒤 하지메를 교실 문으로 끌고 갔다.

"하지메, 괜찮아?"

유에 선생님의 육체에 넋이 나간 하지메는 사슬이 풀린 순간 확 당겨져 다시 몰캉몰캉한 감촉에 휩싸였다.

유에 선생님과는 다른 달콤한 향기를 맡고 시선을 올리자 그곳에는 상냥하게 미소 짓는 낯익은 여학생— 시라사키 카오리가 있었다. 하지메가 무슨 말을 하려고 입을 열었다. 하지만—.

"앗, 우응. 하, 하지메…… 간지러워."

볼을 붉힌 카오리가 뜨거운 숨을 토하며 몸을 움찔 떨자 반사적으로 입을 다물었다. 하지메는 그럼 놔달라고 눈으로 호소했으나 어느샌가 빛의 사슬이 카오리와 자신을 함께 묶은 것을 깨달았다.

카오리가 하지메를 놓아줄 생각이 없는 것은 일목요연했다. 유에 선생님에게서 구했다기보다 강탈해 왔다는 느낌이었다.

"……카오리, 배짱 좋아. 시아랑 사이좋게 지도실로 보내주겠어."

"지도가 필요한 건 학생을 빼앗는 선생님 쪽 아닐까? 응?"

"군말 필요 없어요. 여기서 두 사람을 날려 버리고 제 단독

우승으로 끝날 거니까.”

마법 학교 최고의 미소녀 세 명이 눈에서 빛을 없애고 막대한 마력을 방출했다. 황금색, 푸른색, 연보라색 마력 줄기가 학교 벽을 뚫고 회오리처럼 치솟았다.

그 직후, 학교 건물 한쪽이 굉음과 함께 폭발했다.

방과 후 학교에 전쟁이라도 난 것 같은 소음이 울려 퍼졌다.

동아리 활동을 하느라 학교에 남았던 학생들은 순간 화들짝 놀랐으나, 하늘을 찌르는 마력광 색을 확인하더니 이해한 표정을 짓고 아무 일도 없었던 것처럼 다시 청춘을 구가했다.

그리고 몇 분 후. 쩌렁쩌렁한 소년의 고함과 연속된 폭음이 울려 퍼지며 싸움은 중단됐고 붉은 스파크와 함께 폭발한 건물이 아무 일도 없었던 것처럼 복원됐다.

그것 또한 이 학교에 다니는 사람들에게는 익숙한 광경이었다.

어느 세계의 흔해빠진 마법 학교에 있는, 흔해빠진 일상 풍경이었다.

◆흔해빠진 마법 학교 2 이사장실에서의 전쟁

“흠, 고물이 된 책걸상 총합 86개. 박살 난 유리창 137장. 하늘을 보며 수업하게 된 교실이 여덟 곳. 벽이 무너지거나 바닥이 꺼진 교실 일곱 곳. 그 외 파손된 기재 총 199개……. 뭔가 하고 싶은 말은 있느냐?”

저녁 햇살이 비추는 방에서 중후한 목제 데스크에 앉아 깍지 낀 손으로 입을 가린 채 황금색 눈을 험악하게 뜬 사람은 이 마법 학교의 최고 책임자— 티오 클라루스 이사장이었다.

그리고 이 이사장실에서 티오 이사장이 노려보는 사람은 이 학교 최고의 문제아 및 교사, 바로 유에 선생님, 시아, 카오리, 그리고 하지메였다.

그들은 일주일에 네다섯 번 정도 하지메를 둘러싼 싸움을 하면서 학교를 엉망으로 만들었다. 이번에도 여느 때와 같은 이유로 호출받았다.

물론 호출이 그들의 갱생에 보탬이 됐냐고 묻는다면, 아쉽게도 부정할 수밖에 없었다. 실제로 지금도—.

"……통탄할 일이야. 심각한 부실 공사였어. 시공업체에 클레임 걸어야 해."

"거의 유에 선생님과 카오리 씨 때문이에요. 저는 하지메 씨가 고칠 수 있는 것 말고는 안 부쉈다구요."

"그딴 것보다도 유에 선생님한테 면직 처분을 내려주세요. 학생에게 손대는 악질 교사예요!"

전혀 반성하지 않았다. 유에 선생님은 건물 구조에 문제가 있다며 진상 손님 같은 발상을 늘어놨고, 시아는 자기는 배려했으므로 나쁘지 않다고 두 사람을 팔아넘겼고, 카오리는 파괴 활동을『그딴 것』으로 취급했다.

티오 이사장의 이마에 혈관이 발끈 솟았다.

"이 덜떨어진 것들! 조금이라도 반성하지 못할까! 특히 유에 선생님. 자네는 교사 아닌가! 학생을 가르치는 입장이면서 솔선해서 파괴 활동을 벌이면 어쩌자는 게야!"

"……딱히 그런 적 없어. 우리 하지메에게 몰려드는 벌레를 쫓아냈더니 학교가 마음대로 무너진 거지. 그게 다야."

"뭣이 어쩌고 저째! 애초에—."

"누가 벌레예요! 거머리처럼 들러붙는 건 유에 선생님이면서!"

"은근슬쩍 『우리 하지메』라고 하지 말아줄래? 응? 묶어 죽인다?"

"에잇, 너희도 입 다물지 못할까! 나 이사장이야! 대단한 사람이라고! 자연스레 무시하지 말아라!"

이사장과 교사와 학생 두 명이 꽥꽥 소리치며 소란을 피웠다.

이윽고 세 사람에게 무슨 말을 해도 소용없다고 깨달은 티오 이사장은 화살을 다른 인물에게 돌렸다. 홀로 석양을 보고 상념에 잠긴 하지메였다.

"……주인— 하지메. 너도 너다. 뭘 남의 일인 것처럼 모른 척이냐? 이것들은 너를 두고 문제를 일으키는 게야."

"그렇지만 이사장님, 난 처음부터 말했어. 내가 좋아하는 건 유에 선생님뿐이라고. 그러니까 웃기지도 않은 싸움은 그만해. 대체 왜들 이러는지……."

하지메가 골치 아픈 표정으로 눈길을 돌리자 그곳에는 쑥스럽게 도리질 치는 유에 선생님과 아무것도 안 들린다는 양 토끼 귀를 접어 버린 시아, 귀를 손가락으로 틀어막고 등 뒤로 한냐를 꺼내서 단색 눈으로 유에 선생님을 응시하는 카오리가 있었다.

그것을 보고 더 무거운 한숨을 쉰 티오 이사장은 세 사람에게 반성문 300장을 내일 방과 후까지 제출하라는 체벌에 가까운 처벌을 내렸다. 당연히 세 사람은 불만을 쏟아냈지만 진지한 얼굴로 징계나 퇴학 처분이 좋겠냐고 하자 마지못해 수긍할 수밖에 없었다.

그리고 겨우 물러가도 좋다는 말을 듣고 문제아들이 돌아섰을 때—.

"주인— 하지메. 너는 잠깐 남아라. 매번 학교를 고쳐주지만, 조금 문제가 있어서 할 이야기가 있다."

"엉? 제대로 원상 복구했을 텐데……."

"그래, 여전히 훌륭한 연성 솜씨더구나. 허나 장소에 따라서는 파괴가 아니라 소멸한 곳이 있어서 말이지. 향후 계획을 비롯해 상담하고 싶은 게 있다."

"……일단 이야기는 들어보지, 뭐."

하지메의 대답에 티오 이사장은 만족스럽게 고개를 끄덕였다. 그러나 그곳에서 자신을 찌르는 강렬한 시선을 느끼고 무심코 부르르 떨었다. 돌아보자 문 쪽에서 유에 선생님, 시아, 카오리가 굉장히 미심쩍은 눈으로 티오 이사장을 쏘아보고 있었다.

"뭐, 뭔가, 자네들. 후딱 나가지 못할까! 이럴 시간이 없을 텐데! 자, 얼른 돌아가서 하루 종일 반성하거라!"

티오 이사장은 굳이 데스크에서 일어나 그녀들을 방 밖으로 밀어냈다. 세 사람은 그동안에도 티오 이사장을 바라보는 의혹의 눈초리를 거두지 않았지만, 딱히 아무 말도 하지 않은 채 세차게 닫힌 문 너머로 사라졌다.

"후우. 하여간 저것들 때문에 바람 잘 날이 없어. 그럼 하지메, 거기 소파에 앉거라."

기가 질린 것처럼 어깨를 으쓱인 티오 이사장의 말에 따라 하지메는 응접용 고급 가죽 소파에 앉았다. 그러자 티오 이사장은 왠지 아주 자연스럽게 그 옆자리에 앉았다. 그리고 또 왠지 모르게 보란 듯이 옷을 살짝 풀어헤쳐 옷섶을 넓히며 다리를 꼬았다.

"소리를 질렀더니 덥구나."

"……그래서 할 이야기가 뭐야, 이사장님?"

"티오라고 불러도 된다. 딱딱한 건 싫어하지 않느냐?"

"……할 이야기가 뭐야, 이사장님."

"으, 아무렇지 않게 무시하다니. ……허억허억. 어흠. 그게 말이다…… 요전번 주인니— 크흠, 네가 나를 두들겨 패고 쓰레기처럼 차 버렸을 뿐 아니라 엉덩이에 입에 담기도 망측한 짓을 한 적이 있지 않느냐."

"이봐, 이사장. 사실이니까 부정할 수 없는 게 난감하지만, 말을 좀 골라서 해. 그것만 들으면 내가 성폭행범 같잖아. 용화 상태인 이사장님을 본 적이 없었고, 이사장님이 장난으로 내 실력을 시험하려고 한 탓에 그 사달이 난 거 아니야?"

하지메가 말하는 『그 사달』이란 연성 소재를 구하려고 혼자

광산 지대를 찾은 하지메가 용화 마법으로 흑룡으로 변한 티오 이사장과 만났을 때의 일이었다.

티오 이사장은 단순히 몰래 숨을 돌릴 겸 하늘 산책을 했을 뿐이었지만, 우연히 여러 소문이 끊이지 않는 학생 하지메를 발견하고 잠시 조사해 보기 위해 가볍게 위협해 봤다.

그 결과, 적의를 느낀 하지메는 눈곱만한 자비 없이, 주저하지도 힘 조절도 하지 않고, 장난조차 치지 않고 최단, 최속, 최대의 공격으로 처리하러 나섰다.

티오 이사장이 반쯤 울면서 정체를 밝히려고 했을 때는 이미 돌이킬 수 없는 공격— 엉덩이 파일 벙커를 당한 뒤였다.

"그, 그래. 그건 미안하게 생각한다. 하나 그렇다고 그, 그런 크고, 우람하고 단단한 걸로 내 엉덩이를……."

"큭. 그건 어쩔 수 없었어. 이사장님 비늘이 말도 안 되게 단단한 걸 어떡해. 약점을 찌르는 게 당연하지."

"그렇지만 정체를 밝혔는데도 몇 번이나 찌르고 빙빙 돌리지 않았느냐. 내 소중한 엉덩이가 아주 큰일이었어."

티오 이사장은 촉촉한 눈망울로 가련하게 하지메에게 몸을 기대며 무의식 중에 한 손으로 자신의 엉덩이를 문질렀다. 하지메는 심문하기 위함이라고는 하나 솔직히 너무했다는 자각은 있어서 말문이 막혔다.

그런 하지메에게 티오 이사장은 점점 더 몸을 붙였다.

"그날부터 엉덩이가 이상하구나. 책임, 져다오."

"채, 책임?"

"그래, 책임지고 한 번 더— 내 엉덩이를 혼내줬으면 한다!"

티오 이사장은 그런 소리를 한 뒤 몸을 확 들이밀었다. 촉촉함을 넘어 핏발 선 눈을 보고 하지메는 반사적으로 따귀를 날려 반격해 버렸다.

"아흐응?!"

티오 이사장이 교성을 내며 날아가 쓰러졌다.

하지메는 순간 아차 싶어 식은땀을 흘렸으나, 쓰러진 상태로 맞은 뺨을 만지며 황홀한 표정을 하고 있는 모습을 보니 그 기분이 싹 날아갔다. 대신 그 자리를 차지한 것은 경멸의 눈빛이었다.

하지메의 그 시선에도 티오 이사장은 왠지 몸을 움찔움찔 떨며 말했다.

"주, 주인님에게, 포상을 받았구먼…… 허억허억."

"에라이, 이런 변태랑은 같이 못 있어! 난 갈 거야!"

하지메는 문으로 뛰었다. 그 순간, 꾸물꾸물 땅을 기는 기분 나쁜 동작으로 고속 이동한 티오 이사장은 그대로 하지메의 다리를 잡고 매달렸다.

"주인니임! 더 상을!"

"누가 주인님이야, 이 변태가! 아까는 무슨 염치로 훈계한 거야! 네가 제일 폭탄이잖아! 에이, 놔! 매달리지 마!"

아무래도 티오 이사장은 하지메와의 싸움에서 『열면 안 되는 문』을 열어 버린 모양이었다. 용인족의 훌륭한 완력으로 엉겨 붙으며 하지메의 언동에 일일이 황홀한 표정을 지었다.

하지메가 이렇게 된 이상 한 번 두들겨 패서 어디 야산에 버리는 게 낫겠다고 제법 위험한 생각을 품기 시작한 직후였다.

"……하지메한테서 떨어져. 변태 이사장."

벽지가 팔랑 벗겨지며 유에 선생님이 나타났다!

"내 이럴 줄 알았어요! 정말 방심할 틈이 없네요!"

천장 패널을 들어내고 시아가 뛰어내렸다!

"내 눈을 속일 수 있을 줄 알았어? 응?"

소파 아래에서 카오리가 기어 나왔다!

"뭣이?!"

티오 이사장이 경악했다.

그리고 저마다 자기가 왔으니까 괜찮다고 말하는 세 사람에게 하지메는 진심으로 「너희도 충분히 무서워」라고 대답했다. 하지메의 유에 사랑이 있어도 허용치를 조금 넘었나 보다.

"네 이것들, 기척은 충분히 멀어졌다고 생각했건만…… 위장이었나. 내가 이런 실수를! 허나 나와 주인님의 시간은 그 누구도 방해할 수 없다! —『용화』!"

"……응. 그건 내가 할 말이야. 오늘 밤 저녁은 잘 익은 드래곤 스테이크로 결정됐어. —『뇌룡』!"

"그렇게 잔소리해 놓고 하지메 씨를 독점하려 하다니…… 오늘이 이사장님 제삿날이에요! 드뤼켄~, 스탠바~이! 하늘의 별이 되어라! 예요오오오!"

"기다려, 하지메! 나 힘낼게! 힘내서 이것들 전부 묶어 죽일게!"

그날 마법 학교에서 이사장실이 소멸했다.

방과 후 학생들과 교사들은 목격했다. 장엄한 흑룡(이사장)이 황금색 용과 대치해 서로 브레스로 이사장실 일대를 통째로 날려 버리는 것을…….

그 흑룡을 거대한 전투 망치로 쳐서 날리는 토끼 귀 소녀를…….

그리고 그 토끼 귀 소녀와 흡혈 공주 교사를 빛의 사슬로 묶어 던진, 한냐를 업은 여학생을…….

그렇게 격화한 싸움으로 결국 학교 건물은 40퍼센트가 초토화했다.

"……그냥 유에 선생님을 납치해서 어디 멀리 시골에 은거할까."

제발 그래라.

지긋지긋한 눈치로 학교를 복원하는 소년의 혼잣말에 주변 사람들은 신속하게 대답했다.

◆흔해빠진 마법 학교 3 비열한 대운동회

어느 나라에 존재하는 세계 최대 규모를 자랑하는 마법 학교.

그 마법 학교가 소유한 거대 운동장은 도쿄 돔 네 개가 들어가는 크기를 자랑하며 평소 훈련장으로 사용된다. 용도 때문에 꽤 살풍경한 곳이지만 오늘은 장식이나 간이 설비, 그리고 많은 학생과 가족들, 외부에서 온 구경꾼들로 큰 열기를 보여줬다.

그도 그럴 것이 오늘 열리는 행사는 해에 한 번 있는 대운동회였다. 학교 학생들은 각자 소속한 팀의 승리를 목적으로 지금까지 배우고 연마한 기술을 펼친다.

이미 오전 일정은 끝났고 곧 오후 일정이 시작된다.

이 운동회에서 두각을 보이면 외부에서 온 구경꾼― 국가나 귀족이 보낸 스카우터의 눈에 띌 가능성도 있었다. 그래서 의욕을 보이는 학생도 많지만, 그런 가운데 운영 위원 겸 해설자석 텐트에서는 한 여학생이 축 늘어져 있었다.

"……이제 다 싫어. 시즈쿠, 집에 갈래……."

"회, 회장님?! 유아 퇴행하신 거 아니에요?! 정신 차리세요!"

데스크에 엎드려 포니테일을 맥없이 늘어뜨린 사람은 마법학교의 학생회장 야에가시 시즈쿠였다. 그리고 땀을 뻘뻘 흘리며 시즈쿠를 걱정하는 사람은 특별 게스트인 왕국의 왕녀 릴리아나 공주였다.

"후, 후후. 괜찮아요, 릴리아나 님. 아직 한나절이나 남았다고 생각했더니 잠시 현실에서 도망치고 싶어졌을 뿐이니까."

"그런 죽은 생선의 눈을 하고 괜찮다고 하신들……."

기력이 다한 노인 같은 분위기로 얼굴을 든 시즈쿠에게 릴리아나는 굳은 얼굴을 감추지 못했다.

그러는 사이 시간이 됐다. 곧 오후 경기가 시작된다. 시즈쿠는 곧바로 회장답게 똑 부러진 얼굴이 되어 확성 마도구의 스위치를 눌렀다.

『운영 위원회에서 알립니다. 잠시 후 오후 경기가 시작됩니다. 점심을 맛있게 드신 만큼 오후 경기에서도 힘을 내주시기 바랍니다. ……어디까지나, 어디까지나 규칙에 준거하여 폭주하지 말고, 정정당당하게, 남을 돌아보고, 안전하게…… 힘내주시기 바랍니다.』

와아아!

환성이 터졌다. 회장의 열띤, 혹은 필사적인 감정이 엿보이는 말에 학생들도 우렁차게 부응했다. 조금 불쌍하게 여기는 눈빛이나 목소리가 섞인 것 같기도 했지만…….

그렇게 시작된 오후 첫 경기는 장애물 경주였다. 마법, 혹은 물리적으로 준비된 장애물을 신체 능력과 마법을 구사해 배제하면서 골에 있는 깃발을 잡은 팀이 승리한다.

그러나 왠지 이번에는 깃발이 꽂혀 있어야 할 곳에 커다란 천이 덮여 있었다. 시즈쿠가 안 좋은 예감에 얼굴을 실룩거리는 가운데, 왠지 눈물을 머금은 운반자(마법 학교 남자 교사)가 될 대로 되라는 식으로 천을 확 벗겼다.

그 순간, 운동장이 정적에 휩싸였다.

"우읍~. 읍. 으읍!"

천이 벗겨진 그곳에는 밧줄로 의자에 꽁꽁 묶인 데다가 재갈까지 문 하지메가 있었다. 어떻게든 빠져나가려고 몸부림치는 모습이 애처로웠다.

학교에서도 격이 다른 연성사인 하지메를 포박하려고 세계 최고 강도의 나무를 가공한 의자와 마법으로 다중 강화한 덩굴로 구속한 탓에 안간힘을 써도 빠져나오지 못했다.

잠시 후, 제정신으로 돌아온 시즈쿠 회장의 절규가 터졌다.

『자, 잠까아아아안! 뭐 하는 거야?! 왜 나구모가 묶여 있어?! 쿠데타 선생님! 당신 교사잖아요! 앗, 눈 돌리지 마시고요!』

“나, 나는 몰라! 난 관계없어! 시키는 대로 하지 않으면 유에 선생님의 그게…… 아니, 아무것도 아니야.”

학교에서도 성실하고 학생을 생각해주기로 유명해 인기가 많은 윌 쿠데타 선생님은 몸을 부르르 떨더니 전속력으로 달려가 버렸다.

『큭, 도망쳤어. 어쩔 수 없지. 아무나 좋으니까 저 애를 풀어—.』

시즈쿠가 방송으로 구조 요청을 보낸 직후, 난데없이 요란한 음악이 흘러나왔다. 사람들의 투쟁심을 부추기는 록 음악이었다.

시즈쿠가 놀라서 음악 관리 텐트를 돌아본 것과 그녀들이 운동장에 입장한 것은 동시였다.

“……이 빅 스테이지에서 모든 것을 결판내겠어. 하지메는 내 거야. 장애물은 전부 제거한다!”

흰 코트와 반짝이는 금발을 휘날리며 유유히, 그리고 매력적으로 등장한 사람은 마법 학교 최강의 마법사이자 미녀 교사— 유에 선생님이었다. 그 뒤를 『유에 선생님에게 방과 후 개인 지도 받고 싶은 부대』 멤버 100여 명이 줄줄이 따랐다. 쓸데없이 정예 병사 같은 분위기를 내고 있었다.

“사랑의 장애물은 뭉개 버리는 것. 교사든 친구든, 모조리 피바다에 가라앉혀 주겠어요오!"

폭신폭신한 토끼 귀와 꼬리를 굳건히 세우고 거대한 전투 망치를 한 차례 휘두른다. 강풍을 일으키며 나타난 것은 마법 학교 최강의 근접 전투원이자 학교의 아이돌 토인족— 시아였다. 그 뒤를 『시아에게 벌 받고 싶은 부대』 멤버 100여 명이 줄줄이 따랐다. 쓸데없이 노련한 전사 같은 분위기를 내고 있었다.

"하지메는 아무한테도 안 넘겨. 장애물은 얌전히 나한테 묶여 죽으면 돼."

성직자 법의 같은 옷을 입고 깊이 파인 슬릿으로 각선미를 뽐내며 무기질적인 눈동자로 내려다보는 것은 마법 학교 최고의 치유사, 학교의 성녀— 카오리였다. 그 뒤를 『카오리에게 치유 받고 싶은 부대』 남자 교사 스무 명이 줄줄이 따랐다. 쓸데없이 광신도 같은 분위기라서 몹시 무서웠다.

"내 학교에서 방종이 지나치구나. 내 앞을 막아선다면 어떠한 장애라도 날려 버리마. 주인— 그와 내 사랑의 보금자리에서 썩 쫓아낼 것이야."

아름다운 흑발과 황금색 눈동자를 빛내고 흘러넘칠 듯 풍만한 가슴을 흔들며 나타난 것은 마법 학교 최고 책임자이자 고귀한 용인족의 공주— 티오였다. 그 뒤를 『용희 친위대』 멤버가 줄줄이 따랐다. 참고로 그들은 친애하는 주인의 이상 성욕을 아직 모른다.

그녀들은 서로를 노려보더니 이구동성으로 선언했다.

“““사랑의 장애물 제거 경주, 반드시 이기겠다!!!”””

『잠깐마아아안, 뭐 하는 거야?! 너희 참가 안 했잖아! 교사랑 이사장은 왜 참가하고 난리야! 애초에 장애물의 의미부터 달라! 무슨 얼어 죽을 사랑의 장애물 제거 경주야?! 훼방 놓지 말고 응원석으로 돌아가! 이 연애에 미친 골칫거리 집단!』

“역시 마법 학교 학생회장이에요. 멋진 태클이에요!”

시즈쿠 회장은 거친 숨을 헐떡였고 릴리아나가 엉뚱한 부분에 감탄했다.

물론 시즈쿠의 제지도 의미는 없었고 사랑의 장애물 제거 경주는 강행됐다. 아무래도 유에 선생님과 티오 이사장이 권력으로 밀어붙인 모양이었다. 이렇게 되면 일개 학생회장이 말릴 방도는 없었다.

그리하여 전대미문의 장애물 경주가 시작됐다.

출전자야 당연하지만, 어째 누구보다도 시즈쿠 회장이 가장 열을 올리고 있었다.

『거기—! 관객석에 뇌룡을 쏘면 안 돼요! 아앗, 이사장님! 용화 쓰지 마요! 아, 브레스는 더 안 되죠! 잠깐, 카오리! 선생님들을 돌격대로 쓰지 마! 아아, 날아갈 때마다 치료돼서 좀비처럼……. 앗, 시아! 아무리 카오리가 회복시킨다고 해도 사람을 핀 볼처럼 날리지 마! 아, 날아간 학생이 교황님에게 직격…… 죄송합니다!』

시즈쿠 회장의 눈물겨운 제지와 사죄가 폭풍처럼 울려 퍼졌다.

트레이드마크인 흑발 포니테일을 휘날리며 수천 명을 자랑하는 학생을 총괄하는, 성실하고 진지하며 다정한 마법 학교 학생회장이자 학교 최강의 검사— 시즈쿠.

그런 그녀의 또 다른 별명은—『학교 제일의 고생바가지』였다.

『너희이이이, 작작하지 않으면 전부 두 동강 내 버릴 거야!』

오늘도 사랑할 수밖에 없는 회장의 고함 소리가 울려 퍼졌다.

정말로 흔해빠진 학교의 일상 풍경이었다.

◆흔해빠진 마법 학교 4 슬픔의 회장 선거

"이제 싫어……. 나, 회장 관둘래."

학생회실에 혼잣말이 울렸다. 작은 목소리인데도 유난히 명확하게 들렸다.

학생회 멤버와 담당 교사가 함께 굳었다. 실내가 찬물을 끼얹은 것처럼 조용해졌다. 움직이면 죽는다, 그런 수준의 긴장감이 감돌았다.

"시, 시즈쿠? 갑자기 왜 그래? 무슨 문제라도 있어?"

친구들과 담당 교사의 찌르는 듯한 시선에 떠밀려 학생회 부회장— 아마노가와 코우키가 머뭇거리며 물었다.

살짝 고개를 숙여 앞머리 때문에 얼굴이 가려진 학생회장 — 야에가시 시즈쿠는 표정을 보이지 않은 채 말했다.

"문제라도 있냐고?"

마치 땅속에서 울리는 것 같은 소리가 돌아왔다. 코우키가 흠칫 떨었다. 서기인 나카무라 에리도, 회계를 맡은 타니구치 스즈도, 담당 교사 하타야마 아이코도 일제히 흠칫했다.

그런 학생회 멤버에게 시즈쿠는 자기 앞에 놓인 서류를 가리키며 무표정하게 말을 이었다.

"문제밖에 없어. 이 서류더미, 전부 학교로 온 민원이야. 웃기지? 학교 역사를 통틀어도 이렇게 민원을 많이 받은 학생회장은 없을 거야. 이쪽 서류들은 심심하면 부서지는 교내 비품 수리, 구매, 강화 요청서. 이쪽은 무허가 이벤트에서 사용된 소모품 보충 요청. 그리고 이건 이미 끝난 이벤트 사후 허가서와 경비 요청. 더 웃긴 건 일부 교사와 학생을 대상으로 한 팬클럽을 설립하는데 학교 운영비를 초과하는 동아리 지원금을 요청했다는 거야. 후후, 이건 『유에 선생님을 나구모에게서 빼앗으려면 어떻게 해야 할까요?』라는 상담 편지야. 답변을 주지 않으면 테러를 벌일 거래. 우후후. 정말로 우리 학교 사람들은 재밌어. 후, 후후후, 후후후후후후."

속사포처럼 쏟아낸 말에 스즈와 에리는 힉 비명을 지르고 서로를 껴안았다. 으스스한 웃음소리를 들은 아이코 선생님은 다리에 힘이 풀렸다.

"지, 진정해, 시즈쿠. 그러니까, 그건…… 괜찮을 거야! 시즈쿠에게는 우리가 있잖아? 어떻게든 된다니—."

"어떻게든 된다고? 또 나한테 어떻게든 하라는 말이야? 우후후, 코우키도 재미없는 농담을 하네…… 썰어 버린다?"

"힉."

코우키의 마음이 부러졌다. 겁쟁이라고 하지 말지어다. 지금 회장님은 평상시 쌓인 울분이 당장에라도 분화할 것 같은 상태였다. 누구인들 안 무서우랴.

물론 시즈쿠는 상식을 제대로 갖춘 인물. 겁먹은 친구들을 보고 엉뚱한 곳에 화를 풀었다고 생각했는지 헛기침하고 평정을—.

드르륵.

문이 열렸다. 그곳에는 선도부 사카가미 류타로가 두 팔 가득 서류를 끌어안고 난처한 표정을 짓고 있었다.

"야, 시즈쿠. 그것들이 또 교외에서 대난투를 벌였다나 봐. 민원과 진정서가 한 트럭—."

"죽인다."

회장님이 출전을 선언했다. 애도를 한 손에 들고 무표정으로 학생회실을 나가려고 했다. 완전히 살인자의 눈이었다.

"그, 그만둬, 시즈쿠!"

"시즈시즈, 참아!"

"누, 누가 치유사를 불러와! 특히 마음 치유가 특기인 사람을! 급해!"

"사카가미! 문을 사수하세요! 야에가시를 절대로 밖으로 보내면 안 돼!"

코우키가 뒤에서 붙잡고 스즈와 에리가 양쪽에서 허리에 달라붙고 아이코 선생님이 흑도를 가진 손에 매달려 억지로 뜯어말렸다. 류타로는 식은땀을 흘리면서도 전투 자세를 취했다.

"큭, 떨어져! 그것들을 한 번 베어 죽이지 않으면 분이 안 풀려! 그렇게라도 안 하면 그것들은 내 고생도 위장의 고통도 영원히 모를 거야아아아아!"

"아니, 한 번 죽으면 그걸로 끝이야! 네 고통을 아는 것 이전의 문제라고!"

코우키의 의견은 지당했다. 하지만 평소부터 하지메를 둘러싼 여자들의 소동, 거기에 편승한 팬클럽의 난동, 딱히 관계자는 아니지만 흥이 올라 소동에 편승한 학생들의 뒤처리를 하느라 쌓일 대로 쌓인 울분이 폭발한 시즈쿠에게는 들리지 않았다.

얼마간 학생회실에는 노성과 비명, 폭음이 울려 퍼졌다.

그리고 체력이 떨어진 이들은 학생회실 안에 시체처럼 쓰러졌다. 정적이 돌아온 방 안에서 천천히 몸을 일으킨 시즈쿠는 조용히, 하지만 강하게 선언했다.

"……학생회장 선거를 실시하겠습니다."

의역 : 진짜 학생회장 못 해 먹겠네! 다음 회장도 위통으로 고생해 보라지!

코우키와 친구들이 말려봤지만 시즈쿠 회장은 고개를 팽 돌리고 전혀 듣지 않았다.

그리고 시즈쿠 회장이 그 뛰어난 수완을 아낌없이 발휘해 불과 며칠 만에 학생회장 선거 절차를 처리해 버렸다.

입후보자는 다음과 같았다.

·입후보자 1 : 유에 선생님

"……내가 학생회장이 된다면, 밀회용 학생 지도실을 만들겠습니다."

왜 당신이 나와…….

모든 학생이 어이없는 표정을 지은 것은 말할 필요도 없었다.

·입후보자 2 : 시아 하우리아

"토끼 귀의, 토끼 귀에 의한, 토끼 귀를 위한 학교를 만들겠어요오! 구체적으로는 저와 하지메 씨의 사랑의 보금자리예요오!"

학교 사유화를 선언해서 어쩌자고…….

모든 학생이 따진 것은 말할 필요도 없었다.

·입후보자 3 : 시라사키 카오리

"시, 시즈쿠를 대신해서 학교를 위해 힘내겠습니다! 의견함을 만들어서 전교생의 의견과 요구에 귀 기울이겠습니다! 하지메랑 둘이서! 힘낼게요!"

카오리 회장의 학생회에는 사람이 두 명뿐인가 보다. 욕망이 철철 흘러넘치잖아…….

전교생이 진저리치며 한숨 쉰 것은 말할 필요도 없었다.

·입후보자 4 : 잡룡 이사장

"주인— 어흠. 나구모 하지메를 학생회장으로 지명하겠다! 학생회실은 앞으로 이사장실로 한다! 이의도 반론도 인정하지— 앗, 그만, 물건을 던지지 말아라! 네, 네 이 녀석, 누구냐! 최상급 마법을 쏘려는 건!"

꺼져, 잡룡! 이 변태 드래곤!

전교생이 원성을 보낸 것은 말할 필요도 없었다. 이사장이 볼을 살짝 붉힌 것도 말할 필요가 없으리라.

그 결과, 학생회장 선거는…….

전교생의 투표로 다음 인물을 신생 학생회장으로 임명한다. 거부권은 없다.

—야에가시 시즈쿠

게시판에 붙은 선거 결과를 본 본인은 멍하니 눈을 동그랗게 뜨고…….

"으, 으아아아아아앙! 시즈쿠, 학교 그만둘 거야아아아아!"

유아 퇴행해서 쏜살같이 도주했다.

"회, 회장이 도망친다! 잡아라, 잡아!"

"저 사람을 잃으면 우리 학교는 끝이야! 우리의 빛나는 미래를 위해서 회장을 포박해!"

"다들 포위망을 깔아! 회장을 절대로 놓치면 안 돼!"

"모든 소울 시스터즈에게 알린다! 출동이다! 나를 따르라! 약해진 언니를 위로하고 상을 받는 거야! 은근슬쩍 스킨십도 가능해!"

도망간 시즈쿠 회장을 쫓아 전교생이 포획에 나선 것은 두말하면 잔소리였다.

시즈쿠 회장은 모두에게 사랑받는다! 아마도!

그 후 유아 퇴행한 주제에 미꾸라지처럼 도망치는 시즈쿠 회장과, 그것을 치밀하며 대담한 전략과 실력으로 추격하는 학생들의 공방이 3일 밤낮으로 이어졌다고 한다.

그리고 그때 학생들의 실력과 전교생을 상대로 전혀 밀리지 않는 시즈쿠 회장의 능력에 왕국과 주변 국가의 중진들은 하나같이 감탄했고, 학교의 평판은 물론이거니와 시즈쿠 회장에 대한 평가도 수직 상승해 부동의 지위를 손에 넣었다.

"……언젠가, 전부, 썰어 버리겠어."

학교 제일의 고생바가지 회장— 야에가시 시즈쿠.

그녀는 오늘도 학생회실에서 위통을 견디며 산더미 같은 서류를 처리해 나간다.

◆일본의 흔해빠진 옛날이야기 ~카구야 공주 이야기~

옛날 옛적 어느 나라에 『카구야 공주』라는, 성격은 둘째 치고 외모가 아주 아름다운 공주님이 살았어요.

공주님은 길고 아름다운 하늘색 머리에 달님처럼 푸른 눈동자를 가진 신비한 용모였답니다. 무엇보다 다른 아리따운 공주님에게는 없는 사랑스러운 특징이 있었어요. 그것은 머리 위에 쫑긋 솟은 폭신폭신, 탱글탱글한 토끼 귀였습니다.

그 시절에 그런 게 있으면 요물이라며 퇴치당했겠지……라는 로망 없는 의견은 평행세계니까 신경 쓰지 말고 대충 길바닥에 던져 버리세요.

아무튼 아름답게 자라 누구에게나 사랑받게 된 카구야 공주는―.

"하아~, 귀찮아 죽겠는데 무슨 결혼이에요? 이렇게 과자나 퍼먹으면서 방에서 뒹굴면 평생 행복하다구요~."

도읍에서도 아주 맛이 좋기로 유명한 만주[#7]를 볼이 터지도록 넣고 우물대며 만사 귀찮게 투덜댔답니다.

이게 도읍에서 가장 아름다운 공주…….

현실은 언제나 사람을 배신하는 법이에요.

#7 만주 밀가루 반죽에 앙금으로 팥이나 밤 따위를 넣은 일본의 과자.

어쨌거나 남편 후보가 한 자리에 모이는 이날이 찾아왔습니다.

카구야 공주는 정석대로 결혼하기 싫어서 억지로 난제를 떠밀었어요. 고귀한 신분의 남편 후보들은 당황하면서도 「나야말로 공주에게 어울린다!」, 「아니, 나다!」, 「어림도 없는 소리!」라며 각자 열변을 토했습니다.

"아, 아이참, 여러분. 저를 위해서 싸우지 마세요~. 이것도 다 제가 너무 귀여운 탓일까요? 정말로 미녀는 괴롭네요~. 에헤헤~."

공주님은 콧대가 높아졌습니다. 밑도 끝도 없이 높아졌습니다. 실상을 까보면 확 깹니다.

그런 남자들의 뜨거운 연정과 우쭐대는 공주님으로 혼돈에 빠지기 시작한 방에 갑자기 돌멩이가 툭 떨어졌어요. 돌멩이는 그대로 데구루루 공주님 앞까지 굴러왔습니다. 동시에 싸늘한 목소리가 들렸어요. 그 목소리는 남편 후보 중 단 한 명, 조용히 앉아 있을 뿐인 백발 안대 청년이 낸 것이었습니다.

"야, 거기 유감 토끼. 그 **보옥**을 줄 테니까 일단 날 골라."

거만한 태도에 명령조. 더불어 어떻게 보나 길거리에 굴러다닐 단순한 돌을 『보옥』이라고 말하는 뻔뻔함.

방에 잠깐의 정적이 흐른 후, 호위무사와 남편 후보들이 무례하기 짝이 없는 그에게 칼을 뽑아 들었어요.

"네 이놈, 공주에게 그 무슨—."

투팡, 하는 소리가 분노로 칼을 뽑은 남편 후보의 말을 잘

랐습니다. 체조 선수도 놀라 자빠질 강제 4회전 뒤돌기를 선보이고 물리적으로 입이 다물어진 탓이었습니다. 누구나 아연실색하여 눈길을 돌리자 흰 연기가 피어오르는 미지의 무기—쉽게 말해 리볼버를 든 청년이 있었답니다.

"더럽게 시끄럽네. 난 공주가 바라는 보물을 줬으니까 선발시험은 내 승리야. 뭐 불만 있어?"

리볼버로 어깨를 툭툭 두드리며 겁박하는 모습은 아무리 봐도 조폭…… 아니면 산적 같았어요.

"에, 에엥. 전 그런 돌멩이를 가져오라고 부탁한 적—."

투팡. 총성 한 방이 토끼 귀 사이를 뚫었습니다.

"야, 유감 토끼. 내 보옥에 무슨 문제라도 있냐? 엉? 자꾸 기어오르면…… 확 뜯어 버린다?"

"뭘요?!"

카구야 공주님은 근사한 토끼 귀를 납작하게 접고 부들부들 떨었어요.

그런 공주에게 리볼버를 빙글빙글 돌리며 괴물이 다가오는 게 아니겠어요.

"이 보물 돌이 갖고 싶었지? 갖고 싶었잖아?"

공주님은 도움을 청하려고 눈을 이리저리 굴렸지만—.

"아차, 오후 근무가 있었지, 참. 그럼 전 이만."

"어이쿠, 우연이군요. 사실 저도 잠깐 볼일이."

남편 후보들은 재빠르게 일을 하러 돌아가고 말았습니다. 참 성실한 분들이에요. 설령 리볼버 총구가 겨누고 있었다고 해도 그런 건 상관없습니다. 분명히 그럴 겁니다.

공주님은 울먹이며 자신을 키워준 할아버지, 할머니에게 도움을 구했습니다.

"아차, 벌써 시간이 이렇게 됐나. 할멈, 나는 산에서 나무를 해 오리다."

"아이구, 영감. 그럼 난 강에서 빨래를 하고 올게요~."

역시 카구야 공주님을 키우신 부모님이에요. 이럴 때에도 일과를 빼먹지 않습니다. 성실하네요. 설령 딸이 「잠깐, 그거 원래 이야기랑 다르다구요!」라고 따져도 일은 제때제때 합니다.

그리하여 어느새…… 아무도 남지 않았습니다. 인망이 이리도 없냐며 공주님은 훌쩍훌쩍 울었어요. 그리고 눈물 흘리면서도 조금 두근거리는 마음으로 청년에게 물었답니다.

"그, 그렇게까지 저랑 결혼하고 싶으세요?"

그에 대한 대답은—.

"아니, 딱히? 이 우연히 발견한 무기…… 조사해 보니 달에서 나왔다고 하더라고. 네 고향에 지대한 관심이 있어. 네가 있으면 연줄을 구하기 쉽잖아? 동포의 남편이라는 입장을 이용하면 어렵지 않게 무기를 구할 수 있을지도 모르니까."

정말 해도 너무한 이유에 결국 공주님은 울면서 쓰러졌어요.

성격 고약한 마귀에게 붙잡힌 공주님. 하지만 공주님에게는 아직 희망이 있었습니다. 실은 슬슬 한 번 고향에 돌아가려고 마침 달에 연락하고 있었어요.

달의 과학력은 세계 제일이므로 가족만 온다면 이 악랄한 마귀를 퇴치해주겠지요.

그래서 「미안해. 이제 겁 안 줄 테니까 그만 좀 울어」라고 말하며 의외로 다정하게 머리를 쓰다듬는 이 마귀에게 가슴이 설레는 일 따위 없었습니다. 공주님이 그렇게 쉬운 여자일리 없습니다.

그리고 며칠 후.

드디어 달에서 마중할 사람이 내려왔습니다. 누구나 금색 구름 같은 것이라도 타고 오는 환상적인 등장을 상상했지만 나타난 것은 원반 모양 우주선이었어요. 그야말로 미지와의 조우였지요.

사람들은 입을 떡 벌렸고 마귀 청년은 달의 과학력에 눈독을 들였어요.

그리고 최근 며칠 사이 때때로 다정한 일면을 보이는 청년에게 「이 사람은 내가 없으면 안 된다」라는 나쁜 남자에게 끌리는 여자의 전형적인 사고를 가진 유감 토끼가 바라보는 앞에서 우주선의 발판이 내려왔습니다.

눈부신 선내에서 모습을 드러낸 것은…… 토끼 귀 아저씨들…….

달의 환상은 환상일 뿐이었습니다.

사람들의 기대를 배신한 달의 남정네들 뒤에서 왜소한 소녀 한 명이 내려왔어요. 볼륨감 있는 금발, 야릇함과 아름다움을 겸비한 홍색 눈동자. 장밋빛 볼과 연분홍빛 얇은 입술.

믿어지지 않을 만큼 아름다운 인형 같은 소녀였습니다.

옷을 보면 달의 지체 높은 사람이라고 알 수 있었어요. 사실 지상을 한번 보고 싶다고 토인족에게 편승한 흡혈귀 공주님이었지만…… 그 공주님이 발판을 내려가던 중에 우뚝 멈춰서더니 눈을 크게 뜨고 한곳을 응시하는 거예요.

사람들이 웅성거렸어요. 현실미가 없는, 미의 구현자라고 해도 될 소녀가 나타나서 흥분했는데 그 소녀가 자신들을 응시하는 게 아니겠어요? 「어, 날 보는 거 아냐?」, 「아니, 나겠지」라며 남자들의 착각이 양산되어 갑니다.

그런 가운데 한 청년이 앞으로 나갔습니다. 똑바로 척척, 눈에 강한 빛을 깃들이고. 당연히 그 인물은 그 마귀 같은 청년입니다. 바로 뒤에서 「호, 혼자 가지 마세요오! 가족에게 소개하려면 마음의 준비가!」라고 토끼가 떠드는 소리가 들렸지만 청년은 가볍게 무시하고 똑바로 나아갔습니다.

그리고 금발 홍안의 공주님 앞에 도착한 그는 말했습니다.

"내 이름은 하지메. 나구모 가문의 하지메요. 당신의 이름을 알려줄 수 있겠소?"

"어, 나를 대할 때랑 태도가 다른 것 같은 기분이……."

뒤에서 이상한 소리가 들렸지만 아무도 신경 쓰지 않았습니다.

"……유에."

하지메 청년이 공손히 이름을 물은 미모의 소녀는…… 볼을 발그레 물들이고 그렇게만 답했습니다. 왠지 몸을 배배 꼬면서요.

"유에? 대륙의 말로 달을 가리킨다고 했던가. 아름다운 이름이오. 그대에게 잘 어울리는군."

유에 공주님은 점점 더 빨개졌어요. 그 사랑스러운 모습에 주변 사람들이 뜨거운 숨결을 토했습니다. 카구야 공주님만 「잠깐, 그 태도는 뭐예요! 하지메 씨는 제 남편이라구요오!」라고 소리쳤지만 아무도 반응하지 않았습니다.

하지메 청년도 전혀 개의치 않고 속마음을 큰 목소리로 털어놓았습니다.

"그대에게 첫눈에 반했소. 이 세계를 전부 줄 테니까 내 여자가 되어주오."

"……응!"

"으응? 환청인가? 이 이야기는 제가 히로인 아니었나요?!"

유에 공주님은 무슨 마왕 같은 뜨거운 고백을 한 하지메 청년의 가슴에 뛰어들었어요.

이리하여 지상의 마귀 청년과 달의 공주님은 맺어지고 겸사겸사 세계를 정복하고 오래오래 행복하게 살았답니다.

참고로 두 사람 곁에는 언제나 분위기 깨는 토끼가 한 마리 따라다녔다나 뭐라나.

◆흔해빠진 동화 ~이상한 나라의 앨리스?~

"……심심해."

아름다운 꽃과 신록으로 뒤덮인 초원— 저 멀리 하늘에서 그런 소리가 들렸습니다.

무척 심심해 보이는 분위기로 하늘을 둥둥 떠다니는 목소리의 주인은 풍성한 금발과 흰 앞치마가 어울리는 아주 아름다운 소녀였습니다.

무슨 원리로 떠 있는지 도통 알 수 없습니다. 하지만 그 소녀는 아주 아름다운 소녀이므로 문제없습니다. 미소녀는 뭐든 가능하니까요.

그 미모의 소녀, 앨리스는 무슨 소리를 들은 기분이 들어 지상을 내려다봤습니다.

그러자—.

"늦었어요! 늦었어요! 지각하겠어요오!"

흰 토끼 한 마리가 햇빛을 반사하는 선글라스를 끼고 토끼 귀를 나부끼며 대형 바이크로 폭주하고 있었습니다.

흰 토끼가 바이크로 폭주…… 게다가 어딘가로 서두르고 있다. 앨리스는 생각했습니다. 정말 이상한 광경이다, 시간 때우기로 그만이다! 라고…….

참고로 이 세계에서도 일반적으로, 토끼 귀 사람이나 하늘 나는 소녀는 동화 속 존재지만…… 앨리스는 자신이 하늘을 나는 수수께끼를 모른 척했습니다.

앨리스는 흰 토끼를 잡기 위해서……가 아니라 이야기를 하기 위해서 서두르는 사정 따위 무시하고 급하강했습니다. 자유 낙하 속도를 넘고 공기의 벽마저 넘어 음속에 도달해 맹렬한 기세로 떨어졌습니다. 그리고 흰 토끼의 진로상에 운석처럼 착지했습니다.

“히이이이이익?! 뭐, 뭐예요?! 뭐가 떨어졌어요?!”

엄청난 폭음과 충격에 흰 토끼는 비명을 질렀습니다. 드리프트하면서 바이크를 세우고 피어오르는 먼지를 조심조심 들여다봤습니다.

그 직후, 한 줄기 바람이 불어 먼지를 날리고 큰 크레이터 중심에서 앨리스가 나타났습니다. 상처는 없었습니다. 앞치마에 얼룩 하나도 없었습니다.

“……토끼 아가씨, 토끼 아가씨. 어딜 그렇게 급하게 가?”

“에엑?! 지금 그 충격적인 등장은 무시하는 건가요?! 저한테는 미지와의 조우인데요?!”

흰 토끼가 지극히 타당한 지적을 했어요. 그에 대해 앨리스는 동네에서도 유명한 무언과 냉랭한 눈 콤보로 대답을 재촉했습니다.

흰 토끼는 눈에 보이지 않는 압도적인 위압감에 이건 위험한 자식이라고 생각하며 부들부들 떨면서 행선지를 말했습니다.

“……흠. 다른 세계? 좋아. 길동무가 좋으면 먼 길도 가깝다는 말도 있어. 내가 따라가 주지.”

“아니, 됐는데—.”

무언! 냉랭한 눈! 압도적 위압감!!

“가, 같이 가주세요.”

토끼 귀가 접혔습니다. 흰 토끼에게 거역할 방법은 없었습니다…….

앨리스는 만족스럽게 고개를 끄덕이고 왠지 아래를 보며 토끼 귀를 움찔움찔 떠는 흰 토끼의 안내에 따라 나무 구멍에 도착해 뛰어들었습니다.

떨어집니다. 계속해서 떨어집니다.

자유 낙하 속도로는 한참 부족하다는 양 중간부터 단숨에 스피드를 높입니다. 목덜미를 붙잡힌 흰 토끼는 눈을 까뒤집고 기절한 지 오래입니다.

콰광! 이내 충격음과 함께 착지한 앨리스는 사람에게 보여줄 수 없는 얼굴이 된 흰 토끼를 패서 깨우고 주위를 둘러봤습니다.

"……토끼 아가씨. 이건 뭐야?"

"우웨에엑."

앨리스는 눈앞 탁자에 놓여 있는 「나를 먹으렴」이라고 적힌 쿠키를 가리키며 물었어요. 하지만 흰 토끼는 목구멍 아래에서 밀려 올라오는 것을 막느라 그럴 겨를이 없었답니다.

하는 수 없이 앨리스는 눈을 가늘게 떴습니다. 흰 토끼는 즉석에서 부활해서 대답했습니다. 창백한 얼굴로 무언가를 필사적으로 참는 것 같지만요.

"커, 커져요."

"……호오."

앨리스의 눈이 빛났습니다. 그 날카로운 안광은 흰 토끼의 떨리는 몸에 맞춰 바르르 흔들리는 가슴을 포착했습니다. 앨리스는 망설임 없이 쿠키를 먹어 치웠습니다.

그 결과, 거인이 됐을 뿐이었답니다. 실망이 이만저만이 아닙니다.

앨리스는 화풀이로 흰 토끼의 바르르를 덥석 잡아 부르르르로 만들어줬습니다.

앨리스에게 추가 대미지.

정신을 추스른 앨리스는 격류를 소환해 문을 파괴한 뒤 밖으로 나갔습니다. 그러자 그 격류를 타고 다양한 동물이 모여들었습니다.

그들은 앨리스에게 레이스 게임을 하자고 말했습니다. 앨리스는 웬일로 싱긋이 웃고 그들의 제안을 받아들였—.

"……선수 필승—『화천』."

그럴 리 없이 초중력 소용돌이로 쥐포로 만들었습니다. 레이스에 이기기 위해 선수를 없앤다. 대단히 합리적입니다. 싸우지 않고 이겼습니다. 주변 일대는 공터가 됐습니다.

상상을 초월하는 괴팍함에 토끼 귀를 찰싹 접고 머리를 끌어안은 채 웅크린 흰 토끼를 끌고 앨리스는 길을 따라 걸었습니다.

도중에 이 세계에서 사악함의 대명사인 재버워크가 앨리스의 앞을 막아섰습니다. 그래서 앨리스는 재버워크의 엉덩이에 얼음 재블린을 꽂아줬습니다. 주변 일대는 공터가 됐습니다.

그밖에도 앨리스의 앞길을 막아선 자들이 있었지만 대부분 쥐포가 됐습니다. 세계가 점점 공터가 되어 갑니다.

곧 숲에 들어간 앨리스는 문득 어떤 기척을 느끼고 머리 위를 올려다봤습니다.

"안녕, 아가씨~! 나는 체셔야. 이런 숲 속까지 무슨 일이니? 이곳에는 가슴을 키우는 음식 같은 건 없단다."

고양이 귀가 난 이상한 생물이 히죽히죽 웃고 있었습니다. 외모는 아름다운 금발에 하늘색 눈동자를 가진 고양이 귀 미소녀인데 분위기가 거시기합니다. 짜증 납니다. 온몸에서 짜증 오라를 발산하는 듯 엄청나게 짜증 나는 분위기입니다. 얼굴이 아깝습니다.

그 체셔라는 짜증 나는 고양이 귀 미소녀의 말에 앨리스의 눈썹이 까딱 반응했습니다. 옆에 있는 흰 토끼가 미래를 보고 우웩, 하고 이상한 소리를 냈습니다. 그래도 분위기를 파악하지 못하는 체셔 고양이는 까불었습니다.

"응? 응? 커진다고 해서 기대했는데 그냥 덩치만 커졌을 때 기분이 어땠어? 『뭘 먹어도 네 가슴은 흰 토끼가 못 돼! 푸하하!』인 현실을 알았을 때는 어떤 기분이야? 응응? 응—."

숲 절반이 공터가 됐습니다. 그 후 체셔 고양이를 본 사람은 아무도 없었습니다.

앨리스는 무언, 무표정으로 무시무시한 위압감을 흩뿌렸지만 넓은 장소로 나온 순간 불쾌한 기분은 단숨에 날아갔습니다.

"응? 보기 드문 손님인걸. 흰 토끼 친구야?"

앨리스는 눈길을 빼앗겼습니다. 심장이 강하게 뛰고 몸은 작열하는 불길에 타들어 가는 느낌이었습니다.

"앗, 안녕하세요, 모자 장수 씨. 오늘도 다과회인가요?"

"그래. 참 못 말려. 그 여왕님은 툭하면 여기 오고 싶어 해. 차라도 준비하지 않으면 불경죄로 성까지 연행될 거야."

피곤하게 웃으며 티 포트나 잔 따위를 준비하는 것은 턱시도에 세련된 모자를 쓰고 안대를 쓴 청년— 모자 장수였습니다.

그의 말에서 알 수 있는 대로 왕녀님은 수시로 모자 장수를 찾아왔습니다. 나라 최고의 기술자인 그에게 의뢰한 모자를 보러 오지만, 가끔 함께 오는 흰 토끼는 그것이 명분에 지나지 않는다는 것을 알고 있었습니다. 모자 장수를 보는 여왕님의 눈동자가 완전히 하트 모양이었으니까요.

"그런데 흰 토끼야. 네 친구를 소개해주지 않을래?"

"네? 아, 네. 친구라고 해도 될지는 모르겠지만."

앨리스를 어떻게 소개해야 할지, 흰 토끼는 고민했습니다. 포악함의 화신이라고 하면 흰 토끼에게 미래는 없습니다. 평생 노력해도 다른 방법이 없을 겁니다.

그래서 흰 토끼는 눈을 굴렸지만 도움의 손길은 앨리스 본인이 내밀어줬습니다.

"……처음 뵈어요, 모자 장수 씨. 저는 앨리스. 갑작스럽지만…… 첫눈에 반했습니다. 결혼해주세요."

모자 장수의 시간이 멈췄습니다. 그리고 흰 토끼는 우웩 했습니다.

잠시 정지해 있던 모자 장수는 앨리스가 다가와 아래에서 초롱초롱한 눈망울과 반쯤 감은 눈 콤보라는 초고도 기술을 발동하여 부활했습니다. 무언가에 꿰뚫린 것처럼 가슴을 붙잡으며…….

대답은 정해진 모양이었습니다.

"좋습니다."

흰 토끼는 또 우웩 했습니다. 그럴 만도 했지요. 뻔질나게 찾아오는 여왕님은 갑자기 굴러 들어온 소녀에게 좋아하는 사람을 빼앗겼습니다. 어떻게 될지는 안 봐도 뻔했습니다.

전쟁입니다.

아니나 다를까, 그 후 다과회에 온 하트 눈동자 여왕님은 친밀하게 손을 맞잡은 두 사람을 보고 눈동자를 단색으로 바꾼 뒤 분노했습니다.

"내 모자 장수한테 뭐 하는 거야? 응? 돌격억! 저 금발 도둑에게 돌격억!"

그리고 함께 온 트럼프 병사에게 명령했습니다. 그 말을 받아 앨리스도 응전에 나섰습니다.

"……모자 장수 씨는 이미 내 거야. 적은…… 제거한다!"

그 결과, 이상한 나라는 공터가 됐습니다.

처음부터 마지막까지 우웩 할 뿐이던 흰 토끼는 그 후 이 이상한 나라에서 일어난 전쟁을 책 한 권으로 집필했습니다.

책 제목은—『진격의 앨리스』.

베스트셀러가 됐다고 합니다.

◆흔해빠진 동화 ~성냥팔이 ○○~

·성냥팔이 토끼 귀 소녀

“성냥 사세요~. 성냥 사세요~.”

한 겨울날 밤. 눈 내리는 겨울 하늘 아래서 소녀의 연약한 목소리가 울렸습니다. 차갑게 얼어붙은 공기에 소녀의 토끼 귀는 축 늘어졌습니다.

“성냥 사세요~. 아무나 좀 사주세요~.”

성냥을 팔고 다닌 지 이미 한나절이 지났습니다. 몸이 얼어서 조금씩 말을 듣지 않게 됐어요. 자연스럽게 토끼 귀 소녀의 목소리도 애원처럼 변해 있었습니다.

“우우, 아무도 안 들어줘……. 너무 추워.”

결국 걸을 수 없게 된 토끼 귀 소녀는 조금이라도 눈과 칼바람에서 몸을 지키려고 좁은 골목길로 피신했습니다. 어둡고 더러운 골목에 토끼 귀 소녀의 마음이 더 얼어붙었습니다.

“훌쩍. 이대로 가면 얼어 죽을 거예요오. 이렇게 된 이상 성냥불이라도 붙여야겠어요.”

토끼 귀 소녀는 그렇게 중얼거리고 성냥 하나에 불을 붙이려다가…… 갑자기 시선을 느꼈습니다. 아무래도 거리에 있는 백발 안대 소년이 소녀를 보는 것 같았습니다. 혹시 손님인가 싶어 토끼 귀를 쫑긋 세운 소녀는 허둥지둥 성냥이 필요하냐고 물었습니다.

소년은 토끼 귀 소녀의 말을 무시하고 대단히 기묘한 것을 보는 눈빛으로 반문했습니다.

"너, 추워? 왜 그렇게 떨어?"

물론 춥지요. 얼어 버릴 것 같았습니다. 동사 일보 직전이었습니다. 그러니까 성냥을 사달라고 토끼 귀 소녀는 강하게, 강하게 호소했습니다.

그런 그녀에게 소년이 말했습니다.

"그럼 일단, 옷부터 입어."

토끼 귀 소녀는 한겨울 거리에서 수영복 같은 복장이었습니다. 그런 복장으로 춥다고 떠는 토끼 귀 소녀는— 솔직히 가까이 하고 싶지 않았습니다. 마을 사람들도 마찬가지였습니다. 어쩐지 아무도 성냥을 사주지 않더라니…….

지적받은 성냥팔이 노출 소녀는 멍청하게 눈을 크게 뜨고는—.

"그걸 몰랐네요!"

그 방법이 있었구나! 토끼 귀가 띠용 튀어 올랐습니다.

·성냥팔이 잡룡

매섭도록 추운 겨울밤. 성냥을 가득 채운 바구니를 한 손에 들고 묘령의 미녀가 걷고 있었습니다.

"우우, 오늘도 아무도 성냥을 사주지 않는구먼."

풀 죽어 고개 숙인 채 터덜터덜 걷는 모습이 참으로 애처로웠습니다.

"추워서 죽겠구나. 성냥불이라도 쬐는 수밖에 없겠어."

그러면서 골목으로 들어간 미녀는 성냥 하나를 그었습니다. 조그만 빛이 들어옵니다. 하지만 별로 따뜻하지도 않거니와 곧 꺼질 듯한 불이었습니다. 고민한 미녀는 어쩔 수 없이 고개를 끄덕였습니다.

—봉우리의 거친 바람, 타오르는 홍련의 분류—『남염풍진』!"

하늘을 찌를 것 같은 불기둥을 만들었습니다. 추웠거든요. 그러니까 어쩔 수 없었습니다. 왜 성냥을 파는지 궁금해하면 안 됩니다.

겨우 따뜻해진 미녀는 편안하게 한숨 쉬었습니다. 그 직후—.

"찾았다, 저기다! 매일 밤마다 마을 여기저기에 불기둥을 세워? 이 방화범 자식! 오라를 받아라!"

"뭬, 뭬야?!"

어느샌가 이마에 핏줄이 솟은 경찰들이 몰려와 성냥팔이 방화 미녀를 포위했습니다.

성냥팔이 방화 미녀는 놀라서 냅다 도망치려고 했지만, 백발 안대 경찰에게 엉덩이를 흠씬 두들겨 맞고 몸부림치는 사이 연행되고 말았답니다.

마을에서 매일 밤 무허가 캠프파이어를 벌이면 경찰에게 잡혀갈 수 있어요. 착한 아이들은 따라 하지 맙시다.

·성냥팔이 흡혈 공주

"……성냥 사세요. 사세요. 응."

차가운 바람 부는 거리에 성냥 강매 소녀가 있었습니다. 금발 홍안, 도자기 인형 같은 미모를 가진 소녀였습니다.

성냥보다 오히려 소녀를 가지고 싶은 남자들이 많았지만, 그녀 앞에 서면 가랑이가 스매시되거나 성냥을 사거나 둘 중 하나였습니다. 당연히 연말부터 새로운 성적 취향에 눈뜨고 싶은 사람은 아무도 없으므로 모두 흔쾌히 성냥을 사 갑니다. 대량 구매합니다. 날개 돋친 듯 팔립니다.

성냥 강매 소녀는 여자에게도 자비가 없었습니다.

"……성냥 사세요."

"네? 아뇨, 저는 딱히……."

"……."

무언, 무표정. 무슨 생각을 하는지 모를 눈! 미모의 성냥팔이 소녀가 빤히, 정말로 빠아안히 바라봅니다!

"……하, 한 갑 주세요."

"……."

"으…… 두, 두 갑…… 아니, 세 갑, 주세요……."

"……응. 사줘서 고맙습니다."

아이를 데리고 있는 여성은 아이 몫 성냥까지 사준 모양입니다. 아이는 분명히 기뻐서 꺄르륵 웃을 테지요.

그때, 또 새로운 호구— 크흠, 손님이 지나갔습니다. 백발 안대가 인상적인 소년이었습니다. 성냥 강매 소녀는 평소와 같은 수법으로—.

"……성냥 사세— 성냥팔이 소녀는 필요 없나요?"

은근슬쩍 상품이 바뀌었습니다. 자신을 강매하는 소녀, 대단히 수상하게 들립니다.

백발 안대 소년은 본능적으로 위험하다고 느꼈는지 빠른 걸음으로 떠나려고 했습니다.

하지만 앞길을 막혔습니다.

자신을 강매하는 소녀에게서는 도망칠 수 없을 듯했습니다.

"……성냥팔이 소녀, 필요하죠?"

소년에게 저항할 방법은 없었습니다.

·성냥팔이 한냐

"서, 성냥 사세요~."

어느 마을에 안절부절못하는 성냥팔이 소녀가 있었습니다.

얼핏 보면 사줄 손님을 열심히 찾는 것처럼도 보였지요.

하지만 안절부절못하는 성냥팔이 소녀의 눈은 오가는 행인이 아니라 먼 길을 힐끔힐끔 돌아볼 뿐이었습니다. 실제로 바로 옆으로 사람이 지나가도 붙잡기는커녕 성냥을 내밀지도 않았습니다.

별안간 성냥팔이 소녀가 쌩 소리가 날 것처럼 날렵하게 가로등 뒤로 숨었습니다. 그리고 조심조심 얼굴을 내밀었습니다. 얼굴을 절반만 드러내 볼을 붉히며 물끄러미 먼 길을 바라보는 꼴이 무척 수상합니다.

소녀 뒤를 지나는 어린아이가 「엄마, 저 사람 항상 저기서……」라며 손가락질하고 엄마가 「쉿, 보면 안 돼! 저런 사람을 스토커라고 하는 거야. 아는 척하면 안 돼!」라고 주의를 줬지만 소녀의 귀에는 들어가지 않았습니다.

곧 성냥팔이 스토커 소녀가 바라보는 곳— 인파 속에서 백발 안대 소년이 나타났습니다.

“히, 힘내라, 나! 오늘이야말로 성냥을 팔면서, 고백하는 거야!”

성냥은 꼭 팔아야 할까……

소녀도 당황했기 때문이겠지요.

사람들이 보거나 말거나 파이팅을 외치던 성냥팔이 스토커 소녀는 그때 갑자기 고개를 갸웃거렸어요.

“……응? 으응? 누구랑, 같이 있어?”

자세히 보니 표정이 딱딱한 소년 옆에는 그의 팔에 몸을 밀착한 다른 성냥팔이 소녀가 있었던 겁니다!

성냥팔이 스토커 소녀에게서 표정이 사라졌어요. 눈에서는 빛도 사라졌습니다. 그리고 조금 전까지 스토커처럼 숨어 다니던 사람은 어디 갔냐고 묻고 싶을 정도로 당당하게 돌격했습니다!

“……응? 누구?”

“너야말로 누구야? 응? 성냥팔이 소녀는 나 한 명이면 충분한데?”

“……호오. 네가 이 사람의 성냥팔이 소녀라는 뜻? 알았어. 네 목숨은 성냥불보다 위태롭다는 걸 알려줄게.”

왜 성냥팔이 소녀란 점에 고집하는가. 분명히 아무도 모를 것입니다.

한겨울 길거리에서 두 성냥팔이 소녀가 마주 섰습니다.

성냥 강매 소녀 뒤에는 먹구름을 등진 황금 용이 출현했고, 성냥팔이 스토커 소녀 뒤에는 눈보라를 등진 한냐가 출현했습니다.

"……훗, 후후후후후훗."

"아핫, 아하하하하핫."

성냥팔이 소녀들의 으스스한 웃음소리가 울려 퍼졌습니다.

오늘 밤은 분명히 벼락과 폭설로 날이 거칠어지겠지요.

참고로 두 사람이 다투는 사이 백발 안대 소년은 냉큼 집으로 돌아갔다고 합니다.

제4장 ◆ 환상의 모험과 기적의 만남

살을 매만지는 바닷바람과 잔잔한 파도 소리.

시간조차 사양하여 걸음을 늦춘 것 같은 평온 속에서 누군가 기분 처지는 한숨을 내쉬었다. 하지메였다.

【메르지네 해저 유적】을 공략한 것도 오늘로 나흘째. 장소는 뮤와 레미아의 집이었다. 지금 하지메는 바다와 접한 나무 덱에 앉아 고민스레 신음하고 있었다.

바닥에는 광물이 어지럽게 흩어져 있었다. 아티팩트 제작이 잘 풀리지 않기 때문에 그런 것처럼도 보였다.

실제로 새로운 아티팩트— 비공정과 태양광 집속 레이저, 초장거리 전이 게이트 제작에 착수하였으나 마력 조작법과 생성 마법 및 연성 마법의 제어력 문제를 해결하지 못해 자신의 미숙함에 조금 짜증이 난 것도 사실이었다.

물론 그것은 고민의 절반이었고 한숨의 원인은 다른 절반 쪽에 있었지만…….

"아빠~, 점심 먹어~!"

바닷속에서 날치처럼 첨벙 뛰어오른 것은 그 고민의 원인인 해인족 소녀, 하지메와 부녀의 연을 맺은 뮤였다.

뮤는 물거품을 끌며 아무 거리낌 없이 하지메의 가슴으로 뛰어들었다. 그녀를 가슴으로 받아내자 얼굴까지 부비적거렸다.

"어허, 뮤. 다 젖었잖아."

"미안~."

혼내는 사람도 혼나는 사람도 표정이 늘어져 있었다. 세상에 둘도 없을 응석받이 딸과, 딸이라면 깜빡 죽는 팔불출 아빠였다.

"다른 언니들은?"

"먼저 갔어. 뮤는 아빠를 불러오라는 임무를 받았습니다!"

뮤가 다부진 얼굴로 자랑스러운 듯 콧바람을 씩씩 내뿜었다.

"그래? 고맙다. 뮤는 참 장하구나."

기본적으로 가시 돋친 강철 하트를 가진 하지메가 싱글벙글이었다. 정말 좋아 죽으려고 한다. 야박하게 거절당한 반 아이들이 이 광경을 봤다면 미소 짓기는커녕 오히려 악몽에 시달릴 것 같은 자애로운 표정이었다.

그리고 사랑하는 아빠에게 칭찬받은 뮤도 우후후, 하고 레미아 엄마를 쏙 빼닮은 웃음을 지었다.

가만히 두면 평생 서로 안고 방긋방긋 웃고 있을 분위기였다. 그러나 뮤는 분별이 있는 아이였다. 잠들어 버릴지도 모를 편안한 분위기에서 번쩍 정신을 차리더니 힘차게 일어나서 아빠의 손을 당겼다.

"아빠, 빨리! 엄마 밥 식겠어!"

"그래그래. ……안아줄까?"

"……이, 임무 중입니다!"

뮤는 밀려오는 유혹을 뿌리쳤다. 이렇게 장할 수가! 하지메 아빠의 입이 귀에 걸렸다. 그와 동시에 조금 전 한숨의 이유—

다시 여행을 떠나서 뮤와 헤어져야 한다는 이야기를 어떻게 꺼내야 할지, 또 걱정이 가슴속으로 퍼졌다. 고사리 같은 손에 잡힌 채 눈썹이 절로 팔자로 휘었다.

점심 식사는 여전히 시끌벅적했다.

유난히 노점 꼬치구이 스타일을 고집하는 뮤는 자주 입가가 더러워졌다. 뮤의 특등석은 레미아와 하지메 사이이므로 필연적으로 레미아가 못 말린다는 표정으로, 하지메가 평범하게 먹으라며 쓴웃음을 짓고 번갈아 가며 닦아줬다.

정말로 훈훈한 3인 가족의 일상처럼 보이는 광경이었다.

"으, 부러워."

"여행할 때는 제가 레미아 씨 포지션이었는데……."

카오리와 시아는 못마땅하게 꿍얼거렸고 티오는 그런 두 사람을 보며 깔깔 웃었다.

"애 갖고 싶어, 애 갖고 싶어, 애 갖고 싶어, 하지메 아기 갖고 싶어, 애 갖고 싶어―."

그리고 유에는 무너진 댐처럼 소망을 쏟아냈다.

하지메는 싫지만은 않은 눈치였다. 카오리의 눈이 암흑으로 물들었다.

하지메는 오한이 든 것 같았다. 유에의 얼굴에 승리감이 떠올랐다.

심판에게 「파이트!」 선언이라도 떨어진 것처럼 카오리와 유에는 파이팅 포즈를 잡았다.

이곳 에리센에 머물기 시작하면서 매일 다섯 번은 보는 광경에 모두 또 시작이라며 질린 얼굴이었다.

"어머나…… 그러고 보니 여러분, 오늘 모험은 어땠나요?"

과연 한 아이의 어머니라고 해야 할까? 나긋나긋한 웃음으로 눈보라 휘몰아치는 분위기조차 흘려버린 레미아 엄마가 이야기를 돌렸다.

"뮤~, 아무것도 없었어."

와일드하게 꼬챙이에서 생선을 뜯어 먹는 뮤는 과장스럽게 실망했다.

연일 뮤가 이끄는 모험가 파티(유에, 시아, 티오, 카오리)는 에리센 근처에서 모험 놀이를 했지만 오늘도 별다른 성과는 없었다.

"……응. 『에리센 건설 비자금』은 못 찾았어."

"작은 동굴은 몇 개 찾았지만 말이지."

"해저 동굴이나 종유동은 환상적이고 멋졌어."

"이걸로 『에리센 7대 전설』은 여섯 가지가 허탕이네요~."

『에리센 7대 전설』이란 흔히 있는 지방의 도시전설이었다. 오늘 찾고 다닌 비자금 외에도 바다의 망령이나 안개 속 유령선, 해적왕의 유산과 해저 도시, 행복을 부르는 인면어 등등.

어디까지나 전설이었다. 본업인 모험가들도 못 찾았으니까 못 찾는 게 당연했다. 당연했지만—.

"리얼은 언제나 리얼인걸."

모험가 뮤는 대단히 불만스러운 모양이었다. 레미아 엄마는 최근 이해하기 힘든 용어를 쓰는 딸 때문에 곤혹스러운 표정이었다. 그 눈이 느릿하게 범인에게 돌아갔다.

하지메는 눈을 슥 피했다.

"그 뭐냐, 너무 실망하지 마, 뮤. 아직 하나 남았잖아?"

"뮤~. 『빛나는 바다의 의지』가 남았어."

언제 누가 말하기 시작했는지, 어디서 전해졌는지 알 수 없는, 가장 오래되고 가장 막연한 바다의 전설―『빛나는 바다의 의지』.

그것은 빛의 바다가 나타난다는 내용이었다. 시간도 장소도 정해지지 않았다. 수평선 너머까지 빛이 가득하고 그곳에는『무엇인가』가 있다, 그리고 그것과 만난 자의 소원이 이루어진다는 것이었다.

"로맨틱하지……. 유에가 조난당하도록 빌까~?"

"……나가 죽어, 카오리."

유에 님의 황금 라이트 훅이 카오리의 배에 꽂혔다. 카오리는 아프다고 소리치며 지체 없이 손가락으로 유에의 옆구리에 반격하고, 유에가 하윽 귀여운 비명을 지르면서 흠칫 떨었다.

라운드 2, 파이트.

크르르르, 하아아악! 두두두두.

싸우는 두 사람을 깔끔히 무시하며 하지메가 말했다.

"오전 중에는 같이 못 갔지만, 오후부터는 괜찮아. 잠수정도 다시 만들었으니까 **마지막** 모험은 작정하고 바다에서 1박할 생각으로 가 볼까?"

"……뮤! 바다에서 자면서 모험! 가고 싶어!"

뮤는 한순간 뭔가를 참듯 눈썹을 모았으나 곧 활짝 웃으면서 찬성했다. 레미아가 사랑스럽게 눈을 가늘게 뜨고 딸의 머리를 쓰다듬었다.

"괜찮으면 레미아도 갈래?"

"부탁드릴게요. 우후후, 가족여행이네요. 여, 보."

라운드 3, 파이트!

진심인지 어떤지 모를 우후후 스마일 레미아에게 유에와 카오리가 화살을 돌렸다.

왜 불난 집에 네이팜탄을 집어넣는가.

어이없게 생각하면서도 즐거워 보이는 그녀들을 보고 하지메도 표정을 푼 뒤 오후 모험을 위해 배를 채웠다.

그날 밤.

검은 구름이 갈기갈기 찢어진 솜사탕처럼 떠다니는 밤하늘 아래, 잔잔한 바다를 나아가는 그림자가 있었다.

하지메의 잠수정이었다. 전보다 크고 갑판도 넓어졌다. 중력제어로 반쯤 호버 크래프트가 되어 파도의 영향도 거의 받지 않았고, 갑판 위에서 바비큐를 즐기는 일행은 정말로 쾌적한 항해를 이어가고 있었다.

"비가 와도 상관은 없지만, 별은 못 보겠군……."

집게를 잡고 고기를 굽던 하지메가 하늘을 올려다보며 아쉽게 말했다.

"……응, 날려 버릴까?"

"흉악한 제안 고마워."

구름이 거슬리면 날려 버리면 되지 않냐는 유에의 무시무시한 제안에 모두 어이없게 웃었다. 물론 마력 소비가 막심하므로 막았지만…….

"비공정이 완성됐으면 운해 여행도 가능했을 텐데."

"아빠, 『비공정』이 뭐야?"

"하늘을 나는 배야."

"마을 사람들처럼 하늘을 날아?!"

주석 : 에리센 사람은 하늘을 날지 않습니다.

"그건 아름다운 포물선이었지."

티오가 과거를 회상하며 곱씹었다. 출발할 때 가족여행이라며 떠드는 뮤에게 미소 지으며 말을 걸던 마을 사람들을. 뮤의 친구와 다른 애 엄마들을…….

그리고 질투에 미쳐 출발을 저지하려고 달려든 남자들을. 모두 몰래 레미아의 재혼 상대 자리를 노리던 하이에나들이었다…….

결과는 뻔했다. 하지메가 와이어로 전부 묶고 해머던지기처럼 저 멀리 바다로 던져 버렸다.

하이에나 필두인 촌장(왕국 귀족이기도 한 인간족 중년)과 마을 간부들은 특별히 미사일에 묶어 저 멀리 하늘로 쏘아 올렸다.

"레미아 씨와 뮤는 정말로 마을에서 사랑받네……."

"하지메 씨를 향한 질투가 들끓는 것 좀 봐요. 레미아 씨는 저랑 같은 아인인데 인간족 남성한테도 인기라니까요."

"……응. 레미아는 마성의 여자."

"저, 저기, 유에 씨? 그 말은 조금 어폐가……. 일이 일인지라 다양한 사람을 만날 기회가 많을 뿐이에요."

레미아가 웬일로 유에의 눈총에 굉장히 곤란한 표정을 지었다.

참고로 레미아의 일은 왕국에서 파견된 촌장 및 인간족 공직자와 해인족 사이를 조정하는 것이었다. 그런 부서의 멤버 중 한 명이며 쉽게 말하면 평사원, 아니, 계약직 정도의 위치지만…….

레미아 필살(?) 나긋나긋한 분위기와 아무리 살벌한 상황에서도 독기를 흩어 버리는 온화한 언동은, 차별적인 생각을 갖기 쉬운 인간족과 불만이 쌓이기 쉬운 해인족 사이에서 최고의 완충재 겸 마음의 오아시스가 되었다.

일과 관계없이 가족 분쟁(부부싸움) 중재에도 불려갈 정도로 레미아는 에리센 주민에게 믿음과 친애의 대상이었다.

"『1가정 1레미아』라고 했던가?"

그런 표어가 생길 정도로 에리센 사람들이 갖고 싶어 했다. 레미아가 있으면 평생 평화롭게 살 수 있을 것 같다며…….

"하, 하지메 씨. 그건 창피하니까 말하지 마세요……."

레미아는 볼을 붉히면서 진심으로 곤란한 표정을 지었다.

"아빠, 아빠. 그거 말고 『철벽 레미아』도 있어!"

"그러는 너도 『철벽 뮤』라고 불리더라. 두 명 합쳐서 『철벽 모녀』 아니야?"

딱히 모 웃가게 괴물 같은 강철 육체를 자랑하지는 않았다.

레미아는 누가 어떤 식으로 고백해도 딱 잘라, 다른 해석의 여지도 주지 않고 거절하기 때문에……. 뮤는 자기편으로 끌어들이려고 「자! 아빠라고 불러보렴!」이라며 접근하는 자들에게 웃는 얼굴로 「절대로 안 해!」라고 완벽하게, 초고속으로 거절하기 때문에…….

그렇기에 뮤가 아빠라고 부르며, 레미아가 농담(아마도)이라도 여보라고 말하는 하지메를 보고 질투에 사로잡힌 에리센 남자들이 폭주한 것이었다.

"레미아 씨. 정말로 하지메를 노리는 건 아니죠? 그죠?"

카오리가 조심조심 물었다. 다른 일행도 주목했다. 레미아는 뮤를 힐끔 보고―.

"우후후."

―라고 차분하게 웃을 뿐.

"그 『우후후』는 무슨 의미예요?! 네?!"

"……레미아, 배짱 좋아. 바다에 가라앉혀주겠어."

냉랭한 눈빛을 보내는 카오리와 유에가 양쪽에서 압박해오자 레미아가 역시나 우후후 웃으며 두 사람의 추궁을 받아냈다.

그런 식으로 식사 겸 탐색은 대단히 평화롭게 이어졌다.

그렇게 수 시간 후.

슬슬 심야에 접어들 즈음. 도중에 전이도 몇 번 해서 장소는 이미 당초 목표지점인 【메르지네 해저 유적】을 지나 북서쪽 100킬로미터는 더 나아간 대양의 한복판이었다. 각자 갑판에서 쉬면서 주위를 탐색했지만…… 신비한 현상은 발견되지 않았다.

포만감과 요람처럼 편안한 흔들림, 부드러운 바람, 그리고 평온한 시간에 뮤의 눈꺼풀이 자연스럽게 무거워졌다.

"뮤. 이제 그만—."

"싫어."

마지막 전설을 발견하겠다고 결심하며 억지로 잠기운을 쫓아냈으나 어린 몸은 빨리 침대로 가라고 강하게 재촉했다. 아무리 봐도 더는 힘들어 보였다. 하지메가 난감한 표정으로 레미아를 봤다. 레미아도 난감한 표정으로 딸의 머리를 쓰다듬었다.

"뮤?"

"싫어."

절대로 자기 싫은 듯했다. 오기로라도 자지 않겠다는 기백이 느껴졌다.

"……으응, 뮤. 유에 언니 졸려. 같이 자자."

유에 님의 나이스 어시스트. 안 그래도 평소부터 졸린 눈이라서 졸린 연기도 프로 여배우 수준이었다. 그러나—.

"여긴 뮤한테 맡기고 먼저 침대로 가!"

"……하지메."

"내가 잘못했어."

비몽사몽인 머리로도 아빠에게 배운 말을 퍼뜩 떠올려 활용하는 점은 대단했다. 그러나 유에의 눈총이 푹푹 꽂히니 하지메도 칭찬할 수는 없는 노릇이었다.

"뮤. 대신 내가 깨어 있을 테니까 자. 뭐가 나오면 바로 깨워줄게."

"그럼 안 돼."

타협안도 허무하게 격추됐다. 전설을 발견하겠다는 각오치고는 너무 고집스럽다는 기분도 들었다. 일행은 어떻게 해야 할 줄 몰랐다.

"왜 안 된다는 거야?"

"……자면, 아침이 와."

"……."

"마지막 모험인데, 금방 끝나."

뮤는 갑판 위에서 무릎을 끌어안고 달빛뿐인 어두운 바다에서 눈을 떼지 않았다. 그 옆얼굴에서는 어느새 모험에 대한 기대감은 사라져 있었고 무언가를 붙잡아 두려고 안간힘을 쓰는 것 같았다.

마지막 모험— 그것은 단순히 『마지막 전설』이라는 의미뿐 아니라 뮤에게는 다른 의미를 가졌던 것일까.

그것을 눈치채지 못할 하지메는 아니었다. 왜냐면 그것은 하지메가 매일 골머리를 앓는 원인이기도 하니까.

갑판에서 쉬는 것처럼 보여도 사실 뮤는 언제나 하지메 옆에 붙어 있었다. 하지메가 어디에 앉든, 잠시 선내로 물건을 가지러 갈 때도 졸졸 따라왔다. 마치 새끼 오리처럼. 그것이 무엇보다 확실하게 뮤의 심정을 말해줬다.

"뮤……."

하지메는 뮤의 부드러운 에메랄드그린 색 머리카락을 다정하게 만졌다. 그리고 차라리 여기서 그 말을— 이별을 고해야 할지 고민했다.

하나라도 더 많은 추억을 만들어주려고, 혹은 하지메 일행이 오히려 헤어지기 섭섭해서 출발을 미뤄 왔지만, 그것이 도리어 뮤를 힘들게 하지 않았을까?

무엇보다 마지막 추억을 침울하게 끝내는 것은 뮤에게 너무 미안한 일이었다. 레미아를 곁눈질했다. 시선을 알아챈 그녀에게서 미소가 돌아왔다. 알아서 하라는 뜻일까?

다른 일행도 뮤를 보고 고민하는 눈치였다. 그녀들도 하지메와 마찬가지로 어느 타이밍에 어떤 말로 이별을 전해야 할지 날마다 고민했을 것이다.

"뮤."

뮤는 움찔 떨었다. 목소리에서 직감한 것일까? 머뭇머뭇 하지메를 올려다봤다. 그리고 현실을 거부하는 것처럼 눈이 촉촉이 젖어 들었다. 정말로 총명한 아이라고 생각했다.

하지메는 뮤를 안아 무릎 위에 올리고 먼 바다를 내다봤다.

"아름답지?"

"뮤?"

"봐, 달빛이 반사돼서 구름도 바다도 반짝반짝해."

"……예뻐."

하늘 중앙에 뜬 달이 드문드문 떨어진 구름을 환상적으로 비추었고 구름 사이로 달빛 사다리가 드리워 바다에 색을 입혔다.

"이런 아름다운 바다는 처음 봐."

"그래?"

뮤는 의외라는 표정으로 하지메를 올려다봤다.

바다에서 나서 바다에서 자란 뮤에게는 익숙한 풍경인지도 모르나, 지구에서는 바다와 관련된 일에 종사하지 않는 한 보기 힘든 광경이었다. 단순한 고등학생이라면 더더욱 그랬다.

"뮤 덕분이야."

"나?"

"그래. 네가 모험을 하자고 불러줘서 이런 아름다운 경치를 볼 수 있었어."

"……에헤헤."

뮤가 쑥스러워 꼼지락댔다. 하지만—.

"약속할게. 난 평생 오늘 모험을 안 잊어."

"……."

다시 뮤의 표정은 딱딱해졌다. 기쁜 말일 텐데 뮤의 총명함이 말의 속뜻까지 깨달아 버리기에…….

뮤가 말할 때까지 하지메는 잠시 기다렸다. 가지 말라거나 같이 데려가 달라는 뮤의 마음을 받아주고 싶어서. 받아주고 말을 돌려주고 싶어서.

하지만 뮤는 아무 말도 하지 않았다. 그저 입을 앙다물고 눈가에 고인 눈물조차 흘리지 않고 참고 있었다.

조용하게 가슴을 옥죄며 시간이 흘러갔다.

하지메는 숨을 크게 뱉었다. 자기 마음을 정리하듯이.

그리고 그 말을 입에 담으려던― 바로 그때.

"……?! 뭐야?!"

오싹하게 머리털이 곤두서는 강대한 기운에 모두 순간적으로 경직했다.

"하지메 씨! 하늘이!"

시아의 말에 따라 고개를 들자 하늘이 급속도로 닫히고 있었다. 아니, 그런 착각이 들 만큼 빠르게 구름이 번진 것이었다. 달이 구름에 파묻히다시피 사라졌다.

"뮤, 레미아. 우리 옆에서 떨어지지 마."

뮤와 레미아의 눈동자가 불안하게 떨렸지만 고개는 힘차게 끄덕였다.

"하지메, 안개가 엄청난 속도로 몰려와……. 이거 자연 현상은 아니지?"

"글쎄, 판타지 세계니까 자연 현상일 가능성이 없다고는 못 하겠지."

"……하지메의 감으로는?"

"의도적인 거군."

잠수정이 짙은 안개에 둘러싸였다. 갑판 끝과 끝에서 서로의 모습을 보지 못할 안개. 흡사 【하르치나 수해】였다. 다 같이 뮤와 레미아를 지키려고 그녀들을 중심으로 둥글게 모였다.

"전설의 등장인가요?"

"그렇다면 기쁘겠지만, 아무리 봐도 빛나는 것처럼은 안 보인단 말이지."

"주인님, 봐라. 온다."

티오의 목소리는 굳어 있었다. 진실을 간파하려는 황금색 용안이 우현의 안개를 직시했다.

모두가 그쪽을 주목한 직후, 『그것』은 모습을 드러냈다.

"저건 뭐야?"

안개 속으로 거대한 그림자가 스쳐 지나갔다. 실루엣으로 판단할 때 길이는 30미터를 넘을 것이다. 그런데 물소리 하나 나지 않았다. 바람도 없었다. 안개도 흩어지지 않았다.

마치 그곳에 **아무것도 없는 것처럼**.

닫힌 세계는 마냥 고요하여 일행의 숨소리만 유난히 뚜렷하게 들렸다.

"고, 래?"

카오리가 쉰 목소리로 중얼거렸다. 고요함 속에서도 강대한 기운은 분명히 느껴져 긴장하지 않을 수 없었다.

하지메도 카오리의 의견에는 동의했다. 잠수정 주변의 허공을 헤엄치는 거대 실루엣에는 낯익은 꼬리지느러미 같은 부분이 보였기 때문이었다.

"마안석에는 아무것도 안 비쳐……. 야, 티오."

"미안하구나, 주인님. 내 지식에도 이런 건 없어."

박식하며 분석력이 뛰어난 티오도 식은땀을 살짝 흘리고 고개를 저었다.

그 순간, 잠수정이 격하게 흔들렸다.

"윽, 하지메 씨?! 착수시켰어요?! 해류에 떠내려가요!"

"뭐라고? 호버 크래프트는 안 풀었어!"

요란한 물소리가 마침내 정적을 깨뜨렸다. 평온하던 바다가 돌연 적의를 드러냈다. 무서울 정도로 빠르고 강력한 해류가 발생했고, 이어서 정체불명의 『그림자』에 맞춰 안개가 회오리처럼 돌기 시작했다.

"칫."

"아, 아빠! 안 돼!"

돈나에 손을 댄 하지메를 뮤가 와락 안아서 제지했다.

"뮤?!"

"미안! 하지만 저거, 설명은 못 하겠지만…… 나쁜 애가 아니야!"

"나쁜 애가 아니라니, 그게 무슨……."

물론 정체를 아는 것 같지는 않았다. 하지만 뮤는 그 『그림자』에게서 뭔가를 느낀 듯했다. 다치게 하면 안 된다고 뮤의 마음속 무언가가 강하게 주장하는지 그 눈동자에는 절실함과 말로 표현하지 못할 답답함이 깃들었다.

그러는 사이에도 사태는 가속해 갔다.

어느새 안개가 거대한 회오리 벽을 만들어 마치 태풍의 눈에 있는 것 같은 상황이었다. 단, 머리 위 하늘은 안개 뚜껑에 덮여 보이지 않았고, 바닷물이 끌려 올라가서 아래에는 거대 크레이터를 방불케 하는 소용돌이가 발생해 있었다.

"바다로 집어삼킬 작정인 겐가?"
"……이상한 감각이지만, 바다와 안개 전체에서 마력이 느껴져."
"하지메 씨. 일단 죽을 만한 미래는 안 보여요!"
하지메는 유에에게 시선을 줬다. 말은 없어도 사랑하는 이의 마음을 파악하는 것쯤 일도 아니었다. 그 눈빛이 공간 전이로 탈출하자는 제안임을 이해하고 유에는 즉각 게이트를 만들었다. 그러나 그 직후—.
"아빠! 저 애가 불러! 아빠한테 도와달래!"
"뭐, 뭐라고?"
당황스러울 따름이었지만 뮤가 무엇을 느꼈는지 자세히 따질 여유는 없었다.
—호오오오오오오오옹.
『그림자』가 울었다. 짐승이 위협하는 듯한 소리는 아니었다. 더 맑은, 관악기의 음색 같은 울음소리. 동시에 일행의 몸에 빛이 달라붙고 의식이 한순간 흐릿해졌다.
"아, 이런—."
당황한 소리는 유에에게서 나왔다. 만들었던 게이트가 흔들리며 무산했다.
"떨어지지 마!"
탈출할 여유는 없었다. 하지메의 호령에 뮤와 레미아를 중심으로 모두 끌어안아 뭉친 직후, 잠수정은 단숨에 바다 아래로 떨어졌다. 하지메 일행의 의식과 함께…….

"으, 여긴……."

레미아는 머리를 흔들고 깨어났다. 무슨 일이 일어났는지 전혀 알 수 없어 멍하게 있었으나, 그것도 한순간이었다. 의식을 잃기 전에 분명히 끌어안았던 딸의 온기가 사라진 걸 알자마자 핏기가 가시는 것을 느낄 정신도 없이 벌떡 일어났다.

"뮤! 뮤, 어딨어! 대답해! 엄마 여기 있어!"

레미아의 절규 같은 외침이 메아리쳤다.

그러나 사랑하는 딸의 목소리는…… 돌아오지 않았다. 주위를 돌아봤지만 다른 사람도 보이지 않았다.

맹렬한 불안이 밀려왔다. 마치 마음 깊은 곳에 얼음덩어리를 던져 넣은 것처럼 팔다리가 끝부분부터 얼어붙는 것 같았다.

다시는, 두 번 다시 떨어지지 않겠다고 맹세한 딸이 옆에 없었다.

그것은 레미아에게 절대로 허용할 수 없는 일이었다. 딸이 또 괴로운 경험을 할 것이라고 생각하면 가슴이 찢어졌다.

"……괜찮아. 괜찮을 거야. 그 사람들도 있어. 그러니까 괜찮아."

마음 단단히 먹어야 한다고 자신을 질타했다. 초조함과 비관에 사로잡힐 뻔한 레미아의 눈동자가 빛을 되찾았다. 한 번 심호흡하자 마음은 꽤 안정되었다.

이번에는 천천히 주위를 둘러봤다. 시야에 들어온 것은 금이 간 돌 포장길과 반쯤 무너진 건물 외벽뿐이었다. 아무래도 어떤 마을 뒷골목에 떨어진 모양이었다.

좌우지간 뮤를 찾아야 했다. 레미아는 뒷골목에서 나왔다.

밖은 메인스트리트 같았다. 길 폭이 20미터는 됐고 난생처음 보는 큰 건물이 늘어섰다.

똑바로 뻗은 길 한쪽은 끝이 없어 지평선이 보일 정도였다. 반대 방향에는 눈어림으로 3킬로미터쯤 되는 위치에 거대한 성과 하늘을 찌를 듯한 원주형 탑이 보였다.

엄청난 도약력도, 하늘을 날 수단도 없는 레미아가 이곳의 전모를 파악할 수는 없으나, 보이는 범위에서도 상당한 기술력을 가진 거대 도시**였다**고 알 수 있었다.

그렇다, 과거형이다. 이 도시는 어디를 보아도 무참하게 망가져 있었다. 주위 건물을 아무리 봐도 폐허뿐이었다. 인기척도 전혀 없었다.

위를 올려다보면 번개 치는 먹구름이 펼쳐져 세상의 종말을 연상시켰다. 도시 전체에도 검은 안개가 옅게 깔렸고 공기는 침체된 느낌이었다. 몹시 으스스해서 사람이 발을 들여서는 안 될 영역에 들어온 것 같기도 했다.

"여기는, 어디지? 바다 아래로 끌려왔을 텐데……."

살을 타고 올라오는 듯한 불길함을 떨쳐내려고 일부러 의문을 소리 내어 말했다.

레미아는 유령 도시를 노려보듯 눈에 힘을 주고 달렸다.

"뮤! 엄마야! 어디 있어! 대답해!"

몇 번이고 소리치며 주위를 두리번거렸다.

망가진 길에는 건물 잔해가 널브러졌고 타일이 깨진 곳이 많아 튼튼한 신발을 신는 습관이 없는 해인족에게는 몹시 위험했다. 심지어 딸을 찾느라 아래를 전혀 보지 않는 레미아에게는 더더욱.

"—윽."

역시나 무른 샌들은 뾰족한 잔해 모퉁이에 부딪친 순간 견디지 못하고 끈이 끊어지고 말았다. 레미아의 호리호리한 다리에 피가 한 줄기 흘렀다.

이미 발끝에 걸려 방해만 되는 샌들을 망설임 없이 벗어 던졌다. 그러고는 개의치 않고 맨발로 딸을 찾아 나섰다. 걸음을 내디딜 때마다 상처는 늘어가지만 발은 한순간도 멈추지 않았다.

오로지 필사적으로 세계에서 가장 소중한 사람을 찾으며 목청을 키웠다.

그러나 딸을 찾는 어머니의 목소리는 다른 좋지 않은 무언가를 불러들였다.

"아…… 누구, 시죠?"

언제 나타났는지 레미아 앞에 사람이 있었다.

아니, 사람 같은 『무언가』였다. 얼핏 보면 검은 로브를 머리부터 뒤집어 쓴 사람처럼 보였으나 얼굴 부분이 부자연스럽게 어두워 입가조차 보이지 않았다.

그 로브로 보이는 것도 평범하지는 않았다. 마치 유동체 같았다. 비유하자면 검은 타르가 엉겨 붙은 것 같았지만…… 실제로는 그 표현조차 어울리지 않는 기괴한 형상이었다.

무엇보다 레미아의 본능이 시끄럽게 경종을 울렸다.

저건 안 된다. 저것과는 절대로 이해할 수 없다.

지금 당장! 전력을 다해 도망쳐라!

하지만 이 아무도 없는 유령 도시에서 처음 만난 자이기에 『어떤 가능성』이 발을 붙잡았다.

바로 『딸을 알고 있지는 않을까?』라는 가능성이었다.

딸을 향한 사랑이 본능을 이긴 결과는—.

"호, 혹시…… 어린 여자애 못 보셨—."

못 보셨나요? 그렇게 묻기 전에 소름 끼치는 검은 로브가 물결쳤다. 그리고 다음 순간, 꿈틀대며 일어나 응축되고 모양을 갖추었다.

불길한 거대 갑옷의 모양을…….

미끄러지듯 검은 로브가 다가왔다. 그 모습은 마치 이야기로 전해지는 사신 같았다.

얼굴이 창백해진 레미아는 뒷걸음치다가 잔해에 걸려 털썩 쓰러졌다. 생존본능마저 가려 버리는 살의에 휩싸여 비명도 지르지 못했다. 눈도 뗄 수 없었다.

그래도 마음속으로는 연거푸 자신을 질타했다.

—뮤를 찾아야 해. 엄마잖아! 정신 차려! 일어서!

태어나서 이제껏 경험한 적 없는 압도적인 살의를 뒤집어쓰고 몸이 얼어붙은 것처럼 말을 듣지 않아도 그녀는 포기하지 않았다.

포기할 수 없었다. 그래서 몸을 떨면서도 레미아는 치켜든 대낫을, 죽음을 앞에 두고도 싸움에 임하는 것처럼 눈을 부라렸고…….

그 순간, 붉고 선명한 섬광이 사신의 머리를 뚫었다.

"어?"

레미아는 불현듯 속박에서 풀린 것처럼 얼빠진 소리를 냈다. 그 시야에는 뇌수를 흩뿌리는 것처럼 검은 타르가 철벅 튀는 사신이 비쳤다.

그와 동시에 같은 검은색인데 안도감을 주는 코트 자락도 보였다.

"그 딸에 그 어머니로군. 용기가 대단해."

칭찬과 함께 레미아 곁에 착지한 것은 하지메였다.

레미아는 눈을 동그랗게 뜨고 외쳤다.

"하지메 씨! 뮤, 뮤는요?!"

"미안하지만, 질문은 나중에 해."

마음이 급해서 반사적으로 물었으나 하지메는 한 손으로 레미아를 끌어안았다. 꺄, 하고 작은 비명을 지른 레미아는 얼떨결에 하지메의 목에 매달렸다.

하지메가 뒤로 뛰과 동시에 레미아의 귓가에 바람을 가르는 불길한 소리가 들렸다. 화들짝 시선을 돌린 레미아가 본 것은 대낫을 치켜든 사신이었다.

한 마리가 아니었다. 아니, 두 마리도 아니었다. 사방에서, 벽과 땅에서 배어 나오듯 계속 출현하고 있었다. 순식간에 스무 마리 이상에게 포위당했다.

"꽉 잡아. 조금 거칠게 움직일 거니까."

"네, 넷!"

날카롭고도 무거운 하지메의 음성에 레미아는 조건 반사처럼 따랐다.

—으어어어어.

사신들이 시커멓고 소름 끼치는 유동체를 오라처럼 펼치고 신음했다.

선전포고라도 하려는 것인가? 전장에 바람이 불었다.

마안을 가지고도 마석은 확인되지 않았고 검은 유동체의 정체도 불명이었다. 의지가 있는지 의심스러운 기이한 생물이지만 살의가 있다면 해야 할 일은 하나뿐.

"오물이랑 놀아줄 시간 없어."

사신들이 일제히 덤벼든 순간, 하지메의 손에서 붉은 빛이 퍼졌다. 그리고 허공에 출현하는 일곱 개의 십자가, 크로스비트가 하지메를 중심으로 개화한 꽃잎처럼 총구를 전방위로 펼쳤다.

지체 없이 일제 사격이 시작되고 굉음과 함께 죽음의 섬광이 비상했다.

정체 모를 생물이라도 물리력과 마력을 겸비한 막대한 2중 충격파에는 버티지 못했다.

사신들은 튕겨 날아가 선혈 대신 타르를 방사선으로 퍼뜨렸다.

하지메가 뛰어올라 그곳을 벗어났다. 아래쪽에서 사신이 스멀스멀 기어 올라온다. 그것을 보지도 않고 돈나 작렬탄으로 터뜨린 뒤 허공에서 달려든 다른 다섯 마리를 오싹할 정도로 신속, 정확한 속사로 동시 격파했다.

착지하는 순간을 노리고 전후좌우로 날아드는 대낫 공격을 숙여서 피하며 건 스핀으로 공중 리로드를 완료, 오른발을 축으로 팽이처럼 회전하면서 흐릿하게 보일 정도의 속도로 방아쇠를 당기자, 그 결과는 붉은 섬광으로 인한 십자가 궤적과 그것을 장식하듯 터지는 사신 네 마리였다.

"얘 데리러 가야 돼. 빨리 죽어."

초승달처럼 찢어진 입. 수축한 동공. 눈동자 속에서는 흉악한 살의가 번들거렸다.

나락의 괴물이 발하는 압도적인 위압감에 사신들의 기세가 한순간 꺾였다.

그리고 전투 중인 하지메를 처음으로 가까이서 본 레미아도 호흡을 멈췄다. 그러나 신기하게도 무섭다고는 생각하지 않았다.

격렬한 전투를 펼치는데 레미아에게 큰 부담을 주지 않는 배려 때문이기도 했다. 그러나 가장 큰 이유는 느껴지기 때문이었다.

하지메의 초조함과 짜증, 그리고 공포가. 뮤를 생각하는 그 감정이…….

"하지메 씨……."

"레미아. 귀 막아. 전부 날려 버릴 거야."

무슨 말을 하려다가 겹쳐 나온 말에 고개를 끄덕였다. 자신도 뭐라고 하려고 했는지 알 수 없었다.

그 직후, 미사일 & 로켓 런처 『오르칸』이 출현했다. 쇄도하는 사신들에게 인정사정없이 공격을 쏟아부어 땅째로 날려버렸다. 여파로 폐허가 붕괴하고 반경 백 수십 미터가 공터로 변했다.

그 후에는 아무것도 남지 않았다. 사신의 기운도 없었다.

시원하게 트인 주변을 방심하지 않고 경계하던 하지메는 곧 어깨에서 힘을 뺀 뒤 오르칸을 넣었다.

"미안해, 레미아. 뮤는 아직 못 만났어. 처음 발견한 게 너야."

"네? 아…… 그런가요."

싸우기 전에 했던 이야기라고 조금 늦게 깨달은 레미아가 표정에 그늘을 드리웠다.

"무식하게 큰 도시야. 하늘에서도 확인했지만 끝이 안 보여."

단순한 추측이지만 고도를 통해 계산했을 때 최소 반경 30킬로미터는 됐다. 지구라면 몰라도 토터스를 기준으로 일개 도시에서는 있을 수 없는 넓이였다.

"아마 저 성이 이 폐허의 중심이야. 성을 기점으로 동서남북으로 뻗은 직선 도로가 앞으로 쭉 뻗어 있어. 일단 대충 주변을 파괴하면서 저 폐성으로 가자."

폐성을 중심으로 한 거대 십자로인 메인스트리트로 나가면 어느 정도 거리가 있어도 중심지가 보인다. 그렇다면 당연히 헤어진 일행도 그곳을 목표로 이동할 것이다. 하지메는 그렇게 판단했다.

참고로 하지메와 레미아가 있는 곳은 『폐성 북쪽』에 해당하며, 이 거리는 당연히 『북쪽 메인스트리트』였다. 레미아와 합류하기 전 하지메가 발견한 표식에 몹시 손상된 글씨로 그렇게 적혀 있었다. 미지의 문자도 해독해주는 『언어 이해』 덕분이었다.

"파, 파괴하면서요?"

"그래. 총성과 폭음으로 우리 위치를 알릴 수 있으니까. ……폐성 남쪽에 있으면 총성으로도 들리지 않을 수 있지만…… 안 하는 것보다는 낫지."

약간의 불안은 있었다. 그것은 하늘에서 도시를 확인했을 때 눈에 들어온 『벽』 때문이었다.

폐성을 중심으로 동서로 뻗은 거대한 벽이 남북을 분단하고 있었다. 마치 만리장성을 200미터 높이로 늘려놓은 것 같은 거벽이었다.

거벽의 목적은 알 수 없었으나 멀리서 보는 한 남쪽에는 북쪽만큼 큰 건물이 없는 것은 확실했다. 용도의 차이인지, 아니면 특별한 이유가 있어서 북쪽보다 더 붕괴된 것인지…….

어쨌거나 그 거벽이 소리와 섬광을 막을 가능성은 충분히 있었다.

그러나 확실히 안 하는 것보다는 나았다. 물론 염화로 불러보기도 하고 정찰기 오르니스로 선행 조사하는 안전 확인은 빼먹지 않았다.

"아까 그 이상한 것에게 공격받지는 않을까요?"

『나 여기 있어!』 작전이 너무 과격해 레미아가 입가를 실룩거렸다. 도시보다 레미아의 상식이 먼저 파괴될 것 같았다.

"다 죽일 거니까 문제없어."

"그, 그런가요……."

몹시 가벼운 살육 선언이었다. 언제나 동요하지 않는 레미아도 이건 흘려듣지 못했다. 식은땀은 흘렸지만.

그런 레미아를 무시하고 하지메는 그녀를 바닥에 내려줬다. 그러자 잊었던 통증이 레미아를 덮쳤다.

"윽."

"……? 왜 맨발이야?"

"달리기 불편해서요……."

"……그랬군."

레미아가 얼마나 필사적이었는지 깨달은 하지메는 그 말만 하고 발로 땅을 탁 쳤다. 그러자 즉시 『연성』이 발동해 즉석 의자가 솟아났다.

거기에 레미아를 앉힌 하지메는 한쪽 무릎을 꿇고 레미아의 상처투성이인 발을 조심스럽게 잡은 뒤 치료대 대신 자기 무릎에 올렸다.

"하, 하지메 씨?"

"치료부터 해. 마법은 못 쓰지만, 회복약과 구급함 정도라면 있어."

"저는 괜찮아요. 그보다 뮤를 찾아야죠."

치료를 사양하려는 레미아에게 하지메는 조용히 눈을 맞췄다.

"그 애한테 두 번이나 보이고 싶어?"

"—아."

무엇을, 이라고는 묻지 않았다. 알기 때문에. 레미아가 두 번 다시 떨어지지 않겠다고 생각한 것만큼 뮤 또한 두 번 다시 어머니가 다치는 모습은 보고 싶지 않을 것이라는 것쯤. 지금 레미아를 보면 뮤도 분명히 상처 입을 것이라는 것쯤은 알고 있었다.

"금방 끝나."

"……네. ……하지메 씨. 구해주셔서 고마워요."

"뮤의 엄마니까."

하지메 본인도 한시바삐 뮤를 보호하고 싶을 것이다. 치료하는 손은 대단히 빠르고 대답은 쌀쌀맞도록 간결했다.

그러나 그것이 오히려 레미아의 표정을 풀리게 했다. 하지메의 머릿속은 뮤로 가득할 게 틀림없었다. 그 사실이 마음을 가볍게 하고 온기를 되찾아줬다.

그렇기 때문일까.

"뮤는…… 괜찮겠죠?"

알 방도가 없는 의미 없는 질문, 불안을 조금이라도 덜기 위한 어리광 같은 질문을 하고 만 이유는…….

"당연히 괜찮지. 뮤의 용기와 끈기는 남달라. 영리하기도 하고."

대답은 바로 나왔다. 자신과 동료의 힘, 그리고 뮤를 믿으며 재회하는 미래를 의심조차 하지 않는 듯했다.

레미아는 생각했다. 아…… 강한 사람이구나, 라고.

조금 전 흉악하고 폭력적인 힘이 전부가 아니었다. 바라는 미래를 믿고 그것을 이루기 위해 자신의 모든 것을 거는 강한 마음이 있었다.

그리고 그 힘이야말로 그 어리광쟁이였던 딸을 강하게 만들었다고 실감했다.

이 강한 사람을 동경하여 강해지고 싶다고 생각해 성장했겠지.

그래서 이 사람에게 경애를 담아 『아빠』라고 부른 거겠지.

딸의 성장을 기쁘게 생각하는 반면, 부모로서 조금 질투와 분한 마음을 느꼈다. 자기도 모르게 심술궂은 말을 꺼낼 정도로…….

"역시 딸을 잘 아네요? 여, 보."

포근하게 우후후, 하고 웃었다. 본심을 헤아리기 어렵다고 평판이 자자한 웃음이었다.

이럴 때까지 장난이냐며 화를 낼까, 어이없어하며 싫어할까…….

레미아가 조금 긴장하며 보자 하지메는 눈도 마주치지 않고 대답했다.

"뮤가 없는 데서 무슨 소리야?"

무심코 레미아는 입을 다물었다. 한쪽 발 치료가 끝나고 다른 발을 잡았으나 정신은 다른 곳에 가 있었다.

"알고 계셨나요?"

"웃어서 얼버무리는 이유 말이야?"

하지메를 『여보』라고 부르고, 진심이냐고 물어도 절대로 답을 알려주지 않았다.

포근한 웃음으로 얼버무리는 그 이유.

"뮤를 위해서겠지. 아니야?"

레미아는 미안하게 고개를 끄덕였다.

본심을 말하지 않은 게 아니었다. 레미아는 그럴 수 없었다.

초면인 남자를 갑자기 남편이라고 생각할 수 있을 리 없었다. 첫눈에 반한다는 건 어불성설이었다.

하지만 그렇다면 뮤에게 말해야 하는가? 저 사람은 아빠가 아니다, 엄마는 저 사람과 함께 살 수 없다, 라고?

말할 수 없었다. 지금까지 한 번도 다른 사람을 아빠라고 부르지 않던 뮤가 처음으로 그렇게 불러준 사람에게…….

그러니까 뮤 앞에서는 하지메에게 호감이 있는 것처럼, 아빠와 엄마가 친하게 지내는 것처럼 행동했다. 그러나 하지메 옆에는 진심으로 하지메를 좋아하는 여자들이 있었다. 그녀들 앞에서 진심이라고 거짓말하는 것은 지나친 실례였다.

그래서 이도 저도 아니게, 두루뭉술하게 얼버무린다.

언젠가 찾아올 이별의 순간까지.

"폐만 끼쳐드려…… 정말로 죄송합니다."

은인 앞에서도 딸을 우선해 폐를 끼친다. 친절을 이용한다.

레미아는 말 그대로 미안한 표정으로 고개 숙였다.

"걔들도 대충은 알 거야. 신경 쓰지 마."

치유가 끝났나 보다. 찰싹 때린 발은 양쪽 모두 깨끗해져 있었다. 상처는 많았지만 어느 것이고 깊지 않았던 덕분에 회복약으로도 충분했다. 덤으로 『보물고』에서 꺼낸 쇼트 부츠(여성 멤버 예비용)도 건네줬다.

실로 담백한 태도였다. 레미아는 쇼트 부츠를 신고 일어나서, 오르니스와 시야 공유를 시작한 하지메의 등에 조금 주저하며 물었다.

"화내지 않으시나요?"

하지메는 어깨 너머로 힐끔 돌아보고 단 한마디―.

"뮤를 위한 거니까."

어깨를 으쓱하며 그렇게 말했다. 자신을 따르는 어린아이의 어머니가 아이를 위해서 한 일에 일일이 눈꼬리를 치켜세울 만큼 마음이 좁지는 않다.

그렇게 말하는 등을 본 레미아는 말문이 막혔고, 그런 자신에게 당황했다.

"응? 이건……."

뭔가를 발견한 것처럼 하지메가 중얼거린 직후 폐성과 가까운 곳에 황금색 마력광이 보였다.

"가자, 레미아!"

"앗, 네!"

내밀어진 손은 또 안고 가겠다는 뜻이 틀림없었다.

몸은 신속하게 움직였다. 자기 몸을 맡기는 데 아무 주저도 없다는 양. 마치 믿음이 강해진 것처럼…….

그러나 신기하게 거부감은 늘어났다. 혐오감 때문은 아니었다. 오히려 그 반대였다. 조금 전보다 훨씬 강해진 부끄러움 때문이었다.

어쨌든 지금은 사랑하는 딸이 먼저였다. 그런 수치심은 마음 속 바다에 던져 넣고 레미아는 하지메에게 단단히 매달렸다.

그 직후 폭음이 울릴 정도의 힘으로 땅을 박차고 경치가 후방으로 사라졌다.

공중을 엄청난 속도로 달리지만 신기하게도 불안은 없었다.

"하지메 씨, 고마워요. 정말로."

방금 받은 도움이 아니라 뮤에게 관련한 모든 것에…….

그런 마음이 담긴 말에 하지메는 역시 눈길도 주지 않고 말했다.

"감사할 필요 없어. 일단은 아빠니까."

"우후후."

레미아에게서 작은 웃음소리가 흘러나왔다. 그것은 감정을 숨기지 않은, 본심에서 나온 미소 같았다.

한편, 그 무렵 뮤는—.

"음뮤……."

어떤 골목 한쪽에서 커다란 잔해 뒤에 숨어 몸을 웅크리고 있었다.

주위에는 아무도 없고 혼자뿐이었다. 유령 도시는 참을 수 없이 스산했고 도처에서 안 좋은 기운이 감돌았다.

어린아이가 갑자기 이런 상황에 처하면 무서워서 움직이지 못하는 것도 당연—.

"빨리 엄마를 구하러 가야 해."

당연하지 않았나 보다. 뮤는 조심조심 잔해에서 얼굴을 내밀었다. 주위를 두리번거렸다. 조금 전부터 느낀『안 좋은 기운』은 옅어졌고 무언가 숨어 있는 느낌도 없었다.

심호흡을 한 번 하고 다리에 강하게 힘을 줘서 일어났다.

겁이 나지 않는 건 아니었다. 그 증거로 뮤의 몸은 미세하게 떨렸다. 눈동자에도 숨길 수 없는 불안이 퍼져 있었다.

그래도 뮤는 한 발 앞으로 내디뎠다.

하지메가 믿었던 것처럼, 남다른 용기와 끈기를 끌어내서 앞으로 나아갔다.

존경하는 아빠의 뒷모습을 떠올렸다.

강하고 다정하고 멋있는 언니들도.

짧지만 굵은 여행에서 배운 것을 총동원해서 한 걸음씩 차근차근.

그렇게 뒷골목 앞 거리— 메인스트리트를 발견했다. 하지만 거대한 잔해가 너무 많아 암석 지대처럼 험난했다.

"저건…… 성이야?"

거리가 멀어 확실히 보이지 않았지만 그 메인스트리트 앞에는 성 같은 큰 건물과 거대한 탑, 그리고 옆으로 뻗은 거대한 벽이 보였다.

주위 건물은 대부분 무너져 고층 건물은 거의 없었고 2~4층 높이 건물이 대부분이었다.【중립 상업 도시 휴렌】을 아는 뮤이기에 주위 잔해의 양을 보고 본래 몇 배나 큰 건물이었을 거라고 상상할 수 있었다.

"……엄마는 분명 나를 찾을 거야."

듣는 사람 없는 혼잣말을 중얼거렸다. 혼란에 빠질 것 같은 머리를 필사적으로 정리했다.

"찾다가 안 되면…… 저 성으로 갈까?"

이 폐허뿐인 도시에서 가장 눈에 띄는 곳이었다. 다른 사람도 성으로 갈 가능성이 있었다.

"아빠랑 언니들은, 분명히 갈 거야."

확신에 가까운 추측이었다. 어려운 말은 몰라도 하지메 일행의 행동이『합리적』이란 것을 뮤는 알고 있었다.

"가까이 가면…… 까마귀들이 분명 뮤를 찾아줄 거야. 그러면 아빠랑 같이 엄마를 찾을 수 있어. 어쩌면 이미 엄마를 찾았을까? 여긴 느낌이 안 좋아. 천천히, 조금씩 가면…… 응! 왠지 할 수 있을 거 같아!"

방침은 결정됐다. 조그만 두 손을 꼭 쥐고 거친 콧김을 내뿜었다.

쥐 죽은 듯 고요한 거리를 보자 자연스럽게 다리가 움츠러들었지만 다른 사람과 만날 생각에 마음을 채찍질했다.

"아빠도 말했어! 포기하면 그 순간이 바로 모험 종료라고! 할 수 있어! 뮤는 할 수 있어! 더 뜨겁게! 두 유 베스트! 아이 캔 플라이! 예스, 위 캔!"

뜻은 잘 모르지만! 왠지 마음에 울리니까 말한다! 아빠가 알려준 말로 자신을 고무한다!

뮤! 나락이 낳은 괴물의 딸! 출격합니다~!

—이쪽이다.

"흐아우와?!"

용기를 짜내고 뒷골목에서 나가려는 순간 발목을 잡는 소리에 뮤는 기괴한 절규를 질렀다. 허둥대며 양손으로 입을 막고 구르다시피 잔해 뒤로 숨었다.

심장이 쾅쾅 날뛰고 눈물이 찔끔 나왔다. 역시 아직은 어린 아이였다.

—이쪽이다. 바다의 아이야.

뮤가 소스라쳤다. 이번에는 정신력으로 비명을 삼켰다. 마치 머릿속에 직접 울리는 듯한 목소리였다. 주변을 두리번거렸지만 목소리의 주인은 보이지 않았다.

"누, 누구시죠?"

여기서 엄마의 교육이 빛을 발한다. 뮤의 예의 바른 물음에도 정체 모를 목소리는 그저 이쪽이다, 라고 반복할 뿐이었다.

무척 수상했다. 하지만 조금 진정하고 들어 보자 어째선지 그 목소리의 분위기에서 기시감을 느꼈다.

"……혹시 그『그림자』야?"

아마 자신들을 이곳으로 끌어들인 안개 너머의 거대한『그림자』였다.

어마어마한 존재감에 반해서 왠지 뮤는 위기감도 공포도 느끼지 않았다. 오히려 품에 안긴 듯한 편안함을 느꼈다.

꼭 바닷속을 헤엄칠 때처럼…….

—서둘러라. 바다의 아이야. 위험이 다가온다.

움직이지 않는 뮤를 보다 못했는지 말이 조금 구체적으로 변했다.

뮤도 마침내 결심을 다진 것 같았다.

"여기야?"

왠지 모르지만 가리키는 방향을 알 수 있었다.

—네 동포 곁으로. 강인한 바다의 아이 곁으로.

엄마를 말하는 거냐고 물었지만 대답은 돌아오지 않았다. 뮤는 입을 꾹 다물고 걸었다.

거친 길을 종종걸음으로 하지만 밟을 곳을 똑바로 확인하며 가능한 한 소리를 내지 않게……. 방향을 유도하는 신비한 감각에 따라가다가도 가끔 위기를 알려줘 재빠르게 숨죽여 좋지 않은 존재를 피해 갔다.

마음은 침착했다. 적당한 긴장이 오히려 몸과 머리를 빠르게 움직여주는 느낌마저 들었다.

어둡고 더러운 곳을 지나는 것은 이미 겪었기 때문이리라.

그 지하 감옥에 잡혔을 때에 비하면 안내자가 있고 구조될 가능성도 있으며 하수도에 뛰어들 필요도 없는 이 상황이 훨씬 나았다. 무엇보다 사명도 있었다.

"어서 엄마를 찾아야 해."

자신과 똑같이 싸울 방법이 없는 어머니. 무리하다가 또 다칠지도 모른다고 생각하자 불안해서 참을 수 없었다.

—미안하다.

갑자기 사과의 말이 들렸다. 뮤는 떠올렸다. 그 『그림자』가 절실하게 도움을 요청했다는 것을…….

"그림자 아저씨, 그림자 아저씨는 이름이 뭐예요? 뭘 해주면 좋겠어요?"

그러고 보니 이름도 몰랐다. 뮤는 목소리를 낮춰 물어봤다.

하지만 돌아오는 것은 미안한 감정의 파도와 더 강해진 도움을 바라는 목소리뿐이었다.

아무래도 『그림자』와는 명확한 의사소통이 되지 않는 것 같았다. 느끼는 존재의 강대함을 생각하면 이상한 이야기지만 뮤는 이 또한 왠지 모르게 알 수 있었다.

"그림자 아저씨, 약해졌어……."

어쩌면 일행을 이끈 힘이 마지막 힘이었을까?

—바란다. 창조하는 자. 시간의 증거를 남기는 자여.

뮤에게 말한다기보다 혼잣말이나 잠꼬대 같았다.

어딘가로 이끌려 가면서도 똑바로 귀를 기울이던 뮤는 어려운 말을 제대로 이해하지 못하면서도 반쯤 확신했다. 분명히 그것은 아빠를 뜻한다고…….

하지만 이어진 『그림자』의 말에는 당혹감을 감추지 못했다.

—다른 시각, 같은 장소에 겹쳐진 두 사람을. 주인과 동격인 자들을. 내 곁으로.

"두, 두 명이야?"

가뜩이나 감각으로 추측할 뿐인 말이라서 뮤는 이해하지

못하고 머리 위에 대량의 물음표를 띄웠다.

"으~, 아무튼! 지금은 앞으로 갈 거야!"

의문을 떨쳐내며 집중했다. 아무리 『그림자』가 이끄는 경로가 안 좋은 기운을 피해 간다고 해도 허튼 생각을 하면 목숨이 위험했다.

그런 그때, 갑자기 굉음이 울렸다.

"먀아?!"

땅으로 진동까지 전해져 뮤는 화들짝 놀라 뛰어올랐다. 굉음은 한 번에 그치지 않고 두 번, 세 번으로 이어지며 횟수를 거듭할수록 격해졌다. 전투가 벌어진 소리였다.

방향은 뮤의 후방. 아마 두세 거리 옆. 서서히 가까워지고 있었다.

폐성까지는 아직 멀었다. 뮤의 다리로는 따라잡힐 게 확실했다.

"아빠, 야?"

아니라고 생각했다. 뮤는 하지메가 싸우는 소리를 알고 있었다. 마른 파열음도 붉은 섬광도 폭발음도 없었다. 혹시 언니들인가 생각했지만…….

―서둘러라, 바다의 아이야! 너의 동포는 바로 저기 있다!

"으, 응!"

『그림자』의 목소리에 절박함이 강해졌다. 그와 동시에 『안 좋은 기운』이 급속도로 모이는 것을 느끼고 전투 소리를 등진 채 뛰었다.

안 좋은 기운이, 무서운 기운이 엄청난 속도로 몰려오는 것이 느껴졌다.

후방 전투 때문일까? 아니면 단순히 발각됐을 뿐일까?

이유야 뭐가 됐든 지나쳐 보내던 그것들이 뮤를 잡으려고 하는 것은 분명했다.

뮤는 공포에 질려 울 것 같았으나 절대로 눈물은 흘리지 않았다. 이를 악물고 무작정 다리를 움직였다.

이미 거친 지면을 신경 쓸 여유도 없었다. 레미아가 그랬던 것처럼 뮤의 작고 연약한 발에도 금세 상처가 늘어났다.

그러다 보니 마음과 달리 발이 얽히고…….

"아야."

뮤는 넘어지고 말았다. 무릎을 강하게 찧은 탓에 눈물이 앞을 가렸다.

힘내서 얼굴을 들자 어느샌가 광장 같은 곳에 와 있는 것을 알았다. 그리고 자기 뒤에 무엇인가가 있다는 것도…….

다리를 W자로 해서 앉은 채 돌아봤다.

그 눈에 들어온 것은 털가죽이 없어 피와 살이 겉으로 노출된 거대한 늑대였다.

"아, 아……."

비명도 나오지 않았다. 공포로 얼어붙었다. 본능은 움직여라, 도망쳐라, 라고 외치는데 엉덩이는 뿌리를 내린 것처럼 바닥에 붙어서 조금도 떨어지지 않았다.

그만큼이나 추악하고 모독적인 생물이었다.

그 살덩이 늑대 뒤에서 작은 권속도 줄줄이 모습을 드러냈다. 주위 폐허에서도, 광장 건너편에서도.

피와 살점이 뚝뚝 떨어지는 늑대가 위협하듯 입을 열었다.

그리고 작은 먹잇감을 먹어 치우고자 육박하고— 그 순간 빛이 뮤의 시야를 덮었다. 동시에 살덩이 늑대가 날아갔다.

"고, 고래야?"

멍하게 중얼거린 뮤의 말대로 간발의 차로 뮤를 구한 것은 고래였다. 단, 크기는 2미터밖에 되지 않고 하늘을 날며 빛의 입자로 이루어진 특이한 고래였다.

그 빛의 고래가 살덩이 늑대를 들이박은 것 같았다.

튕겨 날아간 살덩이 늑대는 폐허에 격돌해 잔해에 깔렸지만 곧 폭풍 같은 피바람으로 날려 버리고 화가 난 것처럼 포효했다. 그 순간, 소형 늑대들이 뮤에게 몰려들었다.

빛의 고래가 미끄러져 들어왔다. 그러고는 뮤의 몸을 뚫고 그 위에 겹쳤다. 마치 몸속에 품듯이…….

그러자 뛰어든 수많은 이빨이 뮤에게 닿지 못하고 빛 입자에 막혔다. 이어서 섬광이 일고 그것들을 튕겨 냈다.

덕분에 뮤는 목숨을 구했으나 안도할 여유는 없었다.

"으, 으으……."

살의 넘치는 전장의 바람이 가차 없이 뮤의 정신력을 좀먹었다. 떨림이 멈추지 않았고 공포에 못 이겨 정신을 잃을 것만 같았다.

이대로 빛의 고래에게 몸을 맡기고 공포에서 도망칠까. 한

순간 그런 생각이 들었으나, 거기서 문득 깨달았다.

"……고래야, 작아졌어?"

착각일지도 몰랐다. 뮤가 작아서 아직 충분히 고래의 안에 들어갔지만 분명히 빛의 고래는 작아졌다.

"나를, 지켜줘서?"

대답은 없었다. 이 빛의 고래가 무엇인지 전혀 알 수 없었다. 그렇지만 자신을 지킨 대가로 약해진 것은 알았다. 자신을 품은 온기가 그 『그림자』의 목소리에게서 느낀 것과 같았기에…….

뮤는 이를 악물고 흘러내릴 것 같은 눈물을 거칠게 닦았다. 그리고 몸을 묶는 공포를 용기라는 이름을 가진 칼로 가른 뒤 일어섰다.

"고래야. 이제 괜찮아!"

표정은 창백했고 몸은 떨렸다. 어떻게 봐도 괜찮지 않았다.

그러나 그 말은 믿기에 충분할 만큼 힘찼다.

"나, 있는 힘껏 달릴게. 같이 도망가!"

빛의 고래가 약하게 빛을 더한 느낌이 들었다. 마치 뮤의 기개에 힘을 나눠 받은 것처럼…….

뮤는 가장 가까이 있는 뒷골목을 힐끔 돌아봤다. 좁은 곳으로 도망쳐서 다른 사람이 구하러 와줄 때까지 시간을 벌 작전이었다.

절대로 포기하지 않는다. 그것이 하지메 일행에게 배운 가장 중요한 가르침이었다.

그런 뮤의 결의를 비웃듯이 살덩이 늑대들이 포위망을 형성했다.

하지만 그래도 뮤는 겁먹지 않고 숨을 깊이 들이쉬었다.

"할 수 있으면 해 보시지!"

마음만은 지지 않겠다고 외쳤다.

그 직후, 아이의 마음을 찢어 버리려고 거대 늑대가 이끄는 늑대 무리가 일제히 달려들었고—.

"어머나. 어린애가 제법 멋있는 소리를 하네?"

무시무시한 격류가 모든 것을 집어삼켜 휩쓸었다.

"으, 으엥?"

뮤는 입만 벌리고 아무 행동도 하지 못했다.

그러는 사이에도 마치 살아 있는 것처럼 꾸불거리는 물줄기가 늑대들을 삼키고, 몸속으로 침입하여 내부를 찢어발기고, 수압으로 압살하고, 물 레이저로 난도질했다.

그러나 그런 격류 속에서도 뮤에게는 물 한 방울 튀지 않았다. 격류는 항상 뮤를 지키듯 주위에서 소용돌이쳤다. 흡사 결계였다.

실제로 그토록 무서웠던 살덩이 늑대가 전혀 뮤에게 접근하지 못했다.

물 베일 너머로 그 강대한 보스가 피바람을 일으키는 것도 보였지만 그것마저 막대한 질량을 가진 물에 씻겨 내려갔다.

"치, 친구야?"

빛의 고래에게 물었으나 대답은 없었다. 그러나 이제 괜찮다고 말하듯 뮤에게서 떨어져서 스르륵 작아졌다. 그러고는 뮤의 머리 위에 폭 내려앉아 움직이지 않았다.

당황한 뮤에게 조금 전 여성의 목소리가 다시 들렸다.

"어머, 별난 친구를 데리고 있구나? 동족 아가씨?"

묘하게 차분하며 미지의 괴물과 싸우는 중이라고는 생각하기 어려운 긴박감 없는 목소리가 위에서 내려왔다. 고개를 치켜든 뮤의 눈에 들어온 것은—.

"엄마?"

물줄기 아치에 우아하게 앉아 미소 짓는 해인족 언니였다. 그 부드럽고 다정한 분위기가 어딘지 모르게 레미아와 겹쳐서 복장이 전혀 다른데도 뮤는 무심코 그렇게 말했다.

"어, 엄마? 예상 밖의 반응인걸. 아, 잠깐만 있어 봐."

말이 끝나자마자 언니는 허리춤에서 뽑은 커틀러스로 뛰어든 늑대를 두 동강 냈다.

이어서 절묘한 타이밍에 거대 늑대가 반대편에서 뛰어들었지만 저절로 조각 난 커틀러스가 물 채찍이 되어 반격했다.

그 물 채찍에 맞은 곳이 푹 도려졌다. 아무래도 물줄기 속에 깨진 칼날 조각이 섞여 전기톱처럼 작용하는 모양이었다.

살점이 도려지고 날아간 거대 늑대는 자세를 바로잡으려고 했지만—.

"말 안 듣는 개는 벌을 받아야겠지? —돼지 같은 비명을 지르렴."

그곳으로 『물날 채찍』 연격이 무자비하게 쏟아졌다. 악몽처럼 피와 살이 튀고 거대 늑대에게서 돼지 같은 비명이 흘러나왔다.

해인족 언니는 레미아와 꼭 닮은 차분한 분위기였으나 무자비한 공격과 무자비한 매도를 반복했다.

“미안, 이야기하다가 끊어서. 일단 말해 두겠는데 언니는 엄마가 아니야.”

“아, 네. 엄마가 아니에요.”

거대 늑대는 단순한 살덩이로 전락했다. 다음은 작은 늑대들 차례였다. 한 손으로 휘두른 『물날 채찍』이 더욱 끔찍한 광경을 만들어 냈다.

그런데도 정작 언니는 여전히 차분하고 근사하게 웃고 있었다.

무척 무서웠다. 뮤는 한순간이나마 엄마와 닮았다고 생각한 자신을 한 대 때리고 싶었다.

“저…… 구해줘서 고마워요. 언니는 누구예요? 저는 뮤예요!”

“어머, 예의가 참 바르구나? 자기소개도 고마워.”

싱긋이 웃고 대충 전방위로 격류를 보냈다. 마치 오물을 변기로 씻어 내리는 것처럼 처참한 현장이 잔당과 함께 깨끗하게 씻겨 나갔다.

그것을 확인하고 언니는 물줄기 아치에서 뮤를 지키는 물 결계 속으로 뛰어들었다.

“안녕? 동족 아가씨. 나는—.”

물 결계가 튀어 무수한 물방울이 뜬 중심에 유유히 선 언니는 발랄한 웃음을 짓고 정체를 밝혔다.

"메일. 메르지네 해적단의 선장님이야."

원래 가능할 리 없는 만남이 이루어졌다.

빛의 고래가 뮤를 구하기 위해 이끈 『강인한 바다의 아이』란 바로 먼 옛날 신대 마법을 사용해 서쪽 바다를 좌지우지하던 최강 해적단의 여제였다.

무슨 까닭으로 시간을 뛰어넘어 두 해인족이 만나게 됐는가.

아마도 그 답을 알고 있을 빛의 고래는 뮤의 머리 위에 누운 채 반응이 없었다. 힘이 다해 늘어진 것처럼도 보였다.

물론 평소 아빠에게 모험담을 졸라 댔던 뮤도 전혀 아는 바가 없지는 않았다.

"뮤? 메일? 메르지네? 으응?"

어디서 들어본 것 같은데…… 하고 고개를 갸웃거렸다. 하지만 자세하게 떠올리기 전에 뮤 앞에 쭈그려 앉아 눈높이를 맞춘 메일이 먼저 질문했다.

"그런데 뮤, 여기는 뭐 하는 곳이니? 사실 언니가 길을 잃었어."

메일은 진심으로 곤란하다는 양 팔자 눈썹을 만들었다. 이야기를 들으니 패밀리가 아닌 다른 친구들과 『안디카』라는 **선상(船上) 마을** 근해를 빈둥빈둥 순찰하던 중에 갑자기 안개와 거대 소용돌이에 휘말렸고 깨어나 보니 친구들과 떨어져 이곳에 있었다고 했다.

뮤와 같은 상황이었다. 그래서 뮤는 똑 부러진 표정으로 대답했다.

"메일 언니, 저도 미아예요!"

"……이 도시(?)에 사는 게 아니야?"

"메일 언니. 솔직히 여기서는 사람이 못 산다고 봐."

"그, 그건 그러네……. 음? 잘 보니 너, 디네랑 닮았네……. 동생과 닮은 아이가 어이없는 눈으로 정곡을 찌르다니…… 언니는 조금 마음이 아파."

시무룩해진 메일을 보고 뮤는 속으로 생각했다. 이 언니, 하는 일은 대단한데 좀 깬다고…….

"어흠, 그럼 뮤는 왜 여기 있니?"

헛기침을 한 번 하고 메일은 질문을 바꿨다.

거기에 뮤가 대답하려고 입을 연 그 순간, 조금 전 전투 소리가 다시 들렸다.

꽤 가까운 곳에서 하늘로 번개가 튀어오르고 순간적으로 공간이 왜곡된 것처럼 보이더니 폐허 한곳이 모조리 가루가 됐다.

"뮤. 언니한테서 떨어지지 마."

"으, 네!"

뮤는 메일 뒤에 찰싹 붙었다. 왜일까. 구해줬다고는 하나 초면이고 해인족은 쓸 수 없는 마법, 그것도 어마어마한 마법을 쓰며 해적이라고 자신을 소개하는 위험한 여성에게 뮤는 강한 안도감을 느끼고 있었다.

왠지 뮤의 마음 깊은 곳이 이 사람은 괜찮다고 말해주었다. 지금 뮤의 머리 위에서 쉬는 빛의 고래에게 그리 느끼는 것처럼…….

한편, 메일은 메일대로 의심 없이 달라붙는 동족 여자아이에게 호감을 품었다.

'이, 이 애 제법이야! 낯가림도 없고 솔직하고 머리에 마스코트? 같은 것도 올리고 말이야. 수준이 높아! 디네만큼 귀여워! 천사야!'

호감을 넘어 얼굴이 헬렐레했다. 동생을 위해서 도시 하나를 점령하려던 시스콤 여제였다. 막 만났을 뿐인데 자신을 믿고 의지하는 동족 아이 때문에 행복이 흘러넘칠 것 같아 급히 코를 막았다.

최강의 해적은 싸우기 전부터 녹아웃 직전이었다.

그러나 애초에 싸울 걱정도 없었나 보다.

메일 언니의 코 제방이 무너지기 전에 건물 몇 채를 무너뜨리면서 마차 크기의 생물이 날아왔다.

열 마리 가까이 되는 그것들은 검정과 녹색 얼룩무늬를 가진 무식하게 큰 개구리처럼 보였다. 하지만 그 거구 이상으로 놀라운 점, 아니, 소름 끼치는 점이 있었다.

입에서 나온 혀가 수없이 갈라져 인간의 팔처럼 보이는 데다가 몸에 난 얼룩은 유동체처럼 계속 변화했다. 심지어 그것이 비명 지르는 인간의 얼굴처럼 보였다. 풍기는 분위기도 살에 달라붙는 듯 끈적거려서 보고만 있어도 불안의 늪으로 가라앉는 기분이었다.

뮤는 무심코 메일의 허벅지에 꽉 매달렸다. 비명을 지르지 않은 것만 해도 대단하다고 칭찬받아 마땅했다.

"괜찮아! 메일 언니가 지켜줄게!"

그런 뮤와 헤벌쭉 웃는 메일 앞에서 개구리 괴물들은—.

"이것들이 초절정 미소녀 밀레디한테 더러운 침을 뱉었겠다?! 그것도 대량으로! 대량으로! 찌부러져 죽어!"

그런 기운찬 고함과 동시에, 찌부러졌다. 뿌직, 역겨운 소리를 내며 머리 위에 출현한 검게 소용돌이치는 구체에 짓눌려서 바닥의 얼룩으로 변했다.

땅에 탁 내려온 금발벽안 미소녀— 밀레디는 괴물에게 승리했는데도 볼을 소매로 벅벅 닦은 뒤 울먹거리는 얼굴로 뒤를 돌아봤다.

"으에엥~, 오 군! 밀레디 씨는 더러워졌어~!"

그리고 마침 잔해더미를 넘어 나타난 안경 쓴 청년에게 뛰어들었고—.

"으악, 밀레디! 나까지 더러워지잖아!"

안경 청년이 휙 피해 버려 잔해에 다이빙하고 말았다.

"……이것 봐, 오스카. 이런 건 묵묵히 받아줘야지?"

잔해에서 흙 묻은 얼굴을 든 밀레디는 안경 청년— 오스카에게 맹렬한 비난의 눈길을 보냈다.

"오스카. 지금 건 네가 잘못했다."

안경 청년 뒤에서 과묵해 보이는 키 큰 남자도 나타났다.

"역시 나즈야! 이 귀축 안경을 더 혼내줘!"

밀레디는 눈물을 글썽거리며 이번에는 장신 남자— 나이즈 뒤로 돌아가서 오스카에게로 떠밀려는 생각인지 손을 뻗었다. 그러나 그 손이 허공을 저었다. 나이즈가 놀랄 만큼 기민하게 피했기 때문이었다.

"……이봐, 나이즈. 왜 밀레디 씨를 피해?"

"…………끈적거리니까."

"이 남자놈들이이이이이이!"

밀레디의 분노에 찬 절규가 퍼졌다.

밀레디는 오기로라도 점액을 공유하겠다며 날뛰었고 오스카와 나이즈는 허둥지둥 도망치기 바빴다. 조금 떨어져서 그것을 본 뮤가 한마디 했다.

"해적도 재미있는 사람들 같아."

"아니라고는…… 못 하지만…… 적어도 저 애들을 해적의 기준으로 삼지는 말아줄래? 애초에 쟤들은 해적도 아니고."

메일은 난감한 표정을 지은 뒤 물줄기로 밀레디를 삼켰다.

통째로 씻겨 밀레디를 퉤 뱉어내자 그제야 세 사람은 메일을 알아차리고 합류를 기뻐하며 달려왔다.

"메르 언니! 무사해서 다행— 으아아아아아, 메르 언니가 어린애를 유괴했어!"

"—『범괴랑』."

밀레디는 다시 물 덩어리에 먹혀 빨랫감의 기분을 맛봤다.

물이 퉤 뱉어내자 이번에는 물기를 말려주지 않아 홀딱 젖은 채로 주저앉아 질질 짰다.

"저, 저기…… 괜찮으세요?"

뮤는 메일 뒤에서 살며시 얼굴을 내밀어 왠지 몹시 불쌍하고 딱한 밀레디에게 말을 걸었다.

“차, 착해……. 천사는 여기 있었구나.”

“밀레디 저 바보는 놔두고…… 메일, 무사해서 다행이야. 그런데 그 애는 누구야?”

“무슨 이상한 생물, 생물(?)을 머리에 얹고 있다만…….”

“이름은 뮤라고 해. 우리랑 똑같은 미아야. 방금 동생으로 삼기로 했어.”

““어?!””

밀레디와 뮤가 동시에 놀랐다. 뮤는 자기도 모르는 사이 메일의 동생이 된 모양이었다. 같은 동생 격인 밀레디와 눈이 맞았다. 묘한 공감이 오갔다.

오스카가 어이없어하면서 뮤 앞에서 한쪽 무릎을 꿇었다.

“안녕, 뮤? 나는 오스카 오르크스야. 잠깐 이야기를 들려주지 않을래?”

정중하게 인사받은 뮤는 바로 대답하지 않았다. 하지 못했다고 해야 할까? 또 기억 속에서 무엇이 걸렸기 때문이었다.

“……오스카, 오빠. ……오르크스? 응? 그건…….”

“나는 나이즈다.”

“나이즈…… 오빠.”

아주 당황하여 차츰 기억을 더듬는 뮤에게 부활한 밀레디가 쐐기를 박듯 자기소개 했다. 벌떡 일어나 한쪽 다리를 휙 들고 왼손을 허리에, 오른손 V사인을 눕혀 눈가에 대고—.

"그리고 내가 초절정 천재 미소녀 마법사 밀레디 라이센이야!"
빤짝 윙크!
그 순간, 뮤의 머리에 빤짝 충격이!
아아! 기억났다! 맞아! 뮤는 만세를 부르며 아빠에게 들은 그대로인 밀레디를 가리키고 외쳤다.
"세계에서 제일 짜증 나는 사람!"
"크헉."
빛나는 웃음으로 매도당한 천재 미소녀 마법사가 털썩 무릎 꿇었다. 그와 동시에 다른 일행 쪽에서는 푸흡 웃음이 터졌다. 모두 고개를 돌리거나 어깨를 들썩거리며 웃고 있었다.
밀레디는 동료를 매섭게 째려보지만…… 효과는 없었다. 눈을 씰룩거리고 애써 웃으면서 뮤와 마주 봤다.
"어, 어라~? 이상하다~? 밀레디 언니가 뮤랑 만난 적이 있었나?"
"없어! 이야기로만 들었어!"
"그, 그랬구나~. 그게 누굴까? 가능하면 밀레디 언니의 잘못된 정보를 어린애한테 불어넣은 사람을 알고 싶은데."
"아빠야!"
"아, 아버지?"
"응! 아빠가 말했어! 「과거에도 미래에도 밀레디 라이센만큼 짜증 나는 녀석은 존재하지 않을 거야. 세계 짜증레디 대회가 있으면 그건 만년 우승자야」라고 했어!"
""""푸핫!""""

"에잇, 오 군도 나즈도 메르 언니도 웃지 마!"

"아, 그리고……."

"아직 남았어?! 너희 아버지는 밀레디 언니를 얼마나 싫어하는―."

"―「변기로 흘려보낸 원한은 절대로 안 잊는다」라고 했어."

"싫어하는 수준을 넘어서 원한까지?! 그보다 변기로 흘려보낸 게 뭐야?!"

거기서 웃음이 끊겼다. 오스카 일행이 싸늘한 눈으로 밀레디를 보고 있었다. 애 아버지를 변기로 흘려보내다니…… 너 그런 인간이었냐……라는 표정이었다.

"아, 아니야! 오해야! 밀레디 씨는 사람을 변기로 흘려보낸 적 없어! 애당초 사람은 변기로 못 흘려보낸다고!"

이 아이 아버지는 누구야?! 정말로 면식은 있어?! 야단 피우는 밀레디를 놔두고 뮤는 고구마 줄기처럼 줄줄이 떠오른 정보를 신나게 얘기했다. 이야기 속 등장인물과 만나서 정말로 기뻐하는 뮤의 초롱초롱한 눈망울이 오스카에게 고정됐다.

"오빠가 『메이드 취향 오스카』 오빠예요?!"

"뭐?!"

어떻게 알았지?! 오스카가 경악해서 안경이 비뚤어졌다. 답을 듣지도 않고 인물 맞추기에 빠진 뮤의 시선은 메일 언니에게로 옮겨 갔다.

"「안 봐도 사디스트에 대충 사는 성격」, 「뮤는 그런 해인족 어른이 되면 안 돼」라던 메일 메르지네 언니!"

"……?! 뮤 아버지랑 조금 이야기를 해 봐야겠네?"

이마에 분노 마크가 빠직 떠올랐다. 아버지란 작자와 개인적으로 만나고 싶어 메일 언니의 사디스트 정신이 고개를 들었다.

"그리고 오빠는……."

"윽, 나, 나도?"

나이즈가 말을 더듬었다. 10년 단위 방구석 폐인이었던 터라 뮤 아버지가 알 리 없다고 생각했는데…….

"「다른 세 사람에 비해 엄청 정상적」, 「분명 고생했을 거다」라는 나이즈 그류엔 오빠!"

"그, 그류엔이란 이름을…… 알아?"

다른 세 사람과는 다른 의미로 놀라서 나이즈는 눈을 크게 떴다. 그류엔이란 나이즈가 태어난 고향의 이름. 자신이 멸망시킨, 지금은 존재하지 않는 마을 이름. 나이즈는 남들에게 그류엔이라는 이름을 쓰지 않았건만……. 밀레디 일행은 이제야 뮤의 지식이 이상하다고 깨달았다. 뚫어지게 뮤를 바라보고 뮤도 문득 깨달았다.

이건 말도 안 된다고. 여기에 『그 해방자들』이 있을 리 없다고. 있을 리 없는 사람들이 눈앞에 있었다.

가짜? 해방자 이름을 쓰고 있을 뿐? 하지만 아빠에게 들은 그들의 특징은 분명히 일치했고…… 세간에 『해방자』에 관한 정보는 알려지지 않았을 텐데…….

혼란이 뮤를 뒷걸음치게 했다. 그리고 뮤에게 진지한 표정을 보이며 한 걸음 다가선 밀레디가 뭐라고 말하기 전에—.

"왜 살아 있어?"

"크헉."

밀레디는 다시 쓰러졌다. 어린애가 「살아 있는 게 창피하지 않아?」 같은 소리를 했다고 생각했다. 자기도 모르게 네 발로 엎드려 울음 섞인 말을 중얼거렸다.

"사, 살아 있어서 죄송합니다."

"해, 해인족은 다 사디스트인가……."

"이런 순수한 아이조차 장래에는 이렇게 되는 건가……."

"나이즈? 그거 무슨 뜻이니? 그리고 오스카. 안경 깨 버린다?"

그런 해방자들의 대화를 듣고 뮤는 아무래도 밀레디 언니에게 나쁜 말을 한 것 같다고 생각해서 어쩔 줄 몰라 했다.

그리고 오해를 풀려고 했으나 오스카가 빛나는 미소를 짓고 먼저 말을 꺼냈다.

"놔둬도 돼. 그보다도 너에 관해 알려줄 수 있을까?"

"밀레디를 더 다정하게 대해!"

나이즈와 메일이 오스카에게 동의하고 밀레디가 부르짖었다. —그 직후였다.

폐허가 된 도시에 격진이 퍼졌다. 지하에서 치고 올라오는 듯한 충격의 파도가 연거푸 밀려왔다. 공간이 비명을 지르고 공기가 떨렸다.

비명을 지르며 넘어질 뻔한 뮤를 메일이 퍼뜩 잡으려고 했다. 그러나 그 전에 따스한 빛이 뮤를 감쌌다. 그리고 그대로 둥실 떠올랐다.

"우와?! 어, 고래야?"

뮤 머리 위에 가만히 있던 빛의 고래였다. 2미터 정도로 커져서 등에 뮤를 태우고 있었다.

—나는 바란다. 두 창조자를. 서둘러라.

빛의 고래가 다시 말했다. 없는 힘을 쥐어짰는지 목소리에 힘이 없고 이어지는 격진만큼이나 떨리는 것이 느껴졌다.

"계, 계속해서 뭐야?!"

밀레디가 혼란에 빠져 소리쳤다.

멀리 폐성 쪽을 보자 그 위로 먹구름이 감돌고 탑에서 시커먼 독기가 올라오는 것이 보였다. 도시를 뒤덮는 검은 안개도 시시각각 농도가 짙어져서 이제는 정말로 『세계의 종말』을 연출하고 있었다.

그 직후, 먹구름을 뚫는 붉은 섬광이 몇 줄기나 치솟는 광경도 보였다.

그것을 본 순간, 뮤의 표정이 환희로 물들었다.

"아빠!"

아무래도 뮤와 하지메는 폐성을 끼고 남북으로 수 킬로미터는 떨어진 모양이었다. 하지메가 폐성에 다가가서 현재 누군가와 싸우는 것이 분명했다.

—바다의 아이야. 시간이…… 없다.

"아, 알았어! 바로 아빠한테 갈 테니까 힘내!"

"뮤, 뮤? 너 대체 누구랑 얘기해?"

왠지 빛의 고래가 하는 말은 뮤에게만 전해지는 것 같았다. 그러나 지금은 느긋하게 설명할 시간이 없었다. 빛의 고래에게서 전해지는 초조함과 절실함은 시시각각 강해졌다.

"이 빛나는 고래야! 이 애가 언니오빠를 여기로 데리고 왔어!"

"그게?"

오스카가 반사적으로 미심쩍은 눈길을 보냈으나 그것을 한 손으로 제지하고 밀레디가 앞으로 나왔다. 조금 전 바보 같은 분위기는 눈곱만큼도 없었다.

"뮤. 우리가 뭘 하면 돼?"

필요한 사실만 물었다. 뮤도 필요한 사실만 대답했다.

"저 성으로!"

그 순간, 끔찍한 기운이 주변을 가득 메웠다. 마치 뮤의 소원을 짓밟으려는 것처럼 무수한 살덩이 늑대와 개구리, 타르 사신이 솟아 나왔다. 그 수는…… 폐성까지 가는 길이 괴물로 뒤덮일 정도였다.

압도적인 살의와 악의가 물량을 앞세워 덮쳐들었다.

앞으로 나아가기는커녕 생존조차 절망스러워 보이는 상황. 그러나—.

"덤벼!"

밀레디는 대담하게 웃고 가슴 앞에서 주먹으로 손바닥을 탁 쳤다.

역경? 절망적 상황? 중과부적?

문제될 것 없다!

"오 군! 나즈! 메르 언니! 작은 공주님의 부탁이야! 신대 마법 사용자의 힘을 한번 보여줘야 하지 않겠어?"

말이 떨어지기 무섭게 달려든 늑대 무리는 초중력장에 의해 순식간에 바닥 얼룩으로 변했다.

"그래, 돌아갈 수단도 저기 있을 것 같으니까."

오스카는 다른 수가 없겠다며 어깨를 으쓱인 직후 엄청난 수의 작은 마검을 소환해 발사했다.

"아이의 소원이라면 무시할 수도 없지."

나이즈는 입가에 웃음을 머금고 팔을 휘둘러 공간을 일자로 절단했다.

"뮤는 이미 메일 언니 동생인걸. 나만 믿어. 우후후."

메일은 즐겁게 웃은 뒤 조금 전 격류 자체를 재생해 모든 것을 집어삼켰다.

덤벼든 괴물들이 순식간에 몰살당했다.

폐성까지 가는 길이 열렸다. 보고도 믿기지 않는 광경이었다.

마치 어린 공주를 지키는 친위대 같았다.

"그럼 갈까? 뮤."

해방자들은 어깨 너머로 돌아보았다.

그 모습은 뮤의 마음을 흔들 정도로 강렬—.

"네 아빠란 인간이랑 직접 얘기하지 않으면 성이 안 차니까! 누가 세계 제일 짜증 나는 인간이야! 세계 제일 미소녀라면 몰라도!"

"우후후, 만나서 어떻게 해줄까?"

그 정도까지는 아니었다. 엄청난 원한이 섞여 있었다. 메일 언니까지 가학적으로 싱긋 웃고 있었다.

"부, 부탁드려요."

뮤는 부탁하는 와중에도 마음속에서는 「역시 이상한 사람들일지도 몰라……」라고 중얼거렸다. 그리고 「아빠, 귀찮게 만들지도 몰라. 미안」이라고도…….

"칫. 끝도 없이 귀찮게 구는군."

짜증을 숨기지 못하는 하지메의 고함이 들렸다. 개틀링 레일건이 매분 1만 2천 발의 폭력을 쏟아내어 괴물들을 소멸시켜 갔다.

하지만 괴물의 수는 줄지 않았다. 괴물의 향연이라고 해야 할까? 다양하고 끔찍한 형상의 괴물들이 폐성에서 홍수처럼 흘러넘쳤다.

하지메는 시야를 돌렸다. 근처 폐허 옥상에 합류한 동료들이 보였다.

결계를 쳐서 레미아를 지키는 카오리. 카오리 앞에서 적이 오지 못하게 막는 시아. 그리고 『뇌룡』과 『용의 포효(브레스)』로 괴물의 물결을 쓸어버리는 유에와 티오.

위태롭게 보이지는 않았다. 괴물은 물량공세로 밀고 들어왔으나 그 모독적인 외견 때문에 카오리가 울먹거릴 뿐이지 하지메 일행에게는 위협이 될 정도는 아니었다. 그러나—.

"윽."

하지메의 옆구리에 사신의 낫이 스쳤다. 피가 픽 튀었다.

"……하지메!"

"하지메!"

낯빛이 변한 유에가 즉시 『뇌룡』을 날려 사신을 잿더미로 만들고 카오리에게서 치유의 빛이 총알처럼 날아와 즉시 상처를 치유했다.

사실 이 폐성에 다가온 순간 시작된 괴물들과의 전투로 하지메는 제법 상처를 입었다. 본래는 있을 리 없는 일이었다.

"젠장. 뮤, 어디 있어……."

그 원인은 바로 아직 발견하지 못한 뮤였다. 지금 하지메가 동시에 조작하는 오르니스의 수는 스물한 대. 지각 확대 능력 『순광』을 구사해도 지금 하지메에게는 한계치였다.

의식 대부분을 뮤 수색으로 보낸 지금은 아무래도 전투에 지장이 나올 수밖에 없었다.

"그만 좀 와. 『괴겁』!"

반쯤 분노에 사로잡힌 유에가 광범위 초중력장 마법을 날려 폐허 한 부분이 가로세로 500미터의 정사각형 모양으로 함몰됐다. 당연히 그곳에 있던 괴물들도 땅과 하나가 됐다.

"……하지메! 카오리 결계로 들어와! 수색에 집중해!"

"끝이 안 보이는 한 뮤를 먼저 찾아야 한다! 여기는 나와 유에에게 맡기거라!"

"……알았어. 방어 부탁해!"

하지메는 폐성을 증오스럽게 노려봤다.

괴물들을 배출하는 이 폐성을 완전히 날려 버릴 수만 있다면 얼마나 속이 시원할까.

하지만 그럴 수는 없었다.

이 기괴한 도시의 중심은 분명히 이 폐성이었다. 파괴했다가 귀환 수단까지 부수면 정말로 끝장이었다. 파괴하는 것이 현실로 돌아가는 조건일 가능성도 있지만 만에 하나라도 뮤가 남겨지는 일이 있어서는 안 된다.

하지메의 지시에 수긍한 유에와 티오가 적극적 공세를 멈추고 공격적 방어로 전환했다. 그것을 본 하지메는 카오리와 레미아 곁에 착지했다.

"카오리. 한계 돌파를 쓸 거야. 효과가 끊기면 즉시 재생 마법을 써줘."

"응, 알았어!"

힘차게 고개를 끄덕인 카오리 옆에서 레미아가 잔뜩 긴장한 표정으로 하지메를 보고 있었다.

"하지메 씨…… 뮤는……."

"믿어."

"……네!"

반드시 찾을 거라고. 반드시 뮤는 무사할 거라고. 어머니인 레미아가 아무것도 확실하지 않은 상황에서 꺾여서는 안 된다. 한마디에 담긴 의미를 레미아는 정확히 알아들었다. 기도하듯 가슴 앞에 손을 모으고 힘차게 대답했다.

그 찰나, 다시 격진이 일었다.

그것도 이번에는 폐성을 중심으로 물리적인 충격파가 생길 정도였다.

"꺅!"

카오리가 비명을 지르며 휘청거렸다. 돌아보니 『성절』에 무수한 금이 갔다. 최상급 결계인데도 불구하고…….

"크으으. 제법 세네요."

신음은 결계 앞에서 나왔다. 그곳에는 전투 망치를 방패로 삼아 버티고 선 시아가 있었다. 아무래도 그 몸까지 방패로 쓰며 『성절』로 가는 충격을 완화해준 듯했다. 카오리가 빠르게 치유했다.

하늘에는 피를 살짝 토하는 유에와 비틀거리는 티오도 있었다. 유에는 『자동 재생』으로 바로 회복하고 티오는 태생적 내구력으로 큰 타격은 받지 않은 상태였다.

그러나 안도할 틈은 없었다.

"이번에는 또 뭐야?"

하지메의 입꼬리가 떨렸다. 기분은 다른 일행도 모두 마찬가지였다.

먹구름이 불길하게 소용돌이치는 폐성 옆의, 높게 솟은 탑에 무수한 균열이 생겨 당장에라도 붕괴할 것 같았다. 게다가 그 탑을 중심으로 공간이 휘어 있었다. 그림에 물이 번진 것처럼. 혹은 억지로 찢으려는 것처럼.

그 직후, 그것들이 나타났다. 허공에서 배어 나왔다. 세상에 내려왔다.

인간의 모든 고통을 모아 진흙으로 만들고, 그것으로 몸을 형성한 거대한 사신.

내장이 꿈틀대고 혈관으로 된 촉수를 털처럼 뒤덮은 거대한 삼두 늑대.

절규하는 사람의 입과 핏발 선 눈이 몇백 개나 몸에 달리고 진녹색 점액으로 덮인 거대한 개구리.

부패한 육체 여기저기로 사람의 팔다리가 나고 부식 안개를 두른 용.

어느 것이고 사람의 정신을 좀먹기 위해 빚어진 듯한 추악한 형태에 악의와 적의로 점철되어 있었다.

"지금까지 싸운 것들은 잡병이라 이건가? 웃기는군."

"우, 우우우, 웃을 때가 아아아아니야."

카오리가 당장에라도 정신을 잃을 것 같았다. 다리를 오므린 이유는 인간으로서의 존엄을 아슬아슬하게 사수하기 위해서일까?

그러는 사이에도 그것들의 의식이 하지메 일행에게 향한 것이 느껴졌다. 눈은 이쪽을 돌아보지 않았다. 그러나 오한이 들 정도의 악의가 살을 찔렀다.

나락에서 지옥을 맛본 하지메조차 등줄기에 얼음을 넣은 것 같은 착각이 드는 강대한 힘이었다. 심지어 아직 힘을 다 찾지 못했는지 위압감은 시시각각 증가했다.

"유에, 티오! 5분, 아니, 3분 버텨! 부탁한다!"

"……응. 나만 믿어!"

"수호자의 이름을 걸고 손가락 하나 못 대게 하겠다!"
"시아, 못 오게 막아! 버그 토끼의 힘을 보여줘!"
"맡겨만 주시라구요!"
"카오리! 정신력으로 버텨!"
"히, 힘내 볼게."

믿음직한 동료들의 힘찬 대답을 듣고 이 종말이 다가오는 듯한 끔찍한 세계에서 하지메는 무서울 게 없다는 양 웃었다. 절대적인 믿음을 가슴에 품고, 떨면서도 비명 한 번 지르지 않고 기도하는 레미아의 손을 꽉 잡았다. 레미아도 해인족이라고는 생각할 수 없을 정도로 강하게 손아귀에 힘을 줬다.

그리고 거대 사신들이 뛰어들려고 하고, 일행이 요격 준비에 나서고, 하지메가 오르니스에 의식을 되돌리며 『한계 돌파』를 발동하려던— 그 순간.

"—『괴겁』."

하지메 일행을 교묘하게 피해 주위 괴물만 압살당했다.

"—『검은 우산 9식, 천작』."
"—『범화랑 대사(大蛇)』."
"—『진천』."

초대형 번개 포격과 굴삭기 같은 격류가 거대 사신들을 날려 버리고 하늘에서 떨어진 철퇴처럼 공간 파괴가 그들을 산산이 조각냈다.

하지메 일행도 놀라지 않을 수 없었다. 공격 중에 명백히 중력 마법과 공간 마법이 있었다. 퍼뜩 유에를 봤지만 정작 유에는 고개를 저으며 부정했다.

애초에 목소리가 다른…… 아니, 어디서 들어본 기억이…….

그렇게 혼란스러워하는 도중, 희망의 목소리가 들렸다.

"엄마아아아! 아빠아아아아!"

""뮤?!""

시커먼 독기를 흩어 버리며 거벽 너머에서 나타난 것은 뮤였다.

얼마나 불안했을까. 행여 다치지나 않았을까.

분명히 괜찮을 거라고 믿어도 걱정과 초조함은 늘어날 뿐이었다.

그런데 정작 뮤는—.

"그 빛나는 고래는 뭐야?!"

"친구!"

"괜찮아?! 다양한 의미로!"

"괜찮아! 그리고 엄청 센 『지원군』도 데리고 왔어~!"

활기발랄하고 선물까지 들고 왔다. 입이 다물어지지 않았다.

뮤는 똑바로 돌진해 와서 빛의 고래에서 폴짝 뛰어내렸다. 받아주리라 믿어 의심치 않는 듯했다.

카오리가 얼른 결계를 풀자 물론 하지메가 받았다. 가슴에서 얼굴을 휙 들고 방긋 웃는 뮤를 보니 하지메는 어리벙벙한 표정에서 쓴웃음으로 변했다.

"레미아. 네 딸은 반드시 거물이 될 거야."

"애는 정말로! 정말 내가! 얼마나 걱정할 줄 알아! 정말로…….”

하지메가 뮤를 내밀자 레미아는 충격에 못 이겨 제대로 말을 잇지 못한 채 울면서 딸을 부둥켜안았다.

그리고 그곳으로 쏟아지는 살기. 뒤에서 사신들과 이미 부활한 대장 격 사신이 강습해 왔다. 스파크 튀는 돈나가 붉은 섬광을 토해 사신들을 제거했지만 거대 사신을 상대로는 위력이 조금 부족해 보였다. 그대로 돌진해 와서 무식하게 큰 낫을 휘둘렀다.

카오리의 결계는 방금 풀렸다. 그래서 하지메는 큰 방패를 소환해 막으려고 했다.

그러나 막을 필요도 없이 다시 어안이 벙벙해졌다.

“……연소석의 폭발력과 전기로 가속한 탄을 날리는 건가? 게다가 그건 보물고? 너, 대단한 아티팩트를 가졌는걸?”

검은 코트가 휘날리는 등이 보였다. 검은 우산 같은 것을 펼쳐 대낫을 막은 청년이 그곳에 있었다. 어깨 너머로 돌아본 그의 얼굴, 안경 낀 그 옆얼굴이 몹시 낯익었다.

“오스카 오르크스? 아니, 그럴 리가…….”

“……그래. 뮤가 말한 대로 정말로 우리를 아나 보군.”

안경을 손가락으로 밀어 올렸다. 하지메를 흥미롭게 바라보며 한 손으로 「2식 충벽」이라고 중얼거리자 검은 우산이 빛나면서 충격파로 대낫을 튕겨 냈다.

아무리 넋을 놓고 있어도 그 틈을 놓칠 하지메가 아니었다. 우연히도 몸을 옆으로 틀고 우산을 내민 오스카와 등을 맞대

듯이 선 뒤 소환한 슈라겐을 손에 들고 무자비한 폭력을 해방했다. 거대 사신이 일격에 폭발해 비산한다.

동시에 시야 구석에서 거대한 뱀의 형태를 한 격류가 똑같이 부활한 거대 개구리를 도륙했다. 그 후 해인족 미녀가 물줄기 아치를 타고 나타났다. 그녀도 어디선가 본 적이 있었다. 게다가 오스카 옆에 불현듯 전이해 온 장신 남자도.

"이번에는 메일 메르지네? 거기다가 나이즈 그류엔? 이건 설마……."

그 설마였다.

"하늘이 부른다, 땅이 부른다, 사람이 부른다!"

하늘에서 자유 낙하로 떨어지는 그것은 잘못 들을 리 없는 목소리였다.

하지메 앞에 쾅 소리를 내며 착지한 것은―.

"세계가 사랑하는 초절정 미소녀 마법사!"

한쪽 발을 들고, 왼손을 허리에, 오른손 V사인은 눕혀서 눈가에! 혼신의 윙크를 반짝!

"밀레디이이이~, 등장!"

굳이 마법으로 일곱 빛깔 연막을 터뜨리며 밀레디가 등장했다!

골렘이 아니었다. 스마일 가면도 아니었다. 틀림없이 금발벽안 미소녀 모습이었다.

경악했다. 혼란스럽기도 했다. 이렇게 생겼었나, 하고 믿기 힘든 기분이 강했다. 자신만만하게 자칭해도 반박하기 힘들 정도로 『쓸데없이 미소녀』란 점이 굉장히 아니꼬웠다.

그래서 일단—.

"""죽어, 밀레디이이이이이!"""

"엥? 우와아아아악?!"

하지메의 돈나가 불을 뿜고, 시아의 드뤼켄이 바람을 갈랐으며, 유에의 중력 마법이 신나게 찍어 누르려고 했다.

밀레디는 완벽한 등장을 연출한 직후 노도와 같은 분노를 뒤집어쓰고 비명을 질렀다. 미꾸라지처럼 요리조리 피하니 괜히 더 열 받았다.

"잠깐, 너! 진정해!"

"큭, 이거 놔, 오스카! 우리가 얼마나 개고생한 줄 알아?! 설령 가짜라도! 환각이라고 해도! 바람구멍 하나 내지 않으면 화가 안 풀린다고!"

"바람구멍을 뚫으면 죽잖아! 밀레디한테 당했다는 건 알지만— 앗, 연쇄가 부서지려고 해?! 그냥 근력으로?! 괴물인가?!"

하지메에게 묶인 오스카의 사슬형 아티팩트가 쩍쩍 소리를 내고 있었다.

"토끼 아가씨도 진정해. 밀레디가 짜증 나는 건 언니도 잘 아니까. 그런데 너 정말로 토인족이니?! 무슨 힘이 이렇게 강해!"

"대체 몇 번 정체 모를 액체를 뒤집어쓴 줄 알아요?! 이 원한을 어떻게 잊을쏘냐!"

"밀레디, 너 정말로 이 애들한테 뭘 한 거야!"

물 감옥 마법으로 가둬도 전투 망치를 한 번 휘둘러 터뜨리는 시아 때문에 오히려 메일이 비명을 질렀다.

"마, 말도 안 돼. 공간 마법?! 대체 누구냐?!"

"……밀레디에게 죽음을. 자비는 없다!"

나이즈가 공간 고정 마법으로 유에를 막으려고 했지만 똑같이 공간 마법으로 해제해 버리는 유에에게 눈을 크게 떴다.

밀레디도 전혀 기억에 없으나 일단 자신이 무슨 짓을 저질러서 이 사달이 났다는 것은 이해했다.

"뭐가 뭔지 하나도 모르겠지만, 죄송합니다아아아아!"

깨끗하게 인정하고 놀랍게도 비기 『공중 큰절』을 시전했다. 땅에 내려오지 않는 뻔뻔함은 과연 밀레디다웠다.

이 상황에 따라가지 못하는 사람은 티오, 카오리, 레미아뿐이었다. 안절부절못하며 지금도 몰려드는 괴물들에게 대응했다.

그런 혼란스러운 상황을 타개한 것은 『능력 있는 어린아이』였다.

"그마아아안! 아빠랑 시아 언니, 유에 언니, 뭐 하는 거야아아! 지금은 이럴 때가 아니잖아아아아!"

뮤가 굉장히 드물게 화를 냈다. 어린아이 특유의 높은 톤은 소란스러운 전장에도 선명하게 울렸다.

"아, 아니, 그렇지만 뮤……."

"아빠! 떽!"

"앗, 네. 죄송합니다."

"얼레리꼴레리, 어린애한테 혼난대요~! 지금 기분이 어때? 딸한테 진짜 혼나는 아빠는 어떤 기분이야? 응? 응? 푸푸우우웁!"

"밀레디 언니?"

"힉?! 죄, 죄송합니다."

어린애한테 진심으로 혼나서 풀이 죽은 하지메 아빠와, 복수로 잠깐 반격했다가 어린애의 정색과 낮은 어조에 정말로 겁먹은 밀레디. 유에와 시아도 그 소리에 제정신으로 돌아왔다.

"아빠. 시간이 없어! 고래를 도와줘!"

뮤가 본 적 없는 진지한 표정이었다. 당연히 아이의 실없는 소리라고 무시할 하지메가 아니었다.

"전원 집합! 유에, 카오리, 티오, 다 같이 최고의 결계를 쳐줘!"

호명된 이들이 즉시 집합해 시키는 대로 공간 차단 장벽과 『성절』을 전개했다.

"밀레디, 나이즈, 메일. 우리도 하자."

오스카의 지시에 밀레디 일행도 즉시 행동했다. 중력장과 물 결계, 공간 차단 장벽이 겹쳐졌다.

최고급 6중 결계에는 제아무리 괴물들도 손을 대지 못했다. 격렬한 공격을 가해도 소용이 없어 원망 어린 포효를 내질렀다.

"뮤, 어떻게 된 일이야? 뭐 아는 거 있어?"

하지메는 한쪽 무릎을 꿇고 뮤를 바라봤다. 뮤는 한 호흡 쉬고 자기 옆에 붙어 있는 빛의 고래에게 손대며 입을 열었다.

"이 고래가 그 『그림자』야. 고래가 아빠랑 오스카 오빠에게 도와달라고 해."

폐성으로 다가올수록 조금씩 힘을 되찾은 빛의 고래와 의사소통이 가능해진 뮤는 이곳으로 올 때까지 대략적인 사정을 파악했다.

유의 말에 따르면 빛의 고래는 이 멸망한 도시의 수호 동물 같은 존재라고 했다.

이 도시는 먼 고대에 멸망했고, 그 원인이 지금 날뛰는 괴물들이었다. 그들은 인공적으로 만들어진 『고대 괴물』이었다. 불사신에 가까워 바다의 화신이라고도 불린 그 클리오네 마물, 『악식가』가 어린애처럼 보일 정도로 강대한 힘을 가졌다.

정리하자면 흔한 이야기였다. 힘을 바랐으나 제어하지 못하고 자멸했다는 그런 이야기.

하지만 고대인은 마지막으로 의지를, 혹은 최소한의 성의를 보였다. 그것이 수호 동물을 주축으로 한 『사악한 존재』의 봉인이었다.

그 봉인이 오랜 세월을 거쳐 깨졌다. 봉인의 축이자 수호 동물과 일체화한 쐐기였던 탑이 파괴되면 『사악한 존재』들은 완전히 힘을 되찾고 시간도 공간도 뛰어넘어 원하는 시대, 원하는 장소에 재앙을 내릴 것이다.

"고래는 쭉 기다렸어. 봉인이 깨지려는 걸 막으면서 강한 힘을 가진 『연성사(창조자)』가 나타나길!"

이 멸망한 도시는 현세에는 존재하지 않았다. 과거 그 해역에 존재했지만 봉인 중 하나에 의해 다른 공간의 틈새로 사라졌다. 달리 말하면 도시를 일종의 보물고에 넣은 셈이었다.

그리고 빛의 고래도 강대한 고대 수호 동물이기에 시간과 공간을 초월할 수 있었다. 단, 힘이 약해진 것과 쐐기의 영향으로 원하는 이가 그 해역에 왔을 때만 불러들일 수 있었다. 그리고 그마저도 단 한 번이 고작이었다. 그 한 번에 봉인을 복구해야만 했다.

파손이 오래될수록 많은 마력이 필요한 재생 마법으로는 사람의 보유 마력이 적어서 복원이 불가능했다. 그래서 봉인을 이해하고 처음부터 복구가 가능한 창조자—『생성 마법을 쓸 수 있는 연성사』여야만 했고 보유 마력과 기술적인 문제로 두 명 이상이 필요했다.

"하지만 시대는 달라도 아빠랑 오스카 오빠는 겹쳐졌어! 같은 시각, 같은 장소에 두 명이 있었어! 기적처럼!"

손을 펼쳐 외치는 뮤는 정말로 뮤였을까?

수호 동물의 분신이라는 고래가 발하는 빛이 지금 뮤를 비추고 있었다. 그것은 마치 수호 동물의 마음을 대변하는 무녀 같아서 어리지만 『아름답다』라는 감상을 품게 하는 광경이었다.

하지메는 한 번 심호흡했다.

경악과 의심이 흘러넘쳤다. 해방자들과 시간을 초월해 만난 것도 믿기지 않는데 봉인에 관한 이야기도 사실이란 보장은 없었다. 애초에 왜 말려들게 하고 난리인가. 이래저래 받아들이기 어려웠다.

그러나…….

그 찰나, 뭔가 부서지는 소리가 났다. 탑의 균열이 커지는 소리였다. 이미 자체 하중조차 버티지 못할 만큼 손상됐다.

이야기가 사실이라면 정말로 시간이 촉박했다.

하지메는 어깨를 으쓱이고 체념한 듯 뮤의 머리를 거칠게 쓰다듬었다.

그러자 바로 해방자를 대표해 밀레디가 나섰다.

"좋아, 하자. 우리 오 군은 세계 최고의 연성사니까. 안심해도 돼! 아~무 문제도 없을 거야!"

하는 사람은 오스카인데 자기가 자신만만하게 승낙했다. 오스카가 못 하는 일이 있을 리 없다고 무조건 믿는 것이 일목요연했다.

그 말에 불만스레 앞으로 나온 사람이 한 명 있었다. 유에였다.

"……뭐? 농담 작작해. 세계 최고 연성사는 우리 하지메야."

그냥 듣고 넘길 수 없었던 것일까. 밀레디가 웃는 얼굴로 꼬나봤다. 유에가 얼음 같은 미소로 되받는다.

둘이 묘한 박력을 내며 대치했다. 그것을 본 하지메와 오스카가 별생각 없이 서로를 돌아보고 무심결에 피식 웃었다.

사소한 사정이나 감정은 일단 미뤄두자. 어린아이의, 사랑하는 딸의 애타는 소원 앞에서는 고려할 가치가 없었다. 말로 하지 않아도 분명한 공감이 모두를 묶고 있었다.

"유에, 지휘를 맡길게. 내가 봉인이란 걸 수리하는 동안 여길 맡아."

"밀레디, 평소대로야. 내 작업을 방해하지 않게 해줘."

대담하게 웃고 이를 드러내 보이는 하지메.

안경을 올려 쓰며 살짝 웃는 오스카.

그 말에 유에가, 그리고 밀레디가 자신만만하게 승낙하는 것은 당연했다.

이곳에 시공을 초월한 세계 최강 팀이 결성됐다.

첫 번째 타자는 나이즈였다.

"뮤. 어디로 가면 되지?"

"저 탑 위야! 나이즈 오빠!"

"알았다."

굳이 말하지 않아도 오스카가 『연쇄』를 날려 모두를 이었다. 그 순간, 시야가 전환됐다. 눈에 비치는 것은 아래에 있는 탑이었다. 순식간에 전원이 탑 꼭대기로 전이됐다.

"……게이트도 없이."

유에의 입에서 경악의 말이 나오는 사이에도 일행은 낙하했고, 곧바로 밀레디가 중력 마법으로 전원을 부드럽게 탑 옥상에 안착시켰다.

직경 약 10미터 되는 원형 옥상에는 중앙에 1미터 크기의 오벨리스크만이 존재했다. 심하게 금이 가서 당장 무너질 것 같았다.

"저거야! 저걸 고치면 탑도 나아! 봉인도 힘을 되찾는대!"

뮤가 그렇게 말하기 무섭게 괴물들이 쇄도했다.

"……하지메, 가! 뮤와 레미아는 하지메 곁에! 카오리는 결계, 시아는 나와 티오의 방어선을 뚫은 녀석을 처리해!"

"오 군, 부탁할게! 메르 언니는 탑 위에서 엄호! 나즈는 반대쪽 부탁해!"

유에와 밀레디의 호령이 떨어졌다.

하지메와 오스카가 오벨리스크 앞에 도착하자 뮤와 레미아가 빛의 고래를 데리고 하지메 곁으로 갔고 그곳에 카오리가 『성절』을 발동했다. 그 순간 사신의 대낫이 날아들었다.

“아자아아아아아아, 예요!”

억지로 갖다 붙인 듯한, 맥 빠지는 『예요』와는 달리 시아의 전투 망치는 거대 사신의 거대 낫을 정면에서 튕겨 냈다. 엄청난 충격파와 굉음이 퍼졌으나, 날아간 것은 사신뿐이었다.

“와우! 저 애, 정말 토인족 맞아?”

밀레디는 놀라면서도 탑을 맹속력으로 올라오는 무수한 살덩이 늑대와 공중을 달려오는 삼두 늑대를 모조리 중력 마법 『화천』으로 땅에 처박았다.

탑 표면을 쓸어내리듯, 하지만 붕괴 직전인 탑에는 전혀 부담을 주지 않았다. 오히려 겸사겸사 기운 탑을 중력 마법으로 지탱까지 했다.

‘……. 저 섬세한 마법…… 그런데도 시전 속도가 무섭도록 빨라.’

자타공인 괴물 마법사 흡혈 공주가 태어나서 처음으로 질투할 정도의 마법 능력이었다.

그러나 패배감은 느끼지 않았다. 느껴주고 싶지 않았다.

아직 미숙하다고 깨달았다면 지금 이 순간 뛰어넘으면 된다! 이 전설의 해방자의 기술, 유에의 주특기 중력 마법조차 능가하는 선인의 기술을— 보고, 분석하고, 이해하고, 훔치고, 반복하고, 최적화하고, 실행한다!

'……이 애, 엄청난 속도로 마법이 숙달되고 있어……. 나한테서 배운 거야? 잠깐 본 것만으로?'

유에가 전율한 것과 동시에 밀레디도 소름이 끼쳤다.

살아가는 시대가 다르다는 것은 조금 전 대화로 대충 이해했다.

자신들은 본래 만날 리 없는 자들이란 사실을…….

그래서 중력 마법을 쓸 수 있는 점은 그러려니 했다. 자신들을 아는 분위기였으므로 어쩌면 미래를 사는 아이들이란 것도 추측할 수 있었다.

그 사실이 지금은 진심으로 분했다. 이런 재능을 가진, 어쩌면 자신도 뛰어넘을지 모르는 인재와 여기서 헤어져야 할지도 모른다니!

"이름을, 알려주지 않을래?"

뭐라고 불렸는지는 물론 들었다. 그러나 밀레디는 묻지 않고 배길 수 없었다. 자신과 같은 마법을 쓰고 자신 이상의 재능을 가졌으며, 분명한 애정과 종족의 울타리를 뛰어넘은 우애를 가진 그녀에게서 직접 이름을 듣고 싶었다.

—이 애가 내가 사는 시대에 있다면 얼마나 든든할까.

분해서 눈물이 날 것 같은 밀레디의 마음은 유에의 마음에 확실히 전해졌다.

"……유에. 마지막 흡혈귀족. 그리고…… 밀레디 라이센의 마법을 계승한 자."

"……그래? 그랬구나."

툭. 등에 가볍게 퍼지는 감촉. 하지만 따뜻하고 힘찬 감촉이었다.

돌아보니 난전이 벌어진 전장에서 유에와 밀레디는 등을 맞대고 있었다.

이때 밀레디가 무슨 생각을 했는지, 무엇을 느꼈는지, 유에는 알지 못했다.

그래도 한순간 밀레디의 등이 떨렸다고 느낀 것은 틀림없이 착각이 아니었다.

"그럼 후계자! 밀레디 선배가 마법 교실을 열어줄게! 따라올 수 있겠어?"

서로 입가에 대담하면서도 어딘지 모르게 기뻐 보이는 웃음을 머금었다.

과거와 현재 최강의 중력술사가 한없이 기량을 높이는 전장에서 이미 위협이 될 적은 없었다.

한편, 티오와 나이즈, 메일과 시아가 자연스럽게 서로를 커버하고 카오리가 지원, 회복 마법을 구사하며 결계를 유지해서 탁류 같은 괴물 퍼레이드를 막는 가운데, 작전의 핵심인 하지메와 오스카는—.

'……이거…… 위험한데.'

붉은색과 태양빛 스파크를 뿜으며 필사적으로 복구 작업을 하고 있었다.

말 그대로 필사적이었다. 특히 하지메는 여유가 전혀 없었다.

현대 최고 연성사라도 인상이 일그러질 정도였다.

그만큼 봉인의 주축인 오벨리스크는 여간 복잡한 것이 아니었다. 들어간 마법진의 다양함, 정밀함은 본 순간 포기하고 싶은 수준이었다. 오벨리스크 자체가 본 적도 없는 광물로 구성됐고 『봉인석』이 우스울 정도로 마력이 통하지 않았다.

이쪽을 고치면 저쪽이 망가지고, 거길 고치면 이쪽이 먹통. 복잡기괴한 입체 퍼즐이 따로 없었다.

"조바심 갖지 마. 아무리 복잡해 보여도 어차피 단순한 매듭의 연속이야. 차근차근 풀어 가면 끈은 풀리게 되고, 그 후에 다시 아름답게 묶으면 돼."

그러면서 오스카는 극도의 집중력을 발휘해 땀을 폭포처럼 흘리면서도 자신의 마력을 놀라울 정도로 능란하게 오벨리스크에 침투시켰다.

초 단위로 오벨리스크의 구조를 밝혀내고 깊은 곳으로 들어가는 문이 차례로 열렸다.

'제기랄. 전설의 해방자라 이거지? 연성사로서 기량이 너무 달라.'

미지의 광물? 지식에 없는 술식? 그게 어쨌단 말인가. 본질만 파악하면 아무 문제도 없다. 있어야 할 것을 있어야 할 곳에 되돌린다. 그렇게 말하는 듯한 기량은 가히 압권이었다. 그야말로 신들린 기술. 혀를 내둘렀고, 동시에 이를 갈았다.

"상상하고 창조한다. 그게 바로 우리—『연성사』야. 그렇지?"

완전, 완벽, 완성. 그 개념에 다가갈수록 『사물』은 아름다워

진다. 그렇다면 아름다움을 목표로 하면 된다. 연성사란 역사에 길이 남을 아름다움을 만들어내는 자를 말하니까.

연성사를 자칭한다면 너도 가능할 거다. 오스카는 그렇게 말하고 있었다.

"좋다, 이거야."

하지메는 입꼬리를 끌어올렸다. 야생 늑대처럼 송곳니를 드러내고 눈을 흉악하게 빛냈다. 그와 동시에 안대를 벗었다. 평소에는 아무렇지도 않건만 지금은 몹시 거추장스러웠다.

이 눈앞에 있는, 자기 이상 가는 연성사의 기술을 철저하게 보기 위해서…….

"……?! 너, 그 눈은……."

하지메의 마안을 본 순간 그 성질을 간파한 모양이었다. 숨을 들이켠 오스카에게 하지메는 대담하게 웃어 보였다.

"네 기술을 훔쳐 가겠어. 실력 한번 보여줘, 전설의 연성사."

잠깐 멍해 있다가 정신을 차린 오스카는 왠지 즐거운 것처럼 웃었다.

"좋아. 어디 훔칠 수 있으면 훔쳐 봐."

"잘해 보셔, 스승님."

"너 같이 버릇없는 제자를 들인 적은 없는데 말이지."

농담을 주고받지만 두 사람은 속도를 높였다. 오스카가 리드하고 하지메가 마안으로 뒤따랐다. 마력 조작 효율을 개선한다. 새로운 마력 침투 방법을 습득한다. 분석 요령을 익히고 더 빠르게, 더 정밀하게 이해한다.

스승을 따라잡으려고 바싹 쫓아오는 제자와 아직 질 수 없다고 진심으로 달리는 스승.

언젠가부터 오스카는 태양빛 같은 마력을 둘렀고, 하지메는『한계 돌파』를 발동했는지 붉은 마력을 두르고 있었다.

두 선명한 빛이 검은 독 안개에 덮인 세계를 찬란하게 비추었다.

"분석 완료. 신대 마법 부여는 네가 더 우수해 보여. 지금부터는 내가 보조할게."

"오케이. 복구를 시작하지. 제일 안쪽 마법진은 나중으로 미뤄. 네 번째부터 가자."

"알겠어."

오벨리스크를 중심으로 극한의 집중력을 보이는 두 사람은 마치 난치병 수술을 집도하는 의사 같았다. 복잡하고 정밀한 인체를 고치듯 두 집도의는 자신이 가진 모든 기술과 절묘한 연계로 작업에 임했다.

빛이 더욱 팽창했다. 스파크가 한없이 퍼져 갔다. 공중에서 이곳을 내려다본다면 분명 탑을 중심으로 여명이 밤의 어둠을 걷는 아름다운 광경이 보일 것이다.

—으어아아으어어.

괴물들이 포효했다. 아니, 그것은 비명이었다.

"오오, 탑이 수리된다!"

"……훗. 역시 우리 하지메."

"푸풉! 대화 안 들렸어~? 오 군이 스, 승, 님이라잖아~?"

"……이미 보조하는 쪽으로 돌아섰거든?"

유에와 밀레디는 밀려드는 괴물들을 더블 중력 마법으로 모조리 압살하고 동시에 웃는 얼굴로 돌아보더니 서로 눈싸움을 벌였다.

그러는 사이에도 카오리와 메일의 더블 재생 마법이 전원에게 쏟아졌다. 메일의 가르침을 받았는지 카오리의 마법은 속도, 효력 모두 현격히 달라져 있었다. 눈 깜짝할 사이에 몸도 마력도 모두 원상 복구였다.

부식 용이 봉인 복구를 저지하려고 브레스를 쏘려고 했다. 그러나 그 직전에 작렬 슬러그 탄이 쏟아져 실패, 삼두 늑대가 핏덩이를 날리려고 하고 거대 개구리가 점액으로 분체를 만들어 강습하려고 하나 역시 직전에 격퇴당했다. 바로 시아의 힘이었다.

"**잘 보이네요**. 이건 쓸 만하겠어요!"

시아는 고유 마법 『미래시』의 파생 능력 『천계시(天啓視)』에 눈떴다. 수 초 내 미래를 임의대로 볼 수 있는 힘. 이것으로 적의 공격은 모두 **시작되기 전에 파훼된다**. 과거 영상 재생 투사 마법을 쓰던 메일에게 요령을 배워 시아 나름대로 그것을 반대로 시험해 본 결과였다.

"슬슬 막을 내릴 때로구먼."

"구석에 몰린 짐승이 가장 무섭지. 떨어뜨려 놓겠다."

끝이 보였다. 더는 방어전을 펼 필요가 없었다.

티오는 모든 마력을 짜내서 혼신의 브레스를 쏘고 나이즈도 최대 위력 『진천』을 발동했다. 당연히 몰려오던 괴물들은 속수무책으로 날아가고 말았다.

그 직후였다.

““—『연성』!””

귀를 찌르는 기합이 실린 최후의 『연성』이 이루어졌다.

탑 전체를 물들이듯 태양빛과 붉은 빛이 빠르게 퍼졌다. 기울었던 탑이 땅을 흔들며 똑바로 섰고 균열이 거짓말처럼 사라져 갔다. 그리고…….

—흐오오오오오오옹!

힘차고 맑은 포효가 울렸다.

“고래야!”

환희의 목소리는 뮤에게서 나왔다. 레미아에게 안긴 상태로도 쌍수를 들고 활짝 웃었다.

뮤가 바라보는 곳에서 빛의 고래는 찬란한 빛을 더했고, 세상을 빛으로 가득 채웠다.

마치 폭죽처럼 하늘로 날아올라 소용돌이치는 먹구름을 원형으로 날리며 온 도시에 빛의 비를 뿌렸다.

—으어어아아아아아.

원망과 증오, 악의와 적의로 찬 울음이 메아리쳤다. 괴물들의 형태가 허물어졌다. 마치 풍화되는 것처럼 부스스, 하고…….

도시를 덮고 있던 검은 안개가 소용돌이치는 것처럼 탑으로 빨려 들어갔고 괴물들도 저항할 방법 없이 그 소용돌이에 붙잡혔다.

웅웅 울리는 폭풍은 그 여파도 굉장했다. 싸우던 일행은 모두 탑 위로 내려왔다.

하지메는 뮤와 레미아를 안아 자세를 낮췄다. 오스카가 안경을 누르며 외쳤다.

"복구는 성공했을 거야! 뮤, 이제 어떻게 해야 하는지 알아?!"

잠깐 눈을 감은 뒤, 뮤는 바람의 굉음과 원성에 지지 않게 소리쳤다.

"……돌아갈 거야! 원래 장소, 원래 시간으로. 돌아갈 거야!"

그 순간, 탑을 중심으로 빛의 소용돌이가 발생했다. 빛 입자는 일행을 감싸듯 달라붙었다. 그것으로 모두 이해했다.

이 기괴한 도시에서 이루어진 기적 같은 만남이…… 끝난다는 것을.

이곳으로 왔을 때와 마찬가지로 강한 잠기운에 의식이 흐릿해졌다. 바다 아래로 가라앉는 감각에 휩싸였다.

참지 못하고 소리친 사람은 밀레디였다.

"유에! 너희는…… 너희는, 자기 의지대로 살아가고 있어?!"

절실하며, 오직 미래를 사는 이들의 행복을 바라는 외침이었다.

유에는 밀레디를 봤다. 자애와 강철 같은 의지가 깃든 창궁색 눈동자를…….

"……응! 자유로운 의사, 맞지? 걱정 없어!"

그래서 유에는 하지메의 등에 매달려 이보다 행복할 수 없다는 웃음을 꽃피우며 그렇게 대답했다.

서로를 나누는 힘은 강해졌다. 마치 빛나는 모래폭풍 속에 내던져진 것처럼 시야가 차단되어 이미 밀레디의 표정조차 보이지 않았다. 다만, 기쁜 것 같으면서도 무언가 각오하고 받아들인 듯한 그런 분위기는 전해졌다.

그래서 하지메는 외쳤다. 이런 침울한 이별은 필요 없다는 것처럼…….

"밀레디이이, 변기 물로 흘려보낸 원한은 반드시 갚을 줄 알아!"

"또 변기 이야기야아아아아아?!"

"오스카! 너, 히드라는 너무했잖아! 정도껏 해, 멍청아!"

"그건 또 무슨 소리야?!"

유에나 시아도 지금 할 소리냐는 얼굴로 돌아봤다. 그러나 곧 하지메의 심정을 이해한 것 같았다.

뮤를 필두로 유에, 시아, 티오, 카오리, 그리고 레미아까지 저마다 밝게 소리치며 이별의 말을 보냈다.

그러자 저쪽에서도 똑같이 밝은 이별의 말이 돌아왔다.

"미래에서, 미래에서 다시 만나아아!"

벅찬 기대감으로 가득 찬 밀레디의 말을 마지막으로 하지메 일행의 의식은 떨어지는 감각과 함께 빛에 휩싸였다.

잠수정 갑판 위. 고막을 간지럽히는 잔잔한 파도 소리에 하지메가 눈을 떴다.

"응? 잠들었나?"

혼자 웅얼거리면서도 묘한 무게를 느꼈다. 고개를 드니 뮤와 레미아가 가슴 위에 누워 있었고 양팔은 두 명을 꽉 끌어안고 있었다. 그대로 시선을 돌리자 하지메를 중심으로 모두 옹기종기 모여 누워 있는 것이 보였다.

"이게 무슨 상황이야……?"

기억이 이상하게 애매했다. 대체 언제, 왜 이런 곳에서 잠들었는가?

분명히 『빛나는 바다의 의지』를 찾아왔고, 그리고—.

"……으응."

옆에 있는 유에가 깨어났다. 그것을 시작으로 마치 짠 것처럼 다른 이들도 깨어나기 시작했다.

"다들 잠들었어?"

스스로 말하면서 뭔가 마음에 걸렸다. 시계를 봤다. 기억에 있는 시각에서 별로 지나지 않았다. 뮤와 레미아를 잡아주며 하지메는 몸을 일으켰다.

"너희 괜찮아? 무슨 이상한 느낌 안 들어?"

"……하지메도?"

"음뮤…… 나도 이상한 느낌이 들어. 뭔가 중요한 일을 잊은 기분이야."

어딘지 모르게 외로워 보이는 뮤를 하지메가 다시 안아줬다. 아무래도 모두 언제 잠들었는지 기억나지 않는 듯했다.

"그런데 하지메. 왜 레미아 씨를 안고 있어?"

"앗?!"

당황해서 소리친 사람은 레미아였다. 하지메의 가슴팍에 밀착했던 볼을 퍼뜩 떼고 부리나케 물러났다. 어머나도 나오지 않았다. 우후후도 없었다. 발그레 볼을 물들이고 계셨다. 「어, 잠깐, 그 반응 뭐야?」라고 생각하며 여성 멤버가 의혹의 눈길을 보냈다.

"모르겠어. 눈을 뜨니까 둘 다 끌어안고 있었어."

하지메가 당황하는 보기 드문 모습과 레미아의 미묘한 변화, 그리고 전원의 애매한 기억…… 이상한 사태에 모두 함께 고개를 갸웃거렸다. 무슨 일이 있었던 것은 확실하지만…….

"앗, 주인님! 봐라!"

갑자기 티오가 경악하는 소리가 들렸다. 돌아보자 바다가 찬란히 빛나기 시작했다. 그것도 눈에 들어오는 모든 범위가. 수평선까지 빛으로 차올랐다.

"이게 무슨 조화야?"

이변 종합세트에 이어 바다에 이변이 더해졌다. 본래라면 경계해야 할 사태였다.

그런데 불가사의하기 짝이 없는 일에도 일행은 누구 하나 경계심을 품지 않았다.

마치 위험하지 않다고 아는 것처럼…….

빛의 바다가 출현했다. 반짝이는 입자가 떠오르고 둥실둥실 하늘로 올라갔다.

그것은 황금빛 세계. 혹은 별바다였다.

"앗, 아빠! 물고기야!"

뮤가 손으로 가리킨 곳에서 빛 입자가 형태를 갖추었다. 그것은 작은 물고기였다. 빛나는 세계에서 공중도 바다도 상관하지 않고 헤엄쳤다.

그리고 그것은 금방 바다 전체로 퍼졌다. 그야말로 별의 수만큼 다양한『빛의 바다 생물』이 기분 좋게 공중을 헤엄쳤다. 장난치듯 하지메 일행의 몸에 닿고는 팡 터지고 다시 형태를 이루어 둥실둥실 흘러갔다.

너무나도 환상적이고, 말로 표현하지 못할 만큼 신비로웠다. 일행은 그저 멍하게 가슴 벅찬 광경에 눈길을 빼앗겼다.

그리고 그것이 빛의 바다에서 뛰어올랐다.

—흐오오오오오오오옹.

따스한 빛이었다. 봄날 나뭇잎 사이로 드는 햇빛처럼.

무조건적으로 보호받고 있다는 안도감을 주는 상냥하고 강한 빛이었다.

그리고 말은 없어도 깊은 감사의 감정이 전해졌다.

그 거대하고 강대한—『빛의 고래』에게서.

"……빛나는, 바다의 의지."

하지메가 조용히 중얼거렸다. 부정하는 말은 아무도 꺼내지 않았다.

거뜬히 100미터를 넘는 빛의 고래와 빛나는 바다 생물들이 유유히 하늘을 헤엄치는 광경을 보면서 하지메는 문득 깨달은 점을 입에 담았다.

"어쩐지, 마력량이 늘어난 것 같지 않아?"

"……응? 아, 늘었어."

시아, 티오, 카오리도 동의했다. 그리고 뮤가 맥락 없이 말했다. 「선물이야」라고…….

말한 뒤에 뮤 본인도 왜 자신이 그렇게 말했는지 몰라 눈을 깜빡거렸다.

"저는 마력 말고도 『미래시』가 새롭게 진화한 것 같은데요?"

"……응. 그러고 보니 나도 마법 기량이 올랐어."

하지메도 잠깐 눈을 감고 자기 분석을 해 봤다.

"……얼씨구. 나, 연성사로서 수준이 한 단계 올라간 기분이야. 지금이라면 구상만 했던 비공정이나 태양광 집속 레이저도 만들 수 있을 것 같아."

정말로 자는 사이에 대체 무슨 일이?! 하지메 일행은 모두 눈만 깜빡거렸다.

전혀 영문을 모르겠다.

모르겠지만—.

"그래도 왠지 무척 좋은 일을 한 기분이야! 멋진 사람들을 만난 것처럼!"

뮤가 기쁘게 웃으며 하는 말에 다른 이들은 서로 얼굴을 돌아봤고…… 자기들도 그렇다면서 씩 웃었다.

—오 군! 나즈. 메르 언니! 이유는 모르겠지만 왠지 기뻐!

—그러게. 그리고 왠지 건방진 제자가 생긴 기분이야.

—확실히 나쁘지는 않군.

—언니는 새로운 천사랑 만났던 것 같아.

먼 과거, 같은 장소에서 같은 광경을 보며 그런 대화가 오갔다고는 생각하지도 못한 채…….

알 필요는 없었다. 알아야 할 일이 아니라면, 뭐 상관없다.

왠지 대단히 평온한 마음으로 그렇게 생각하면서 하지메 일행은 의식을 다시 빛의 바다로 돌렸다.

그들을 사랑스러워하듯 빛의 고래는 부드러운 울음소리를 내고 우아하게 몸을 뒤집었다. 그리고 진짜 고래가 그러듯 등부터 빛의 바다로 떨어졌다.

반짝반짝, 반짝반짝. 빛의 바다가 튀어 오르고 빛나는 바다 생물이 즐겁게 춤췄다.

"맞아! 아빠! 소원 빌어야지!"

—빛나는 바다의 의지를 만난 사람은 소원이 이루어진다.

그것을 떠올리고 뮤가 눈망울을 빛냈다. 생각해 보니 그렇다며 모두 저마다 소원을 마음에 떠올렸고—.

"아빠랑 언니들이랑 쭉 함께 있게 해주세요."

사랑하는 딸의 절실한 소원을 듣고 하지메 아빠는 욕심을 부려 귀향 외에 또 다른 소원을 하나 빌었다.

뮤가 납득할 답을 알려달라고.

그 결과는…….

욕심쟁이 아빠는 고민에 고민을 거듭했고, 뮤의 소원은 『약속』이라는 형태로 이루어졌다.

■작가 후기 & 해설

흔해빠진 단편집을 읽어주셔서 정말로 감사합니다.

원작자인 중2를 좋아하는 시라코메 료입니다.

본편 1~5권 및 해당 기간에 있었던 페어의 특전 소설을 엮은 이번 단편집은 어떠셨습니까?

솔직히 말해서 어디까지나 특전— 한마디로 본편의 『덤』으로 쓴 이야기라서 저도 서적화 되리라고는 생각하지 못했습니다.

이것들은 현재 웹 버전으로 연재 중인 『애프터』처럼 시간 순서나 내용, 설정 따위는 크게 고려하지 않은 이야기입니다. 따라서 본편과의 모순이 없을지 정말로 걱정되는군요…….

본편을 읽어주신 분이면 의아하게 생각한 부분이 있을지 모르나, 부디 세세한 부분은 너그럽게 넘어가 주시면 감사하겠습니다. 그냥 본편 사이사이에 이런 일이 있었을지도 모르고 없었을지도 모른다, 있었으면 재밌겠다 정도로만 생각하고 가볍게 즐겨주십시오.

아니면 시라코메 이 녀석 혼자 신났네, 어쩔 수 없는 시라코메네, 하고 웃어넘겨 주십시오.

그리고 열심히 특전을 모두 모아주신 분이 계실지 모르겠으나, 계신다면 정말로 고마운 독자님입니다. 그분은 신입니다.

그 신께서는 분명 이 단편집 발매 소식을 듣고 「모음집이 나와?! 이것들이 장난치나」라며 유에 님만큼이나 싸늘한 눈빛이 되셨겠지요.

그래서 하다못해 감사의 마음을 담아 완전 신작 단편, 전문용어로 SS를 담게 되었습니다.

SS…… 쇼트 스토리…… 4만 자를 넘지만 쇼트 스토리…….

아니, 그 왜 있잖습니까? 스페셜 스토리라거나 슈퍼 스토리의 준말일 가능성도……. 어쩔 수 없는 시라코메라고 웃어넘겨 주십시오(굽신).

아무튼 이 완전 신작 단편과 조금의 가필, 수정을 더한 특전 단편집을 집필자인 저 이상으로 즐겨주셨다면 제게는 그것이 최고의 기쁨일 것입니다.

진지한 이야기가 많은 본편과는 분위기가 다른 이번 이야기를 웃으면서 읽어주셨기를 바랍니다!

이번에는 후기에 여유가 있으므로 여기서부터는 몇몇 단편을 추려 간단하게나마 해설해 볼까 합니다.

·완전 신작 단편 「환상의 모험과 기적의 만남」

이 이야기는 사실 기존 특전 소설을 바탕으로 썼습니다. 구하신 분도 계실지 모르겠군요. 『오버랩 6주년 페어』의 특전 소설 『원인불명의 백일몽』이 그것입니다.

이쪽에서는 밀레디와 유에, 하지메와 오스카가 각각 만납니다. 약 3천 자라는 제한 때문에 상당히 급하게 진행됐던 터라 개인적으로 밀레디 일행과 하지메 일행이 만나는 이야기를 자세하게 쓰고 싶다는 욕망이 있었습니다.

그래서 이번 단편집 제작 소식을 들었을 때 기회다 싶어서 이 이야기를 쓴 것이지요.

하지메 일행에게 만난 기억이 있으면 본편이나 외전인 제로 쪽에도 모순이 발생해서 울며 겨자 먹기로 마지막에는 서로에 대한 기억은 남지 않았다는 방식으로 마무리 지었습니다.

하지만 누구나 마음속에는 서로에게 전한 『무언가』가 남아 있다…… 뭐, 그런 이야기입니다.

그리고 인터넷에서 연재 중인 애프터를 읽어주신 분이라면 아시겠지만, 『뮤는 뭔지 잘 모를 것들을 불러들인다』라는 특성이 드러난 이야기이기도 합니다.

오버랩 홈페이지에서 공개한 7권의 『후기의 후기』(설문 참여 후 읽을 수 있는 단편 소설)에서는 사실 한 조각 살아남았던 『악식가』도 뮤와 만나서 『친구』가 됐죠.

뮤…… 무서운 아이!

·성지에 강림한 전쟁의 처녀

지구 시절 카오리와 시즈쿠의 휴일을 담은 이야기입니다. 뒷설정이지만, 비슷한 돌격을 다른 가게에서도 상습적으로 일삼은 두 사람은 그쪽 분야 가게(특히 하지메가 단골인 가게)에서 블랙리스트에 이름이 오르기도 했습니다. 야한 게임이나 책에 지대한 관심을 가진 미소녀 2인조라는 이름으로요…….

참고로 하지메의 아버지인 나구모 슈는 게임 회사 사장으로 소개됐으나, 어머니인 스미레는 사실 인기 순정 만화가입니다.

진성 오타쿠인 두 사람에게 태어난 하지메는 순수 배양된 엘리트 오타쿠인 셈입니다.

미소녀 일러스트도 배경 그림도 문하생급으로, 그리고 게임 관련 프로그래밍 실력도 프로급. 폭주해서 사고 치기 일쑤인 슈와 스미레에게 애먹는 부하들이 가끔 도움을 청할 정도의 인재죠.

·가족의 꿈

이세계 소환 후 남은 가족에 관한 이야기를 생각해 봤습니다.

저자는 한 번 죽고 다른 세계에서 다시 태어나는『전생 계열』보다 홀연히 사라지는『전이 계열』이 남은 사람들에게 훨씬 고통스럽지 않을까 생각합니다.『돌아올지도 모른다』는 희망을 버릴 수 없기 때문이죠.

본 작품은 처음부터 고수한 대로『하지메가 고향으로 돌아가려는 이야기』이기도 합니다.

그것은 동시에『소환된 사람을 소중히 생각하는 남겨진 사람들』의 마음을 구원하려는 이야기, 혹은 절망을 떨쳐내려는 이야기이기도 하겠죠.

흔직세의 테마가 무엇이냐고 묻는다면 역시『최강 주인공』이나『신병기 무쌍은 로망』이라고 대답하겠으나, 숨은 테마를 묻는다면……『가족을 포기하지 않는 이야기』라고 답할지도 모르겠군요.

·사나이다운 토끼와 강철 소년

완전 IF스토리입니다. 모델은 물론 『아○언 맨』이고요. 마물을 먹고 힘을 키우는 것보다 이쪽이 더 제목에 어울린다는 생각도 듭니다(땀).

발차기 토끼도…… 사실 비슷한 존재가 있죠. 본편에서도 조금 더 진행되면 나올 예정입니다.

·이런 점장님…… 괜찮군

TSUTAYA 님에게 특전 단편을 의뢰받은 기회를 살려 TSUTAYA를 무대로 했습니다.

저는 영화는 빌려보는 타입입니다. 한 번 빌려 보고 재미있으면 반납할 때 사는 게 보통이죠. TSUTAYA 님! 언제나 잘 이용하고 있습니다!

저의 성지 중 하나이기도 해서 글을 적을 때도 대단히 즐거웠습니다!

·어떤 평화로운 용사 파티

일단 류타로의 기행에 관해 해설하고자 합니다. 저자가 사랑하는 영화 『다이 하○』 시리즈 2탄에 나오는 보스 캐릭터를 패러디한 것입니다. 모든 시리즈를 통틀어 가장 좋아하는 적 캐릭터일지도 모르겠군요.

·오밤중의 술래잡기 & 아름다운 세계의 잡룡

시간 순서는 『아름다운 세계의 잡룡』이 먼저입니다. 이때부터 하지메는 티오를 타고 나는 재미에 눈떴습니다.

·그 아버지에 그 딸?

매의 눈을 가진 소녀 스나이퍼를 쓰고 싶었을 뿐입니다.

·마법 학교 시리즈 & 옛날이야기, 동화

단편 소재가 마땅치 않을 때 써먹는 단골 소재입니다. 매번 소재가 없어서 쓰다 보니 어느새 시리즈가 됐군요. 이쪽도 무대가 무대이니만큼 뭐든 가능하므로 쓰면서 즐거웠습니다.

슬슬 지면이 부족한 관계로 해설은 여기까지 하겠습니다.

광고가 끼어 죄송하지만 외전 소설 제로 4권이 다음 달 발매 예정입니다. 드디어 마지막 신대 마법 사용자가 등장합니다. 그리고 마침내 이야기에도 속도가 붙겠군요…….

제로에서 하지메에게 이어지는 밀레디 일행의 이야기도 꼭 기대해주시기 바랍니다.

마지막으로 감사 인사를 전하겠습니다.

타카야Ki 선생님, 언제나 멋진 일러스트를 그려주셔서 감사합니다. 그리고 「흔해빠진」 화집 발매 축하드립니다! 다양한 의미로 신들린 만화를 그려주시는 RoGa 선생님, 모리 미사키 선생님, 카미치 아타루 선생님에게 진심으로 감사의 말을 전합니다. 담당 편집자님, 교정 담당자님, 그 외 본 작품의 출판에 힘써주신 관계자 여러분, 정말로 항상 감사합니다.

그리고 이 책을 읽어주신 독자 여러분, 「소설가가 되자」 유저 여러분께 압도적 감사를 보냅니다!

앞으로도 「흔해빠진」 시리즈를 잘 부탁드리겠습니다!

시라코메 료

■ 원문

「해방자들의 게임」 2015년 6월
「로망을 위하여」 2015년 6월
「나락의 밤에 꾸는 꿈」 2015년 6월
「성지에 강림한 전쟁의 처녀」 2015년 6월
「가족의 꿈」 2015년 6월

「HALLOWEEN?」 2015년 11월
「유감 토끼는 압도한다!」 2015년 11월
「공포의 고양이 귀」 2015년 11월
「학부모 면담」 2015년 11월
「사나이다운 토끼와 강철 소년」 2015년 11월
「흔해빠진 마법 학교」 2015년 11월
「일본의 흔해빠진 옛날이야기」 2015년 11월
「진화하는 토끼 귀 소녀」 2015년 11월

「이런 점장님…… 괜찮군」 2016년 2월
「캣 파이트」 2016년 2월
「시아의 요리 교육」 2016년 2월

「고생바가지가 꾸는 꿈」 2016년 2월
「이세계 밸런타인데이」 2016년 2월
「흔해빠진 마법 학교 2」 2016년 2월

「『무언가』는 맛있었다」 2016년 4월
「아름다운 세계의 잡룡」 2016년 4월
「취하지 않을 만큼만 마셔라, 제발」 2016년 4월

「어떤 평화로운 용사 파티」 2016년 7월
「오밤중의 술래잡기」 2016년 7월
「나를 여신이라고 부르지 마」 2016년 7월
「유에의 마법 교실」 2016년 7월
「흔해빠진 마법 학교 3」 2016년 7월
「흔해빠진 동화 ~이상한 나라의 앨리스?~」 2016년 7월

「토인족 의상은…… 의외로 흉기다」 2016년 12월
「미니스커트 산타는 이세계에서 춤춘다」 2016년 12월
「오거라, 『등 뒤의 무언가』!」 2016년 12월
「그 아버지에 그 딸?」 2016년 12월
「흔해빠진 마법 학교 4」 2016년 12월
「흔해빠진 동화 ~성냥팔이 ○○~」 2016년 12월

「취하지 않을 만큼만 마셔라②」 2017년 4월

「그 잊지 못할 온기」	2017년 4월
「환상의 모험과 기적의 만남」	신작

※문고로 수록하면서 가필, 수정이 이루어졌습니다.

흔해빠진 직업으로 세계최강 단편집

초판 1쇄 발행 2020년 5월 10일

지은이_ Ryo Shirakome
일러스트_ Takaya-ki
옮긴이_ 김장준

발행인_ 신현호
편집부장_ 윤영천
편집진행_ 김기준 · 김승신 · 원현선 · 권세라 · 유재슬
편집디자인_ 양우연
국제업무_ 정아라 · 전은지
관리 · 영업_ 김민원 · 조은결 · 조인희

펴낸곳_ (주)디앤씨미디어
등록_ 2002년 4월 25일 제20-260호
주소_ 서울시 구로구 디지털로 26길 111 JnK디지털타워 503호
전화_ 02-333-2513(대표)
팩시밀리_ 02-333-2514
이메일_ lnovelpiya@naver.com
L노벨 공식 카페_ http://cafe.naver.com/lnovel11

ISBN 979-11-278-5541-3 03830

값 7,800원